Alle Rechte, einschließlich das des vollständigen oder
auszugsweisen Nachdrucks in jeglicher Form, sind vorbehalten.

Der Preis dieses Bandes versteht sich einschließlich
der gesetzlichen Mehrwertsteuer.

Umwelthinweis:
Dieses Buch wurde auf chlor- und säurefreiem Papier gedruckt.

Marcela DeWinter

Ein afrikanischer Traum
Roman

MIRA® TASCHENBUCH
Band 75011
1. Auflage: Dezember 2006

MIRA® TASCHENBÜCHER

erscheinen in der Cora Verlag GmbH & Co. KG,
Axel-Springer-Platz 1, 20350 Hamburg

Copyright © 2006 by CORA Verlag GmbH & Co. KG
Originalausgabe: „Ein afrikanischer Traum"
Alle Rechte vorbehalten.

ZDF-Logo und Signet lizenziert durch: ZDF Enterprises GmbH
© ZDFE 2006 www.zdf-enterprises.de
Alle Rechte vorbehalten.

Copyright © 2006 by Grundy UFA TV Produktions GmbH
All Rights Reserved
Licensed by Fremantle Brand Licensing www.fremantlemedia.com

Das Buch wurde auf der Grundlage der ZDF-Telenovela
„Julia – Wege zum Glück" (basierend auf den Originaldrehbüchern
von Petra Bodenbach & Team) verfasst.
Mit freundlicher Genehmigung des ZDF.

Konzeption/Reihengestaltung: fredeboldpartner.network, Köln
Umschlaggestaltung: pecher und soiron, Köln
Titelabbildung: Boris Guderjahn

Satz: Buch-Werkstatt GmbH, Bad Aibling
Druck und Bindearbeiten: Ebner & Spiegel, Ulm
Printed in Germany
ISBN 3-89941-261-3

www.mira-taschenbuch.de

1. KAPITEL

Gedankenverloren blickte Julia auf die große Anzeigetafel in der Abflughalle. Die Maschine nach Johannesburg würde in zwei Stunden starten. Julia konnte es noch gar nicht glauben. Sie und ihre Mutter Christa würden tatsächlich nach Südafrika fliegen. Es war beinahe wie ein Traum für sie. In etwas mehr als zehn Stunden würden sie in einem der schönsten und faszinierendsten Länder der Erde sein. Zwei oder drei Monate wollten sie dort bleiben – und wenn es ihnen gefiel, vielleicht sogar ein bisschen länger …

Etwas unsanft wurde Julia aus ihren Grübeleien gerissen, als ein älterer Mann, der hinter ihr in der langen Warteschlange vor dem Abflugschalter stand, sie von hinten anstupste und sie bat, endlich weiter vorzurücken.

„Entschuldigung", murmelte Julia und schloss zu ihrer Mutter auf, die mit ihrer Reisetasche in der Hand schon ein Stückchen weiter vorne stand.

Christa sah sie fragend an. „Alles in Ordnung? Du machst so ein ernstes Gesicht. Hast du es dir doch anders überlegt?"

Julia schüttelte heftig den Kopf und lächelte. „Aber nein. Wir fliegen. Ich kann es kaum noch erwarten." Sie merkte, dass ihre Mutter erleichtert aufatmete, denn sie freute sich mindestens genauso auf die Reise wie Julia selbst. Christa, die es nie lange an einem Ort aushielt, war ohnehin immer auf der Suche nach neuen Abenteuern.

Ständig waren sie umgezogen, und Julia hatte oft darunter gelitten, wenn sie sich gerade irgendwo eingerichtet hatten und Hals über Kopf weiterziehen mussten. Doch diesmal war es anders. Julia hatte selbst die Reise vorgeschlagen, nachdem der Coffeeshop-Besitzer, bei dem sie gearbeitet hatte, ihr voller Begeisterung von Südafrika vorgeschwärmt hatte. Sein Bruder lebte dort, in Durban, der zweitgrößten Stadt Südafrikas, die direkt am Indischen Ozean lag, und er war bereits einige Male bei ihm zu Besuch gewesen. Seine lebhaften Beschreibungen von den langen weißen Sandstränden, den Reservaten mit den Raubkatzen und Elefanten und der unendlichen Weite der Savanne hatten schnell Julias Reisefieber geweckt. Und auch Christa war sofort Feuer und Flamme gewesen, als Julia ihr dann eines Tages davon erzählt hatte.

„Da müssen wir unbedingt hin", hatte ihre Mutter mit leuchtenden Augen gesagt.

Und nun standen sie tatsächlich am Flughafen – auf dem Weg nach Südafrika!

Nachdem sie eingecheckt hatten und an der Sperre kontrolliert worden waren, gingen sie weiter in die Wartehalle.

„Holst du uns einen Kaffee?", bat Christa und ließ sich auf einen der Plastikstühle fallen. „Ich hab vor lauter Aufregung die halbe Nacht wach gelegen."

Julia musste lachen. „Aber du bist es doch gewohnt zu reisen", entgegnete sie augenzwinkernd.

Christa zuckte mit den Schultern. „Diesmal ist es was

anderes", erwiderte sie und senkte den Blick.

Julia wusste genau, woran ihre Mutter dachte. Es stimmte – sie waren schon oft gereist. Aber meistens war es eine Art Flucht gewesen. Christa war spielsüchtig. Und immer wieder hatte sie im Spielcasino oder auf der Pferderennbahn nicht nur ihr eigenes und Julias, sondern auch das Geld von Freunden und Arbeitskollegen verspielt. In gutem Glauben hatten ihre Bekannten ihr das Geld geliehen – und Christa hatte es genommen und verzockt. Ihre Schulden würde sie nie zurückzahlen können.

„Damit ist jetzt endgültig Schluss", sagte Christa – nicht zum ersten Mal.

„Schon gut, Mama", entgegnete Julia, die merkte, dass ihre Mutter bedrückt wirkte. Christa wollte gegen ihre Spielsucht ankämpfen, aber irgendetwas in ihr war stärker und hatte sie wieder und wieder an den Spieltisch getrieben. „Wir beide schaffen das schon zusammen." Aufmunternd sah sie ihre Mutter an. „Wir haben bisher doch immer alles zusammen geschafft. Und jetzt hol ich den Kaffee, bevor du noch einschläfst", fügte sie lächelnd hinzu. Sie ging zu einem kleinen Coffeeshop und bestellte zwei große Kaffee mit Milch und Zucker. Gerade als sie zur Kasse gehen wollte, um zu bezahlen, fiel ihr Blick auf einen Jungen von etwa sechzehn Jahren. Er war seitlich an eine Frau herangetreten, die an einem der Verkaufsstände nach Schokolade suchte. Fassungslos beobachtete Julia, wie der Junge mit geschickten Fingern die Handtasche der Frau öffnete, die über deren Schulter hing. Vorsichtig glitt seine

Hand in die Tasche, und im nächsten Augenblick hielt er ihr Portemonnaie zwischen den Fingern. Die Frau hatte von alldem offensichtlich nichts mitbekommen.

Ohne noch weiter zu überlegen, ging Julia zu den beiden und verstellte dem Jungen den Weg. „Ich glaube, du wolltest das da wieder zurückgeben", sagte sie bestimmt und deutete mit dem Kopf auf das Portemonnaie, das der Junge gerade in seiner Hosentasche verschwinden ließ.

Er sah sie mit gespielt unschuldiger Miene an. „Ich weiß nicht, was Sie wollen", erwiderte er patzig.

In diesem Augenblick drehte die Frau sich um und sah Julia und den Jungen erstaunt an. Ihr Blick fiel auf die geöffnete Tasche. „Was soll das?" Sie starrte Julia, die direkt neben ihr stand, entgeistert an. „Haben Sie …"

Julia hob abwehrend die Hand. „Ich habe gar nichts", sagte sie betont freundlich. „Aber dieser Junge hier hat etwas gefunden, das Ihnen gehört." Julia merkte, dass sie innerlich zitterte. Offenbar hatte die Frau sie im Verdacht, ihre Handtasche geöffnet zu haben. Und würde der Junge in diesem Moment weglaufen, könnte Julia ihr nur schwer das Gegenteil beweisen.

Und tatsächlich versuchte der Junge, sich an Julia vorbeizudrücken. Doch sie rückte keinen Zentimeter zur Seite. „Ist es dir lieber, wenn wir die Polizei rufen?", sagte sie leise und sah ihn eindringlich an, während die Frau hektisch ihre große Handtasche durchwühlte, um nachzusehen, ob ihr etwas gestohlen worden war.

Julia sah, dass der Blick des Jungen von ihr zu der Frau

wanderte. Mit einem Mal griff er in seine Hosentasche, ließ die Geldbörse zu Boden fallen, stieß Julia heftig zur Seite und rannte davon.

Julia stolperte gegen den Ständer mit den Süßigkeiten, der mit einem lauten Krachen zu Boden fiel. Sie konnte sich gerade noch abfangen, um nicht selbst hinzustürzen.

„Hey, was soll das?" Der Mann, der hinter der Kasse gestanden hatte, war neben Julia aufgetaucht und sah sie verärgert an.

Bevor Julia antworten konnte, deutete die Frau mit dem Finger auf sie. „Die hat mir mein Portemonnaie geklaut!", stieß sie hervor und hielt dem Mann ihre geöffnete Handtasche hin. „Rufen Sie sofort die Polizei!"

Julia spürte, dass sie vor Wut blass geworden war. Sie hatte dieser Frau nur helfen wollen, ihr Geld zurückzubekommen, und jetzt wurde sie selbst beschuldigt. „Darf ich auch mal was sagen?", sagte sie entschieden und erklärte den beiden, dass sie den Jungen beobachtet hatte. Sie deutete auf das Portemonnaie, das am Boden lag. „Wenn ich nicht eingegriffen hätte, wären Sie Ihr Geld tatsächlich längst los."

Der Mann bückte sich, hob die Geldbörse auf und reichte sie der Frau. Offensichtlich glaubte er Julia – im Gegensatz zu der Frau, die ihr Portemonnaie in die Handtasche steckte, Julia noch einen zornerfüllten Blick zuwarf und dann davonstolzierte, nicht ohne Julia noch einmal laut zu beschuldigen, sie bestohlen zu haben.

„Das hat man davon, wenn man helfen will", sagte

Julia kopfschüttelnd und sah den Mann an, der den Verkaufsständer wieder aufgehoben hatte und die Süßigkeiten einsortierte. Sie folgte ihm zur Kasse und deutete auf die beiden Becher mit Kaffee, die schon für sie bereitstanden. „Was macht das?"

Der Mann winkte ab. „Geht aufs Haus. Schließlich haben Sie mich mit Ihrem beherzten Eingreifen vor einer Menge Ärger bewahrt."

Julia bedankte sich, nahm die zwei Becher mit dem dampfenden Kaffee und ging zurück zu ihrer Mutter.

„Wo warst du denn so lange?", fragte Christa besorgt. „Ist irgendwas passiert?"

Julia reichte ihrer Mutter einen der Kaffeebecher und setzte sich neben sie. Dann erzählte sie, was geschehen war.

Christa nippte an ihrem Kaffee. „Ich weiß nicht, ob ich das gekonnt hätte", murmelte sie nach einer Weile.

Julia nahm den Becher in beide Hände. „Aber natürlich hättest du das. Du musst dir nur mehr zutrauen, dann schaffst du das auch."

Doch Christa blieb skeptisch. „Du bist viel stärker als ich", entgegnete sie voller Bewunderung. „Wenn du nicht gewesen wärest, all die Jahre – ich weiß nicht, wo ich heute wäre."

Julia lachte auf. „Ich *bin* aber da. Und jetzt mach dir keine Gedanken mehr."

„Hoffentlich ist das kein schlechtes Omen für unsere Reise", meinte Christa nachdenklich.

Julia leerte ihren Kaffeebecher. „Mama", sagte sie entschieden, „es ist doch nichts weiter passiert." Warum nur war ihre Mutter mit einem Mal so mutlos? Noch vor wenigen Augenblicken war sie strahlender Laune gewesen und hatte sich auf die Reise gefreut. Doch Julia kannte die Stimmungsschwankungen ihrer Mutter nur zu gut, und sie hoffte sehr, dass die Zeit in Südafrika ihr guttun würde.

Als sie dann endlich im Flugzeug saßen, war die gedrückte Stimmung ihrer Mutter wie weggeblasen. Gut gelaunt unterhielt sie sich mit ihrer Sitznachbarin und erzählte ihr, dass sie früher als Stewardess gearbeitet habe und um die ganze Welt geflogen sei.

Erleichtert lehnte Julia sich in ihrem Sitz zurück und blätterte in dem Reiseführer für Südafrika, den sie sich vor einiger Zeit gekauft hatte. Sie las über Johannesburg, die größte Stadt des Landes, die von der weißen Bevölkerung kurz Jo'burg und von den Eingeborenen *iGoli* – Stadt des Goldes – genannt wurde. Julia wusste von den reichen Goldfunden, die vor mehr als hundert Jahren viele Menschen angelockt hatten, die ihr Glück versuchen wollten. Diese Funde hatten Johannesburg schließlich zu einer blühenden Metropole gemacht. Heute war Johannesburg eine Stadt mit krassen Gegensätzen, in der es neben ungeheurem Reichtum auch bedrückende Armut unter den Eingeborenen gab. Julia hätte sich diese Stadt zu gerne angesehen, doch das musste warten, weil sie gleich weiter nach Durban fahren würden. Dort wollten sie ein paar Tage bleiben – im Gästehaus von Alex, dem Bruder des Coffeeshop-Besitzers, der Julia und Christa die Unterkunft besorgt hatte. Aber vielleicht hätten sie ja später doch noch einmal die Gelegenheit, sich Johannesburg anzusehen.

In diesem Moment stupste Christa sie an. „Weißt du, was die nette Frau mir erzählt hat?", meinte sie aufgeregt. „In der Nähe von Durban gibt es Zulu-Zauberinnen. Die müssen wir uns unbedingt mal ansehen."

Julia nickte nur. Südafrika war auch für sie ein fremdes, geheimnisvolles Land, mit gänzlich anderen Sitten und Gebräuchen, als sie es von zu Hause gewohnt waren. Aber sie wollte den Menschen dort mit Respekt und Achtung begegnen und sie nicht als eine fremdartige Attraktion betrachten. Ihre Mutter dachte im Grunde genauso, das wusste Julia. Trotzdem schoss Christa in ihrem Überschwang manchmal über das Ziel hinaus und stieß damit Menschen vor den Kopf, selbst wenn sie es nicht so gemeint und es nicht in böser Absicht getan hatte.

Julia erinnerte sich noch, dass Christa einmal eine indische Arbeitskollegin zu sich nach Hause eingeladen hatte und ihr Kleidung von sich mitgeben wollte, da die Inderin doch aus ärmlichen Verhältnissen kam. Stolz, aber freundlich hatte die Frau das Angebot abgewiesen, und Christa war daraufhin beleidigt gewesen, weil sie sich persönlich angegriffen fühlte. Erst nachdem Julia eingegriffen hatte, versöhnte Christa sich wieder mit ihrer Arbeitskollegin.

Als Julia in diesem Augenblick daran dachte, wurde

ihr wieder einmal bewusst, dass ihre Mutter sich verändert hatte, seit sie ihr Glück in den Spielcasinos dieser Welt suchte. Denn seitdem gab es immer wieder Momente in Christas Leben, in denen sie nicht sie selbst zu sein schien, sondern eine Getriebene, auf der Jagd nach etwas Unbestimmten, das sie selbst nicht benennen konnte. In diesen Augenblicken gehorchte sie nur noch dem zerstörerischen Trieb, der sie lügen und betrügen ließ und aus dem liebenswerten Menschen eine Gehetzte machte. Auch deshalb war Julia froh, dass ihre Mutter der Reise nach Südafrika sofort zugestimmt hatte – dort würde sie bestimmt nicht so schnell wieder in Versuchung geführt werden.

„Hab ich was Falsches gesagt?", fragte Christa jetzt verunsichert, denn natürlich war ihr Julias ernste Miene aufgefallen.

Gegen ihren Willen musste Julia lachen. Ihre Mutter wirkte wie ein kleines Kind, das eine Strafpredigt erwartete. Sie drückte Christas Arm. „Es ist alles in Ordnung, Mama", entgegnete sie und deutete auf den Reiseführer, der auf ihrem Schoß lag. „Was hältst du davon, wenn wir ein bisschen Zulu üben? Dann können wir die Eingeborenen wenigstens in ihrer Sprache begrüßen."

Christa runzelte fragend die Stirn. „Zulu? Ich dachte, die Menschen dort sprechen Afrikaans oder Englisch."

Julia nickte. „Die weiße Bevölkerung, ja. Aber die Eingeborenen in der Region KwaZulu-Natal, wo wir zuerst hinfahren, sprechen Zulu." Sie schlug den Reiseführer auf, und während der nächsten Stunde lernten sie die wichtigsten Wörter.

Christa klatschte schließlich begeistert in die Hände. „*Ngiyabonga* – danke", rief sie. „Jetzt sind wir ja bestens vorbereitet."

„*Kulungia* – bitte", erwiderte Julia mit strahlendem Lächeln.

Und in diesem Augenblick war sie sich sicher, dass diese Reise zu einer der schönsten und unvergesslichsten ihres Lebens werden würde.

Als sie am Johannesburg International Airport aus dem Flugzeug stiegen, hatte Julia das Gefühl, in einen Backofen geraten zu sein. Flirrende Hitze hing über dem Rollfeld, und die Sonne stand wie ein leuchtender Feuerball am Nachmittagshimmel. Schnell zog Julia ihre leichte Strickjacke aus, die sie im Flugzeug übergestreift hatte, da ihr in zehntausend Meter Höhe und mit der Klimaanlage im Flieger ein bisschen kalt geworden war.

Gemeinsam mit den anderen Passagieren gingen Christa und Julia in die Ankunftshalle, zeigten ihre Pässe bei der Kontrolle und holten ihr Gepäck ab.

„Hoffentlich werden wir auch tatsächlich abgeholt", sagte Christa mit leisem Zweifel in der Stimme, als sie in die vielen erwartungsvollen Gesichter der Menschen blickte, die vor der Ankunftshalle auf die Passagiere warteten.

„Das wird schon klappen", entgegnete Julia zuversichtlich. Alex, bei dem sie in den nächsten Tagen wohnen würden, hatte versprochen, seinen Mitarbeiter zu schicken, der sie abholen würde, weil sie von Johannesburg nach Durban keinen Inlandsflug mehr bekommen hatten.

Julia betrachtete die vielen fremden Gesichter. Menschen aller Hautfarben liefen hin und her oder unterhielten sich lauthals und lachten. Ihr gefiel dieses aufgeregte und geschäftige Treiben sehr. Neugierig schaute sie sich auf der Suche nach Alex' Mitarbeiter um, obwohl sie nicht wusste, wie er aussah. Aber irgendwie würde er sich schon zu erkennen geben. Die Reihen der Wartenden hatten sich bereits gelichtet, als Julia plötzlich ein großes Pappschild entdeckte.

JULIA/CHRISTA stand in großen Buchstaben darauf.

„Da ist er!", rief sie aufgeregt und deutete auf das Schild.

Christa atmete erleichtert auf. „Und ich dachte schon, wir müssten hier am Flughafen übernachten", meinte sie lachend.

„Wäre doch nicht das erste Mal", warf Julia augenzwinkernd ein. Sie erinnerte sich daran, dass sie schon einmal mit ihrer Mutter auf einer Bank im Flughafen übernachtet hatte. Julia war damals zehn Jahre alt gewesen, und Christa hatte sich wieder einmal spontan entschieden, für ein paar Tage wegzufliegen – nach Kreta, da es ihr zu Hause zu eng geworden war. Sie waren zunächst bis nach Frankfurt geflogen und hatten dort auf ihren Anschlussflug gewartet. Doch ein schweres Herbstgewitter hatte ihre Pläne für diesen Tag zunichtegemacht, und sie saßen am Flughafen fest, weil die Maschine nicht starten konnte. Christa hatte damals alle Hebel in Bewegung gesetzt, damit Julia sich trotz der widrigen Umstände wohlfühlte. Sie hatte bei einer ehemaligen Kollegin, die am Flughafen von Frankfurt inzwischen beim Bodenpersonal arbeitete, ein paar Decken besorgt, Julia auf einer Bank ein kuscheliges Bett hergerichtet und ihr eine Geschichte vorgelesen, bis sie eingeschlafen war. Julia erinnerte sich sehr gerne daran. Sie hatte sich damals geborgen und sicher gefühlt – nichts Selbstverständliches für sie, denn oft genug war sie selbst diejenige gewesen, die sich um ihre Mutter hatte kümmern müssen, wenn diese wieder einmal mutlos gewesen war, weil sie keinen Job und kein Geld gehabt hatte.

Schnell schob Julia diese düsteren Gedanken beiseite. Sie hatte sich vorgenommen, diese Reise zu genießen und die – manchmal so bedrückende – Vergangenheit hinter sich zu lassen. Sie hakte sich bei ihrer Mutter unter und gemeinsam gingen sie auf Alex' Mitarbeiter zu.

„Sawubona", grüßten Julia und Christa gleichzeitig und mussten lachen.

Alex' dunkelhäutiger Mitarbeiter deutete eine leichte Verbeugung an. „Guten Tag", sagte er lächelnd. „Herzlich willkommen in Südafrika." Er schob das Pappschild unter den Arm und nahm Julia und ihrer Mutter die Reisetaschen ab. „Ich bin Dumisani."

Julia war der groß gewachsene schlanke Mann sofort sympathisch. Er hatte ein offenes, warmherziges Lächeln, und seine dunklen Augen funkelten vergnügt. Sie schätzte ihn auf etwa Mitte dreißig.

Sie folgten Dumisani zu dem Jeep, der draußen vor dem Flughafen auf dem Parkplatz stand. Dumisani verstaute das Gepäck hinten im Wagen, dann hielt er ihnen die Türen auf. Julia nahm vorne auf dem Beifahrersitz Platz, während Christa es sich auf der Rückbank bequem machte.

Dumisani drehte sich nach hinten und deutete auf eine Tasche, die neben Christa stand und in der sich Wasserflaschen befanden. „Wenn Sie Durst haben, greifen Sie zu. Wir haben noch eine lange Strecke vor uns."

Julia und Christa bedankten sich und nahmen sich je eine Flasche. Die ungewohnte Hitze hatte sie durstig gemacht.

Während Julia einen großen Schluck aus der Wasserflasche nahm, betrachtete sie versonnen Dumisani. Zu gern hätte sie ihn gefragt, wo er so gut Deutsch gelernt hatte, doch sie wagte es nicht, aus Angst, er könne ihre Frage als Herablassung verstehen.

Nachdem sie die Stadt hinter sich gelassen hatten, sagte Christa unvermittelt: „Haben Sie hier auf der Schule Deutsch gelernt, Dumisani?"

Julia warf ihr einen leicht vorwurfsvollen Blick zu, doch Christa zuckte mit den Schultern. „Darf ich Sie das nicht fragen?"

Dumisani lachte. „Aber natürlich dürfen Sie." Er erzählte, dass er früher schon bei Alex in Deutschland gearbeitet hatte. „Er hatte ein Hotel, und ich habe nach dem Studium dort als Empfangschef gearbeitet. Als Alex irgendwann nach Südafrika gegangen ist, bin ich natürlich gefolgt. Das hier ist schließlich meine Heimat."

Julia nahm einen Schluck aus der Wasserflasche und blickte aus dem Fenster. Riesige Palmen wiegten sich im Wind, und immer wieder entdeckte sie hohe Hibiskusbüsche mit unzähligen leuchtend roten oder weißen Blüten. In der Ferne ragte ein hoher Berg auf, an dessen Fuß sich eine kleinere Stadt schmiegte.

„Das ist der Suikerbosrand, der Zuckergipfel", erklärte Dumisani. „Und die Stadt heißt Heidelberg." Er erzählte weiter, dass in dem großen Suikerbosrand-Naturreservat Zebras, Weißschwanz-Gnus und verschiedene Antilopenarten leben würden, außerdem mehr als zweihundert verschiedene Vogelarten.

Julia hörte begeistert zu. Sie liebte Tiere und konnte es kaum erwarten, sie endlich einmal in der Wildnis zu sehen. Zu Hause hatte sie schon viel darüber gelesen und wusste daher über die Gefahren in diesem Land Bescheid. Raubtiere wie Löwen oder Leoparden, aber auch giftige Schlangen wie die berüchtigte schwarze Mamba konnten jederzeit unverhofft auftauchen und einen harmlosen Spaziergang zu einem gefährlichen Abenteuer auf Leben und Tod machen. Trotzdem würde sie sich davon nicht abschrecken lassen, denn sie kannte die Gefahren und würde vorsichtig sein.

Eine unendlich weite, mit Gras bewachsene Steppe erstreckte sich vor ihnen, und Julia sah fasziniert zu, wie die einzigartig leuchtende Sonne von Südafrika ihre langen Strahlen über das Land warf, um dann wie ein riesiger glutroter Ball allmählich hinter dem Horizont zu verschwinden. Ein beinahe unwirkliches Licht lag nun über allem, und Julia fühlte sich fast wie in einem Märchen – verzaubert und sprachlos angesichts dieser einmaligen Schönheit.

„Es ist traumhaft hier", sagte sie leise und voller Andacht. Sie konnte in diesem Augenblick nur zu gut verstehen, dass Dumisani in seine Heimat zurückgekehrt war. „Lebt Ihre Familie auch in Durban?", fragte sie, da sie nun nicht mehr befürchtete, ihn durch zu neugierige Fragen vor den Kopf zu stoßen.

Dumisani schüttelte den Kopf, während sein Blick fest auf die geteerte schnurgerade Straße geheftet war. Inzwischen war es schon recht dunkel, und jederzeit konnten Tiere aus dem nahe gelegenen Busch auftauchen und über die Straße laufen. „Meine Familie wohnt ein Stück westlich von Durban, in einem kleinen Dorf in der Provinz Mpumalanga", erwiderte Dumisani. „Mein Vater arbeitet dort in einer großen Obstplantage."

Julia hatte bemerkt, dass ein Schatten über sein Gesicht gehuscht war, und bereute schon fast, ihn gefragt zu haben. Was mochte passiert sein, dass er nicht unbeschwert an seine Familie denken konnte?

„Vor zehn Jahren, kurz bevor ich wieder nach Südafrika zurückgekehrt bin, ist meine kleinere Schwester an einem Schlangenbiss gestorben", fuhr Dumisani mit leiser, aber fester Stimme fort. „Seither ist meine Mutter nicht mehr dieselbe wie vorher. Sie kümmert sich zwar, so gut es geht, um die Kinder meiner Schwester, aber ich habe nie mehr ein Lächeln auf ihren Lippen gesehen." Er stockte und fuhr leise fort: „Manchmal glaube ich, sie gibt mir die Schuld, weil ich weggegangen bin."

Er verstummte, und sie schwiegen eine Weile, während jeder seinen Gedanken nachhing. Julia konnte Dumisanis Trauer nur zu gut nachvollziehen. Er hatte nicht nur seine kleinere Schwester verloren, sondern anscheinend auch seine Mutter, die in ihrem tiefen Schmerz gefangen nicht mehr in der Lage war, sich ihrem Sohn zuzuwenden und zu sehen, dass auch er litt. Julia dachte in diesem Moment an ihren Vater, den sie nie kennengelernt hatte. Obwohl sie ihre Mutter oft nach ihm gefragt hatte, hatte die sich bisher geweigert, seinen Namen preiszugeben. Inzwischen hatte Julia die Hoffnung aufgegeben, jemals herausfinden zu können, wer ihr Vater war – auch wenn sie sich sehnlichst wünschte, ihn kennenzulernen.

Bei Harrismith hielt Dumisani schließlich an einer Tankstelle. Julia und ihre Mutter blieben im Wagen sitzen und warteten auf ihn.

„Ob wir ihm nicht irgendwie helfen können?", fragte Christa, die Dumisanis traurige Familiengeschichte offenbar sehr bedrückte. „Ich meine, er kann doch nichts dafür, dass seine Schwester von einer Schlange gebissen wurde und sterben musste."

Julia drehte sich um und sah ihre Mutter liebevoll an. Auch wenn Christa in manchen Augenblicken nur an sich selbst dachte, war sie oft die Erste, die zur Stelle war, um anderen beizustehen.

„Ich würde ja auch gerne etwas tun", erwiderte Julia. „Aber ich glaube, das würde Dumisani nie zulassen. Er ist viel zu stolz dazu."

Christa nickte. „Wahrscheinlich hast du recht. Trotzdem würde ich zu gerne mal mit seiner Mutter sprechen und ihr sagen, dass sie auch noch einen Sohn hat, der ihre Liebe braucht." Sie lächelte schief. „Allerdings wüsste ich gar nicht, wie ich mich verständlich machen soll. Viel mehr als ‚Guten Tag' und ‚Auf Wiedersehen' kann ich ja nicht sagen. Und selbst wenn ich ihre Sprache könnte, wüsste ich immer noch nicht, ob wir einander verstehen würden", fügte sie hinzu. „Die Menschen hier leben und denken doch ganz anders als wir und ..."

„Aber sie verstehen doch die Sprache des Herzens", unterbrach Julia ihre Mutter. „Diese Sprache kennt keine Grenzen."

Wenig später stieg Dumisani wieder in den Jeep. „Jetzt können wir durchfahren bis nach Durban", sagte er zufrieden, und seine Traurigkeit schien sich in Luft aufgelöst zu haben.

Julia vermutete, dass er sie nicht weiter mit seiner Familiengeschichte belasten wollte. Vielleicht vermutete er, sie seien in dieses Land gekommen, um ihr Vergnügen zu haben. Auch wenn das stimmte, wollte Julia sich trotzdem mit dem Leben und den Schicksalen der Menschen hier auseinandersetzen, um einen tieferen Einblick in dieses Land zu bekommen, das so voller Gegensätze war. Doch sie wusste auch, dass sie Dumisanis Wunsch, nichts weiter preiszugeben, respektieren musste.

Nachdem er wieder losgefahren war, erzählte Dumisani gut gelaunt, dass die Stadt, in der sie eben angehalten hatten, ihren Namen dem Gouverneur Harry Smith zu verdanken habe. Im Diamantenrausch vor knapp hundertfünfzig Jahren wurde dann eine Poststation in Harrismith eingerichtet, die die Stadt schnell wachsen ließ. Dumisani deutete durch die Windschutzscheibe auf einen hohen Berg, der vor ihnen aufragte.

„Auf dem Platberg findet jeden Herbst ein Bergmarathon statt", erklärte er.

„Ein Bergmarathon?", rief Christa von hinten entgeistert. „Bei der Hitze? Da könnte ich ja noch nicht mal auf einen kleinen Hügel klettern, geschweige denn auf so einen hohen Berg!"

Dumisani lachte. „‚Euren kleinen Hügel‘, so hat damals ein britischer Major den über zweitausenddreihundert Meter hohen Platberg genannt. Ein Bürger hat sich furchtbar über diese abfällige Bemerkung geärgert und mit dem Major gewettet, dass er nicht in der Lage sei, den Gipfel in einer Stunde zu erreichen."

Julia sah ihn stirnrunzelnd an. „Und, hat er es geschafft?"

Dumisani nickte. „Und er hat einen Preis gestiftet für

die zukünftigen Sieger. Seither findet der Bergmarathon jedes Jahr im Herbst statt. Aber ich kann Sie beruhigen. Im Oktober ist es hier nicht mehr ganz so heiß wie jetzt im Januar."

„Und bei uns zu Hause liegt hoher Schnee", warf Julia ein und wurde sich plötzlich bewusst, dass sie und ihre Mutter erst an diesem Morgen aus dem winterlichen Deutschland weggeflogen waren. Trotzdem hatte sie das Gefühl, als ob sie schon lange weg wären, und ihr Zuhause in Deutschland kam ihr wie eine andere Welt vor – beinahe ein bisschen fremd, obwohl sie sich dort sehr wohlgefühlt hatte. Aber all das, was sie bisher gesehen hatte, war so überwältigend, dass die Erinnerung an zu Hause schnell verblasst war. In diesem Augenblick konnte sie sich kaum noch vorstellen, in zwei oder drei Monaten dieses faszinierende Land wieder zu verlassen. Es gab noch so vieles, das sie sehen wollte.

Als sie an Roosboom vorbeifuhren, war es bereits dunkel. Wie gespenstische Schatten ragten die Berge in der Dunkelheit auf.

„In knapp zwei Stunden sind wir da", erklärte Dumisani.

„Dann kann ich ja noch ein kleines Nickerchen machen", warf Christa von hinten ein. „Jetzt sieht man ja sowieso nichts mehr. Außerdem bin ich hundemüde." Sie lehnte sich bequem gegen den Rücksitz, und bald hörte man ihre regelmäßigen Atemzüge.

Julia hingegen war hellwach. Keine Sekunde dieser

Fahrt wollte sie sich entgehen lassen. Tief sog sie die kühle Abendluft ein, die durch den Spalt im Fenster drang, das sie ein kleines Stück heruntergekurbelt hatte. Auch die südafrikanische Luft roch anders als zu Hause, süß und weich. Alles war anders als zu Hause und trotzdem seltsam vertraut. Julia konnte sich nicht erklären, warum das so war. Sicher, sie hatte viel über dieses Land gelesen, nachdem sie sich entschieden hatten, diese Reise zu machen. Aber das allein erklärte ganz sicher nicht dieses merkwürdige Gefühl der Vertrautheit.

Vielleicht werde ich es ja noch herausfinden, wenn ich erst mehr gesehen und die Menschen besser kennengelernt habe, dachte Julia.

Jäh wurde sie aus ihren Gedanken gerissen, als Dumisani plötzlich scharf bremste und der Jeep mit einem Ruck stehen blieb.

Christa, die aufgewacht war, fuhr vor Schreck hoch. „Was ist denn los?", fragte sie entgeistert.

Julia hatte sofort gesehen, warum Dumisani so abrupt stehen geblieben war, und deutete durch die Windschutzscheibe. „Kudus", sagte sie leise.

Etwa zehn oder zwölf dieser Antilopen hatten die Straße überqueren wollen, und Dumisani hatte sie in der tiefen Dunkelheit erst im letzten Augenblick bemerkt.

Julia sah ihn mit flackerndem Blick an. „Hoffentlich ist keiner der Kudus verletzt", wisperte sie und schaute zu den braunen Antilopen mit den weißen Querstreifen, den großen runden Ohren und dem gewaltigen Schraubengehörn, das die Böcke von den Weibchen unterschied. Wie erstarrt standen sie da, geblendet vom Scheinwerferlicht. Julia wusste, dass die Kudus in einigen Regionen sehr gefährdet waren. Nicht nur für Löwen, Leoparden oder Wildhunde waren sie ein gefundenes Fressen, auch die Menschen hatten es in ihrem Jagdtrieb auf diese Tiere abgesehen.

Kurzerhand nahm Julia den Türgriff in die Hand und öffnete leise den Wagenschlag.

Dumisani griff nach ihrem Arm. „Was machen Sie denn da?", flüsterte er. „Es ist viel zu gefährlich, hier im Dunkeln auszusteigen!"

Doch Julia entwand sich seinem Griff. „Ich weiß", erwiderte sie ebenso leise. „Aber ich möchte trotzdem nachsehen, ob eines der Tiere verletzt ist." Bevor Dumisani sie zurückhalten konnte, schlüpfte sie behutsam aus dem Wagen.

Dumisani hatte inzwischen das Abblendlicht eingeschaltet und war ebenfalls ausgestiegen.

Julia sah, dass die Kudus sie einen kurzen Moment anschauten und dann mit einem Mal davonsprangen – leicht und elegant, als würden sie durch die Luft fliegen.

Sie atmete erleichtert auf. „Anscheinend sind sie mit dem Schrecken davongekommen", wandte sie sich an Dumisani, der sie kopfschüttelnd ansah. Julia lächelte. „Keine Angst, ich weiß schon, was ich tue."

„Na, hoffentlich", brummte Dumisani und stieg wieder in den Jeep.

„Versprich mir, dass du das nie wieder machst", sagte Christa, die ihre Tochter außer sich vor Sorge beobachtet hatte, als sie losfuhren. „Diese Kudus hätten dich doch über den Haufen rennen können und …"

„Sie haben mehr Angst vor mir als umgekehrt", unterbrach Julia. „Normalerweise verstecken sie sich im Busch, wenn Feinde lauern. Und wenn sie sich nicht verstecken können, fliehen sie." Sie lachte leise. „Du glaubst gar nicht, wie schnell die Kudus sein können. Und wie hoch sie springen können. Drei Meter ungefähr."

Christa sog hörbar die Luft ein. „Trotzdem. Ich will, dass wir beide die Zeit in Südafrika unbeschadet überstehen!"

„Das werden wir auch", erwiderte Julia gut gelaunt – und froh, dass keiner der Kudus verletzt worden war. Sie warf einen Blick zu Dumisani, der auf die Straße starrte, die vom Scheinwerferlicht erhellt wurde. Und plötzlich wurde ihr klar, dass sie ihn durch ihr Verhalten vor den Kopf gestoßen hatte. Er war für ihre Sicherheit verantwortlich und nahm diese Aufgabe offensichtlich sehr ernst. „Entschuldigung", sagte sie, „ich wollte Sie nicht in Bedrängnis bringen. Aber ich konnte nicht anders. Die Tiere …"

„Schon gut", unterbrach Dumisani und warf ihr kurz ein Lächeln zu. „Aber Sie sollten in Zukunft trotzdem ein bisschen vorsichtiger sein."

Julia nickte. „Ich werde ganz bestimmt daran denken", versicherte sie ihm, wohl wissend, dass sie aufpassen musste. Aber sie wollte Dumisani auch das Gefühl geben, dass sie seine gut gemeinte und aufrichtige Sorge ernst nahm.

Als sie kurz darauf an Pietermaritzburg vorbeifuhren, merkte Julia, dass Dumisani ihr nicht länger böse war. Freundlich beantwortete er ihre Fragen nach dieser großen Stadt, über die Julia schon einiges gelesen hatte.

„Sie haben sich ja tatsächlich gut vorbereitet", bemerkte er schließlich anerkennend, als Julia ihrer Mutter erzählte, dass Pietermaritzburg wegen seiner vielen mächtigen Jacarandabäume, Parks und Gärten die „Stadt der Blumen" genannt wurde und die Hauptstadt der Provinz KwaZulu-Natal war.

„Das ist doch selbstverständlich, wenn man in ein fremdes Land reist", entgegnete Julia und winkte verlegen ab.

„Für Sie vielleicht", erwiderte Dumisani nach einem kurzen Zögern und stockte.

Julia wusste genau, was er hatte sagen wollen. Dass es auch einige Menschen gab, die dieses Land bereisten, ohne sich im Geringsten um die Sitten und Gebräuche der Eingeborenen zu kümmern. Ganz im Gegenteil. Sie begegneten den Menschen mit Herablassung und ohne ihnen die Achtung zu schenken, die sie verdient hatten.

„Wussten Sie übrigens, dass Mahatma Gandhi früher mal einige Zeit in der Kolonie Natal gewohnt hat?", fragte Dumisani, der Julia anscheinend inzwischen sehr ernst nahm.

Julia nickte. „Und er wurde hier in Pietermaritzburg

aus dem Erste-Klasse-Abteil geworfen, weil es für Nicht-Weiße tabu war."

„Das darf doch wohl nicht wahr sein!", rief Christa aufgebracht. „Nur, weil er eine andere Hautfarbe hatte?" Sie war aufrichtig empört. „Warum tun die Menschen nur so etwas?"

Dumisani zuckte mit den Schultern. „Wir Ureinwohner leben seit Langem damit. Aber wir geben die Hoffnung nicht auf, dass wir alle in diesem Land eines Tages friedlich zusammenleben können."

Etwa eine halbe Stunde später kamen sie in Durban an. „In der Sprache der Zulus heißt diese Stadt Thekwini, was so viel bedeutet wie ‚der Ort, wo Erde und Wasser aufeinandertreffen'", erklärte Dumisani, der Julias Wissensdurst inzwischen bestens kannte.

„Erde und Wasser?", fragte Julia neugierig, als Dumisani von der Hauptstraße abbog.

Er lächelte. „Sie werden schon sehen warum, wenn Sie Durban bei Tag entdecken."

Schließlich hielt er vor einer Lodge, die, umgeben von Palmen und Eukalyptusbäumen, ein kleines Stück außerhalb von Durban lag. Es war ein lang gestrecktes weißes Gebäude mit einer vielfarbigen Hibiskushecke, die vor dem Haus in Rot, Violett, Weiß oder Gelb aufleuchtete. Neben dem Haupthaus stand ein kleineres Haus aus hellem Backstein.

Über dem Eingang hing eine große gusseiserne Lampe, die angezündet war und ein warmes gelbes Licht auf den

Vorplatz warf.

Als Julia, Christa und Dumisani aus dem Jeep stiegen, erschien ein großer breitschultriger Mann in der Tür. Er trug ein weißes Hemd und Kakihosen, hatte kurze rötliche Locken und einen gezwirbelten Schnurrbart.

„Herzlich willkommen, die Damen", sagte er mit tiefer, sonorer Stimme, ging auf Julia und Christa zu und reichte beiden die Hand. „Ich bin Alex Burmester. Aber nennen Sie mich bitte Alex." Er nickte Dumisani zu, der das Gepäck hinten aus dem Jeep geholt hatte. „Alles glattgelaufen?", fragte er.

Als Dumisani nickte, glaubte Julia, dass er ihr kurz zugezwinkert habe – doch vielleicht hatte sie sich auch getäuscht.

„Bringst du das Gepäck der Damen bitte in ihr Zimmer?", fuhr Alex an seinen Mitarbeiter gewandt fort und blickte dann wieder Julia und Christa an. „Ich habe noch ein leichtes Abendessen für Sie vorbereiten lassen", erklärte er und machte eine einladende Geste Richtung Haus. „Wenn ich bitten dürfte ..."

„Vorher brauche ich aber erst eine Dusche", warf Christa lachend ein, und auch Julia nickte.

„Dann erwarte ich Sie in einer halben Stunde draußen auf der Terrasse", erwiderte Alex aufgeräumt, nachdem er Julia und Christa ins Haus geführt hatte.

Dieser Mann weiß genau, was er will, dachte Julia, während sie mit ihrer Mutter auf ihr Zimmer ging. Es war ein geräumiger, mit hellen Möbeln eingerichteter Raum, an den eine kleine Terrasse grenzte, die den Blick auf die weite Hügellandschaft freigab.

Nachdem sie geduscht und frische Sachen angezogen hatten, gingen Julia und Christa auf die Terrasse, auf der mächtige Steintöpfe mit Bougainvilleen in Rot, Weiß und Rosa standen.

Alex, der auf einem der gemütlichen Korbstühle an einem langen Holztisch saß, stand sofort auf, deutete auf die freien Stühle und setzte sich wieder, nachdem Julia und Christa Platz genommen hatten.

„Das sieht ja wunderbar aus", schwärmte Christa und betrachtete neugierig all die Köstlichkeiten, die auf dem Tisch standen – Fleischspießchen, Salat, Brot, kleine Schüsseln mit Chutney und Samoosas, kleinen dreieckigen Fleischtaschen. Daneben stand ein Schälchen mit Kokosraspeln.

Dumisani trat mit einer Flasche Rotwein an den Tisch.

„Sie trinken doch einen Schluck zur Begrüßung, nicht wahr?", fragte Alex, und als Julia und Christa nickten, schenkte Dumisani ein und setzte sich dann ebenfalls an den Tisch.

Alex hob sein Glas und prostete Julia und Christa zu. „Auf einen wunderschönen und unvergesslichen Aufenthalt in Südafrika", rief er mit strahlendem Lächeln.

Als Julia dann den ersten Bissen von einem Fleischspießchen genommen hatte, schluckte sie und griff nach ihrem Wasserglas.

„Zu scharf?", erkundigte Alex sich lachend und schob

ihr das Schälchen mit den Kokosraspeln hin. „Kauen Sie ein paar davon. Dann wird es schnell besser." Er verzog das Gesicht zu einem Grinsen. „Sie werden sich schon noch daran gewöhnen. Hier in Durban isst man gerne scharf."

Julia war der ein wenig herablassende Ton nicht entgangen. Doch sie ging nicht darauf ein und sagte stattdessen: „Ich soll Sie übrigens sehr herzlich von Ihrem Bruder grüßen."

Alex füllte sein Weinglas nach, das er in einem Zug geleert hatte, und nickte. „Er hat mir erzählt, wie tüchtig Sie sind, Julia. Sie haben ja offensichtlich den Coffeeshop fast alleine geschmissen. Erstaunlich, für eine so zarte junge Frau wie Sie ..."

„Die durchaus weiß, was sie kann und will", unterbrach Julia freundlich, aber bestimmt. Sie wurde das Gefühl nicht los, dass Alex sie nicht ganz ernst nahm. Als wäre ich ein blondes Dummchen, das nicht bis drei zählen kann, dachte sie, versuchte aber, sich von ihrem Ärger nichts anmerken zu lassen, denn das würde sie in Alex' Augen nur schwächen. Und abgesehen von seinem etwas gönnerhaften Ton war er freundlich und zuvorkommend.

In diesem Augenblick trat ein muskulöser Mann in einer olivfarbenen Uniform auf die Terrasse, nickte kurz den Gästen zu und wandte sich an Alex. „Könnte ich Sie einen Moment sprechen, Herr Burmester?", fragte er leise.

Alex stand sofort auf und verschwand mit dem Mann

im Haus. Wenig später kam er zurück und setzte sich wieder an den Tisch. „Entschuldigen Sie, das war mein Securitychef."

„Securitychef?" Christa sah ihn fragend an. „Ist etwas passiert?"

Alex schüttelte den Kopf. „Er hat mir nur kurz Bericht erstattet, dass die neue Alarmanlage installiert ist. Keine Sorge, bei mir sind Sie sicher wie in Abrahams Schoß."

Christa atmete erleichtert auf. „Da bin ich beruhigt. Noch ein unangenehmer Zwischenfall heute wäre mir nämlich für den ersten Tag zu viel …"

Alex runzelte die Stirn. „Wie meinen Sie das? Hatten Sie etwa Ärger im Flugzeug?"

Christa merkte nicht, dass Julia ihr zu bedeuten versuchte, nichts zu erzählen. „Wir sind einer Herde Kudus begegnet, auf der Fahrt hierher", fuhr sie unbeirrt fort. „Aber Dumisani konnte noch rechtzeitig abbremsen. Und Julia ist sogar todesmutig ausgestiegen, um nachzusehen, ob den Tieren etwas passiert ist."

„Wie bitte?" Alex sah Julia entgeistert an. „Wissen Sie, wie gefährlich es ist, im Dunkeln hier auf der Straße?" Er schüttelte den Kopf. „Die Tiere hier sind keine Schmusekätzchen, wie bei Ihnen zu Hause, Julia. Es sind wilde Tiere, die nicht hinter Gittern gesichert sind und …"

„Ich weiß", unterbrach Julia, die sich wie ein kleines Kind fühlte, das eine Strafpredigt über sich ergehen lassen musste. „Ich bin mir all dessen durchaus bewusst."

Jetzt wandte Alex sich an Dumisani. „Warum hast du

mir nichts davon gesagt?"

Christa, die inzwischen gemerkt hatte, dass es ein Fehler gewesen war, Alex von dem Vorfall zu erzählen, hob verunsichert die Hand. „Es war ja nicht so schlimm. Außerdem ist nichts passiert." Entschuldigend sah sie Julia und Dumisani an.

„Dumisani wollte mich zurückhalten", schaltete Julia sich ein, denn sie wollte auf keinen Fall, dass er wegen ihr Schwierigkeiten bekommen würde. „Ich habe das ganz allein zu verantworten."

Alex sah sie einen Augenblick lang an, dann winkte er ab. „Belassen wir es dabei. Aber seien Sie in Zukunft bitte etwas vorsichtiger."

Julia merkte, dass er die angespannte Stimmung wieder auflockern wollte. Und sie hatte ja auch nicht die Absicht, mit ihm zu streiten.

Als sie nach dem Essen wieder in ihr Zimmer gegangen waren, sagte Christa: „Es war dumm von mir, das mit den Kudus zu erwähnen. Entschuldige noch mal."

Julia nahm die Hand ihrer Mutter und drückte sie. „Schon gut, Mama. Du konntest ja nicht wissen, dass Alex so reagieren würde."

Christa lächelte verhalten. „Hoffentlich kriegen wir nicht noch mehr Ärger. Wir wollten diese Reise doch genießen."

„Und das tun wir auch", erwiderte Julia. „Ganz bestimmt."

Wenig später lagen sie in ihrem großen Doppelbett,

aber Julia merkte, dass sie viel zu aufgekratzt war, um schlafen zu können. Schließlich schlüpfte sie leise aus dem Bett und ging auf die Terrasse, die an ihr Zimmer grenzte. Sie schaute hinauf zu dem dunklen Himmel, der von Millionen Sternen übersät war. Ein Hund bellte irgendwo in der Ferne, und ein Schwarm Vögel flog mit schrillem Kreischen auf.

„Kannst du auch nicht schlafen?", hörte sie plötzlich die Stimme ihrer Mutter. Christa war neben ihr aufgetaucht und atmete tief die kühle Nachtluft ein.

Noch lange standen sie da, lauschten dem Wind, der durch die hohen Palmen strich, und hingen ihren Gedanken nach.

„Ob wir hier wohl tatsächlich zurechtkommen?", überlegte Christa. „Es ist alles so anders in diesem Land. Und Alex …"

„Wird uns bestimmt nicht unseren Aufenthalt in Südafrika verderben", unterbrach Julia heftiger als beabsichtigt. Als sie merkte, dass ihre Mutter zusammenzuckte, fügte sie besänftigend hinzu: „Wir haben uns doch noch nie unterkriegen lassen. Und das werden wir auch jetzt nicht, ganz egal, was geschieht."

2. KAPITEL

Am nächsten Morgen wurde Julia von der hellen Sonne geweckt, die durch die leichten gelben Baumwollvorhänge fiel und das Zimmer in ein sanftes Licht tauchte. Sie war sofort wach, obwohl sie in der Nacht erst spät eingeschlafen war. Doch sie war viel zu aufgeregt und neugierig auf all das Neue, das sie heute erleben würde.

Leise stand Julia auf – ihre Mutter schlief noch –, öffnete vorsichtig die Tür und trat auf die Terrasse mit den Terrakottafliesen, die noch feucht vom Tau waren. Seidig warme Luft umschmeichelte sie, und der süße Duft der Ananas, der von einem nahen Ananasfeld herüberwehte, stieg ihr in die Nase. In der Ferne erhoben sich tiefgrüne sanft gerundete Hügel. Aus dem Küchentrakt, einem kleinen Backsteinhaus, das neben dem Haupthaus stand, hörte sie leisen Gesang, vermutlich von Alex' Mitarbeitern, die das Frühstück zubereiteten.

Erst nachdem Julia sich schon angezogen hatte, wachte ihre Mutter auf. „Na, du Langschläferin", begrüßte Julia sie lächelnd. „Ich dachte schon, du willst heute gar nicht mehr aufstehen."

Christa rieb sich verschlafen die Augen und warf einen Blick auf den kleinen Reisewecker, der auf dem Nachttisch stand. „Ist ja noch nicht mal acht", murmelte sie schlaftrunken und gähnte.

„Südafrika wartet auf uns!", rief Julia gut gelaunt.

„Schlafen können wir immer noch."

Eine halbe Stunde später betraten sie die Terrasse der Lodge, auf der allmorgendlich das Frühstück stattfand. An dem langen Holztisch saßen bereits einige Gäste, und eine junge Angestellte servierte gerade Kaffee.

„Guten Morgen, die Damen", grüßte Alex in bester Laune. Er war aus dem Garten gekommen und lächelte Julia und Christa freundlich an. „Ich hoffe, Sie haben gut geschlafen, in Ihrer ersten Nacht in Südafrika?"

Christa nickte. „Nur zu kurz", entgegnete sie lachend.

Alex deutete auf den Holztisch. „Bei uns geht es recht ungezwungen zu. Sie können Platz nehmen, wo Sie wollen." Er deutete mit dem Kopf auf einen Stapel Papiere, die unter seinem Arm klemmten. „Wenn Sie mich jetzt bitte entschuldigen, die Arbeit ruft." Damit verschwand er in seinem Büro.

Julia und Christa begrüßten die anderen Gäste: zwei junge Mädchen, die etwa in Julias Alter waren, und einen Mann und eine Frau, die nebeneinandersaßen und ungefähr so alt sein mochten wie Christa. Dann setzten sie sich auf zwei freie Plätze.

Die junge Angestellte kam sofort zu ihnen und fragte auf Englisch, ob sie Tee oder Kaffee wünschten. Beide wollten Kaffee, der ihnen prompt gebracht wurde.

Julia warf einen Blick auf den reich gedeckten Tisch mit dem köstlich duftenden frischen Weißbrot, Käse, Marmelade und viel frischem Obst.

„Hier ist alles bestens organisiert", erklärte der Mann, der schräg gegenüber von Julia und Christa saß, und stellte sich als Stephan und seine Freundin als Anne vor. „Seid ihr zum ersten Mal in Südafrika?", fragte er neugierig, nachdem auch Julia und Christa ihre Namen genannt hatten. „Übrigens duzen wir uns hier fast alle", fügte er schnell hinzu, „wenn euch das recht ist."

Julia nickte. „Ja, wir sind zum ersten Mal hier."

„Wir wollen ein paar Tage hierbleiben und dann weiterfahren", fügte Christa hinzu. Sie nahm sich eine Scheibe von dem frischen Weißbrot. „Wir möchten nämlich so viel wie möglich sehen von diesem Land. Die Natur und die Tiere, das ist doch zu faszinierend."

„Wenn ihr euch für Tiere interessiert, solltet ihr euch unbedingt das große Kenneth Stainbank Nature Reserve anschauen", warf eine der jungen Frauen, die Katrin hieß, ein und erzählte, dass es dort neben vielen verschiedenen Vogelarten Zebras, Affen, Ginsterkatzen, Antilopen und Mungos geben würde.

„Was sind denn Mungos?", fragte Christa neugierig und bestrich ihr Brot mit goldgelbem Honig.

„Mungos sind Schleichkatzen", erklärte Katrins Freundin Andrea.

„Und sie fressen auch Giftschlangen, nicht wahr?", fügte Julia hinzu. Ihr gefiel die lockere und entspannte Atmosphäre sehr. Und als sie einen Blick zu ihrer Mutter warf, merkte sie, dass auch sie sich hier sichtlich wohlfühlte.

In diesem Augenblick betraten zwei Männer von etwa

sechzig Jahren die Terrasse. Obwohl der eine ein wenig rundlicher war und seine vollen grauen Haare länger trug, sah man sofort, dass sie Zwillinge waren. Ihre Gesichter zeigten sogar den gleichen mürrischen Gesichtsausdruck.

„Du hättest mich ruhig ein bisschen früher wecken können", knurrte jetzt der mit den kürzeren Haaren.

„Ist mir doch egal, wann du aufstehst", brummte der andere. „Von mir aus kannst du den ganzen Tag im Bett bleiben."

Beide nickten den anderen Gästen knapp zu, setzten sich dann an den Tisch, bestellten Tee und begannen mit ihrem Frühstück.

Christa, die die beiden neugierig gemustert hatte, wandte sich an einen der Zwillinge, der neben ihr Platz genommen hatte, ohne sie weiter zu beachten. „Entschuldigung, hatten wir uns schon vorgestellt?", fragte sie mit einem charmanten Lächeln. „Ich bin Christa Schilling und das", sie deutete auf Julia, „ist meine Tochter Julia."

Der Mann neben ihr verschluckte sich fast an seinem Brot, in das er gerade gebissen hatte. Offensichtlich hatte er nicht damit gerechnet, von seiner Tischnachbarin angesprochen zu werden, denn die anderen Gäste hatten ihn und seinen Bruder kaum beachtet. Schnell wischte er sich mit der Serviette über den Mund und deutete eine leichte Verbeugung an. „Max Kammerloh", stellte er sich vor.

Nun stand auch der andere Zwilling auf, beugte sich ein wenig über den Tisch und reichte Christa die Hand. „Reinhard Kammerloh", sagte er.

Julia musste sich ein Lachen verkneifen. Ihre Mutter verstand es doch immer wieder, die Menschen für sich einzunehmen – selbst zwei Griesgrame wie diese beiden älteren Herren.

Reinhard nahm wieder Platz und sah seinen Bruder mit herablassendem Blick an. „Normalerweise steht man auf, wenn man eine Dame begrüßt", zischte er.

„Ach ja?", entgegnete Max bissig. „Seit wann kennst du dich denn mit Anstandsregeln aus? Du glaubst doch immer noch, dass Knigge ein schwedisches Knäckebrot ist."

Christa hob lachend die Hand. „Aber, aber, meine Herren, keinen Streit bitte. Heute ist so ein wunderschöner Tag, den sollten wir doch genießen."

Die beiden Männer verstummten und widmeten sich wieder ihrem Frühstück, konnten es jedoch nicht lassen, sich ab und zu über den Tisch hinweg giftige Blicke zuzuwerfen.

Julia achtete nicht weiter auf sie, denn sie würde sich den Tag ganz sicher nicht von diesen streitsüchtigen Zwillingen verderben lassen. Sie wollte sich gerade ein Schälchen von dem Obstsalat mit frischen Mangos, Papayas und Ananas nehmen, als jemand ihr auf die Schulter tippte.

„Du sitzt auf meinem Platz", hörte sie eine Stimme und drehte sich um. Ein kleines Mädchen von etwa sechs Jahren stand vor ihr. Kurze blonde Locken kräuselten sich um ihren Kopf, und sie hatte die Lippen zu einem

Schmollmund verzogen. Bevor Julia noch etwas sagen konnte, tauchte eine junge Frau auf und legte die Hand auf die Schulter des Mädchens.

„Entschuldigung, hat Laura Sie belästigt?", wandte sie sich an Julia.

Die Kleine sah ihre Mutter verärgert an. „Ich hab die Frau nicht belästigt. Sie sitzt auf meinem Platz."

Julia merkte, dass die junge Frau sie entschuldigend und ein wenig hilflos ansah. „Schon gut", sagte sie lächelnd und zog kurzerhand einen freien Stuhl neben sich zurück. „Was hältst du davon, wenn du dich heute mal hierhin setzt?", schlug sie vor und deutete auf einen grasgrünen Papagei mit hellem Kopf. „Von da aus siehst du nämlich die schönen Kap-Papageien da hinten in den Bäumen viel besser. Und morgen tauschen wir die Plätze wieder, damit ich die Papageien sehen kann."

Die Kleine schaute sie einen Moment lang an und legte den Kopf schief. Dann kletterte sie auf den freien Stuhl, griff in den geflochtenen Korb, der am Tisch stand, und nahm sich einen der Koeksisters – kleine klebrige Teigzöpfe, die in Sirup ausgebacken waren. Herzhaft biss sie hinein und hatte ihren Ärger offensichtlich schon wieder vergessen.

Nachdem ihre Mutter sich Julia und Christa als Sabine vorgestellt hatte, setzte sie sich auf den Platz neben ihrer Tochter und sagte an Julia gewandt: „Laura ist nicht immer so. Ich weiß auch nicht, was sie heute hat."

„Ich bin *doch* immer so", entgegnete die Kleine mit vollem Mund.

„Dann solltest du vielleicht auch mal einen Anstandskurs besuchen, genau wie mein Bruder", warf Reinhard, einer der Zwillinge, bissig ein.

Das Mädchen sah ihn mit großen Augen an. „Was ist denn ein Anstandskurs? Muss ich dahin, Mama?", fügte sie hinzu und schaute ihre Mutter an.

Sabine strich der Kleinen liebevoll über die weichen Locken. „Aber nein, mein Schätzchen. Es ist alles in Ordnung."

„Und dass Ihre Tochter gestern Nachmittag herumgebrüllt hat, als ich schlafen wollte, ist das auch in Ordnung?", fragte Max missmutig.

Julia sah, dass Sabine den Tränen nahe war. Daher war sie froh, dass Stephan, der die Gäste schon länger kannte als sie, sich nun einmischte.

„Sie hätten ja mit zum Natal Sharks Board fahren können", sagte er freundlich, aber bestimmt zu Max. „Dann hätte Laura hier in Ruhe spielen können, wozu sie als Kind auch jedes Recht hat."

Max hielt den Atem an. „Soll ich mir etwa ansehen, wie ein Hai seziert wird?", stieß er hervor und schüttelte den Kopf. „Solche blutrünstigen Dinge mögen Ihnen vielleicht gefallen, aber mir nicht."

Stephan zuckte mit den Schultern. „Wir sind mit einem Boot mitgefahren und haben zugesehen, wie die Sandtigerhaie aus den Schutznetzen gesammelt wurden." Er erklärte, dass die Haie zum Schutz der vielen Badegäste in Netzen gefangen wurden.

„Es ist doch ziemlich umstritten, was die Leute von Natal Sharks Board da machen, oder?", warf Katrin ein.

Julia war sofort hellhörig geworden und wollte von Katrin mehr darüber wissen.

„Die Haie ersticken, wenn sie zu lange in den Netzen sind", erklärte Katrin, „weil sie sich nicht bewegen können. Das ist jedoch lebensnotwendig für sie, da durch die Bewegung Wasser in ihre Kiemen strömt."

Julia war entsetzt. „Kann man da nichts gegen unternehmen?", fragte sie.

„Es hat bereits massive Proteste gegeben. Inzwischen kontrollieren die Mitarbeiter von NSB täglich die Netze, damit die Haie nicht sterben", schaltete Stephan sich wieder ein. „Außerdem wurde ein sogenannter Shark Pod entwickelt, ein kleines Gerät, das Taucher auf ihre Flaschen schnallen können und das mit elektromagnetischen Wellen die Haie vertreiben soll."

„Am besten ist, man geht hier gar nicht erst ins Meer", warf Max verärgert ein. „Dann müsste man auch nicht diesen ganzen Aufwand betreiben."

Während Stephan ihm lebhaft widersprach, sah Julia verstohlen zu den beiden älteren Männern. Sie waren die Einzigen, denen die anderen wohl nicht das Du angeboten hatten, und es war offensichtlich, dass keiner sie besonders mochte. Sie konnte nur hoffen, dass die Zwillinge keinen größeren Ärger machen und die vorher so entspannte und fast freundschaftliche Atmosphäre noch weiter zerstören würden.

Katrin und Andrea, die, wie sie erzählt hatten, beide Biologie studierten, waren inzwischen aufgestanden. Sie wollten zum Mitchell Park fahren, der ein bisschen außerhalb von Durban lag und in dem es viele exotische und sehr seltene Vögel zu bewundern gab. „Wollt ihr vielleicht mitfahren?", fragte Andrea Julia und Christa.

Doch Julia schüttelte den Kopf. „Danke, aber wir wollen uns heute erst mal ein bisschen in Durban umschauen."

„Wenn ihr wollt, könnt ihr mit uns fahren", bot Stephan an und legte seiner Freundin Anne die Hand auf den Arm. „Wir fahren heute auch nach Durban, in etwa zwei Stunden."

Julia und Christa nahmen seinen Vorschlag gerne an.

Wenig später standen auch die beiden älteren Männer auf und verabschiedeten sich mit mürrischen Mienen. Die kleine Laura sprang ebenfalls von ihrem Stuhl auf und zupfte ihre Mutter ungeduldig am Ärmel. „Ich will was spielen", sagte sie entschieden.

Sabine, die bisher kaum zum Frühstücken gekommen war, erwiderte: „Gleich, mein Schätzchen. Ich bin noch nicht fertig."

Wütend stampfte Laura mit dem Fuß auf. „Ich will aber *jetzt* spielen."

Julia war schon zu Anfang aufgefallen, dass Sabine mit ihrer Tochter ein wenig überfordert war. Sie schob ihren Stuhl zurück und stand auf. „Was hältst du davon, wenn wir beide uns die Papageien mal von Nahem ansehen?", sagte sie und lächelte die Kleine aufmunternd an.

Versonnen legte Laura den Finger an die Nase, dann nahm sie Julias Hand und hüpfte an ihrer Seite zu den Papageien, während Christa sich mit Sabine unterhielt.

Als Sabine und die kleine Laura schließlich auf ihr Zimmer gegangen waren, gingen auch Julia und Christa in ihr Appartement und zogen ihre Badeanzüge an, um sich noch ein wenig draußen unter den großen Sonnenschirm, der am Swimmingpool stand, zu legen. Julia hatte ihren Reiseführer mitgenommen und blätterte neugierig darin herum. Immer wieder fand sie Neues, was es in diesem Land zu entdecken gab. „Wusstest du eigentlich, dass man in Pretoria in der Nähe von Johannesburg den größten Rohdiamanten der Welt gefunden hat?", fragte sie. „Den berühmten Cullinan."

Christa schüttelte den Kopf. „Und was hat man mit dem Stein gemacht?"

„König Edward VII. von England erhielt ihn zu seinem Geburtstag", erklärte Julia. „Ein Schleifer aus Amsterdam spaltete den Stein dann in einhundertfünf Teile. Während seiner Arbeit waren auch ein Arzt und zwei Krankenschwestern dabei, weil der Schleifer so unter Stress stand, dass er danach einen Nervenzusammenbruch erlitt und drei Monate das Bett hüten musste. Der größte Stein ziert übrigens das Zepter der Kronjuwelen."

Christa streckte sich auf ihrem Liegestuhl aus. „Wir sind auch ohne Diamanten zufrieden", erklärte sie. „Im Grunde macht so viel Geld doch sowieso nicht glücklich."

Verwundert sah Julia ihre Mutter an. Wie oft hatte

Christa sich beklagt, dass sie nicht genug Geld hätten, und war unglücklich darüber gewesen, dass sie sich kaum etwas leisten konnten. Bis sie dann vor vielen Jahren zum ersten Mal ihr Glück beim Spiel gemacht hatte. Plötzlich konnte sie sich all das leisten, was sie sich schon lange gewünscht hatte, und war endlich einmal wieder zufrieden und ausgeglichen gewesen. Angestachelt durch ihren Gewinn hatte sie dann immer wieder ihr Glück im Spiel versucht – und meistens alles verloren. In solchen Momenten war sie stets untröstlich und kaum noch in der Lage gewesen, ihren alltäglichen Verpflichtungen nachzukommen. Ob sie sich vielleicht tatsächlich geändert hat, dachte Julia voller Hoffnung.

„Ich habe mich mit Sabine unterhalten, als du mit Laura gespielt hast", fuhr Christa nun fort. „Und das hat mir wieder einmal gezeigt, wie zufrieden wir beide doch sein können."

„Was hat Sabine denn erzählt?", fragte Julia, die gerne wissen wollte, warum diese junge Frau so unglücklich wirkte.

Christa setzte sich in ihrem Liegestuhl auf. „Ihr Mann hat sie vor zwei Jahren verlassen, bei Nacht und Nebel", erklärte sie, und ihrer Stimme war deutlich anzumerken, wie entrüstet sie darüber war. „Wochen später hat er ihr dann eine Ansichtskarte aus Südfrankreich geschickt, auf der stand, dass er mit einer anderen Frau zusammen sei. Erst ein Jahr später hat sie ihn dann wiedergesehen … bei der Scheidung."

Julia spürte, dass auch sie das traurige Schicksal der jungen Frau bedrückte. Vermutlich hatte Sabine einmal geglaubt, die große Liebe gefunden zu haben, und war dann schmählich hintergangen und enttäuscht worden. War die große Liebe vielleicht doch nur eine Illusion? Ein Traum, der nie in Erfüllung gehen würde? Nein, entschied Julia. Sie glaubte daran, dass es die eine, wahre Liebe gab. Und eines Tages würde auch sie diese Liebe finden – davon war sie fest überzeugt.

„Die kleine Laura hat es natürlich auch nicht verstehen können, dass ihr geliebter Papa plötzlich nicht mehr da war", fuhr Christa fort. „Sabine versucht alles, um ihn zu ersetzen, aber sie sagt, dass sie manchmal einfach nicht die Kraft dazu hat."

Julia war der traurige Unterton in der Stimme ihrer Mutter nicht entgangen. Vermutlich hatte sie an ihr eigenes Leben denken müssen. Auch Christa hatte Julia allein großgezogen und sich doch oft nach einem Mann gesehnt, der für *sie* da war, um ihr ein bisschen von all der Verantwortung abzunehmen. Julia wurde wieder einmal bewusst, wie einsam ihre Mutter sich manchmal gefühlt haben musste. Hatte sie vielleicht deswegen Zuflucht gesucht im Spiel und geglaubt, dass es ihr die Liebe ersetzen könnte, die sie bei den Männern nicht gefunden hatte? Liebevoll sah sie Christa an. Es gab so vieles, für das sie ihr dankbar war.

„Hättest du was dagegen, wenn Sabine und Laura uns nach Durban begleiten?", fragte Christa. „Ich glaube, Sabine braucht mal ein bisschen Gesellschaft."

Julia schüttelte den Kopf. „Natürlich hab ich nichts dagegen. Sie können gerne mitkommen." Sie sah, dass ihre Mutter sich entspannt zurücklehnte und die Augen schloss. Sie ist glücklich, wenn sie anderen helfen kann, dachte Julia. Außerdem wusste sie, dass ihre Mutter das Gefühl haben musste, gebraucht zu werden, denn oftmals kam sie sich nutzlos vor. In diesem Moment nahm Julia sich vor, alles zu tun, um ihrer Mutter den Aufenthalt in Südafrika zu einem wunderschönen Erlebnis zu machen.

Eine Weile lagen sie schweigend da und genossen die warme Sonne und den leichten Wind. Schließlich stand Christa auf. „Ich ziehe mich schon mal an", erklärte sie.

Julia wollte noch etwas bleiben, weil sie erst später mit Stephan und den anderen nach Durban fahren würden. Sie nahm ihren Reiseführer zur Hand, um ein bisschen darin herumzublättern. Sie spürte, dass sie allmählich zur Ruhe kam und die Anspannung der letzten Wochen vor ihrer Abreise langsam von ihr abfiel. Einen Moment lang schloss sie die Augen, um dieses Gefühl der Ruhe zu genießen.

Plötzlich hörte sie einen Aufschrei, riss die Augen auf und schoss kerzengerade in ihrem Liegestuhl hoch. Ihr Blick fiel auf den Swimmingpool – von dort war der Schrei gekommen.

Und da sah sie es.

Reinhard, einer der Zwillingsbrüder, war im Wasser und fuchtelte wild mit den Armen in der Luft herum.

Ohne zu zögern sprang Julia auf, lief zum Pool, sprang ins Wasser und versuchte, dem älteren Mann von hinten unter die Arme zu greifen, um ihn aus dem Wasser zu ziehen. Doch er schlug um sich und schnappte nach Luft. Mit einem Mal klammerte er sich an Julia. Einen Augenblick lang hatte sie das Gefühl, von ihm in die Tiefe gezogen zu werden. Wieder und wieder gerieten die beiden unter Wasser. Mit aller Kraft schaffte sie es schließlich, sich aus der Umklammerung zu befreien und den älteren Herrn an den Rand des Swimmingpools zu der Treppe zu ziehen, die ins Wasser führte. Sie stützte ihn und führte ihn zu einem der Liegestühle.

Erschöpft ließ Reinhard sich auf die Liege fallen. Es dauerte noch eine Zeit lang, bis er wieder ruhig und regelmäßig atmen konnte. Unvermittelt sah er Julia an. „Warum haben Sie das gemacht?", wollte er mit gepresster Stimme wissen.

Julia blickte ihn fragend an. „Ich verstehe nicht ganz. Sie wären fast ertrunken ..."

„Unsinn", unterbrach Reinhard und sah sie mit flackerndem Blick an. „Ich wäre schon irgendwie aus diesem verdammten Pool wieder herausgekommen ... auch ohne Ihre Hilfe." Die Herablassung in seinen Worten war kaum zu überhören.

Julia merkte, wie Ärger in ihr aufstieg. Statt froh zu sein, dass sie ihm geholfen hatte, beschimpfte dieser Mann sie. Doch sie wollte sich nicht auf einen Streit mit ihm einlassen. „Ich hatte nicht den Eindruck, dass Sie es allein geschafft hätten", sagte sie ruhig und sah ihn stirnrunzelnd an. „Ich vermute, Sie können überhaupt nicht schwimmen, habe ich recht?"

Reinhards Miene verfinsterte sich immer mehr. „Natürlich kann ich nicht schwimmen", entgegnete er aufgebracht. „Deshalb war ich ja im Pool – um es zu lernen." Wütend fuhr er sich mit der Hand durch die nassen Haare. „Mein Bruder kann es nämlich auch nicht, und ich wollte ihm etwas voraushaben." Missmutig wies er auf die andere Seite des Swimmingpools. „Und da kommen Sie daher und blamieren mich. Vor seinen Augen."

Julia warf einen Blick in die Richtung, in die er gedeutet hatte. Sein Bruder Max stand dort, ein hämisches Grinsen im Gesicht.

„Er freut sich diebisch, dass ich es nicht geschafft habe", knurrte Reinhard. „Und das habe ich Ihnen zu verdanken", fügte er in abfälligem Ton hinzu.

Auch wenn Julia sich vorgenommen hatte, sich mit diesem Mann nicht anzulegen, konnte sie ihre Wut jetzt nicht mehr zurückhalten. „Die Streitereien mit Ihrem Bruder gehen mich nichts an", erklärte sie entschieden. „Aber wenn Sie zu ertrinken drohen, geht mich das sehr wohl etwas an." Damit drehte sie sich um, ließ den verdutzten Reinhard sitzen und ging zu ihrem Zimmer.

„Da bist du ja endlich", sagte Christa, die in einem hellen knielangen Sommerkleid vor dem Spiegel stand und ihre blonden Haare hochsteckte. Sie drehte sich um und musterte Julia entgeistert. „Ist irgendetwas passiert? Du siehst wütend aus."

Julia erzählte ihrer Mutter kurz, was vorgefallen war.

„Und er hat sich nicht einmal bei dir bedankt?", sagte Christa entrüstet, nachdem Julia geendet hatte. „Na, dem werde ich was erzählen …"

„Lass es bitte, Mama", unterbrach Julia sie. „Wir wollen nicht noch mehr Ärger haben." Sie setzte ein Lächeln auf. „Wir wollen unseren ersten Tag in Südafrika doch genießen."

Nachdem Julia sich angezogen hatte, gingen sie zu Sabines Zimmer, um sie und Laura abzuholen.

Gemeinsam traten sie schließlich auf den großen Vorplatz. Stephan und seine Freundin Anne warteten bereits und winkten ihnen zu. Julia ging schnell voraus, um Stephan zu fragen, ob Sabine und Laura auch mitfahren könnten.

„Aber klar doch", entgegnete er lachend und öffnete die Türen seines Jeeps. „Wir haben genug Platz für alle."

Sie fuhren eine staubige Landstraße entlang, und die kleine Laura klatschte jedes Mal begeistert in die Hände, wenn Stephan durch eines der Schlaglöcher fahren musste und der Jeep durchgerüttelt wurde. Kinder standen am Straßenrand und winkten ihnen ausgelassen zu, und ab und zu sahen sie Schafe oder Ziegen am Wegesrand, der von hohen Palmen gesäumt war. Schließlich bog Stephan auf die geteerte Hauptstraße, und wenig später fanden sie sich mitten im dichten Großstadtverkehr wieder.

„Durban ist nun mal der beliebteste Ferienort des Landes", erklärte Stephan, der bald nur noch im Schneckentempo vorwärtskam. „Alle wollen an die Beach Front zum Sonnen oder Surfen", fuhr er fort. Er kannte sich in diesem Land aus, da er, wie er erzählt hatte, schon öfter in Südafrika gewesen war und dieses Land liebte.

„Wir wollen aber nicht dahin", sagte die kleine Laura entschieden und sah Julia, die neben ihr saß, fragend an. „Was ist denn die Bitsfront?"

„Der Strand von Durban", entgegnete Julia. „Er muss wunderschön sein, mit weißem Sand. Er ist sehr lang, ungefähr acht Kilometer."

Sie fuhren eine breite Straße entlang, die gesäumt war von hohen modernen Geschäftshäusern, Hotels, Restaurants und Bars. Davor standen hohe Palmen, deren Wipfel sich in der leichten Brise wiegten. Nur vereinzelt sah man hier und da noch ein Haus im alten viktorianischen Stil. Menschen aller Hautfarben schlenderten über die sonnenbeschienenen breiten Fußgängerwege oder schlängelten sich an den hupenden Autos vorbei, um durch den dichten Verkehr auf die andere Straßenseite zu gelangen. In bunten Rikschas wurden die Touristen durch die Straßen gefahren.

Als Stephan an einer roten Ampel halten musste, sprang sofort ein dunkelhäutiger Junge herbei und deutete an, die Windschutzscheibe putzen zu wollen. Doch Stephan winkte freundlich ab und fuhr langsam weiter, als die Ampel auf Grün sprang. „Jeder versucht natürlich, sich ein paar Rand zu verdienen", sagte er. „In den Townships außerhalb der Stadt gibt es viel zu viele Arme, die kaum genug zum Leben haben." Schließlich hielt er beim

Albert Park in der Nähe des Hafens. „Von hier aus können wir zu Fuß gehen", erklärte Stephan, nachdem sie ausgestiegen waren.

Am Hafen, dem wichtigsten und größten des Landes, bestaunten sie zunächst die leuchtend weißen Passagier- und Kreuzfahrtschiffe und die Hochseefischereiflotte. Am Sugar Terminal erklärte Stephan ihnen, dass dies einer der größten Zuckerumschlagplätze der Welt sei und dass in den riesigen Silos eine halbe Million Tonnen Zucker aus den Zuckerrohrplantagen lagerten, die in die ganze Welt verschickt wurden. Vor dem Old Courthouse Museum erzählte er ihnen dann, dass man in diesem Museum sehr viel über die Geschichte des Zululandes und die europäische Besiedlung Natals erfahren würde. „Vasco da Gama hat die Bucht hier am Weihnachtsfeiertag entdeckt", sagte er, „und sie Port Natal genannt. Natal ist Portugiesisch und heißt Weihnachten." Erst vor weniger als zweihundert Jahren hatten sich dann hier britische Händler niedergelassen und eine Siedlung gegründet, die im Stammesgebiet der Zulu lag, die den Handel der Weißen mit dem beliebten Elfenbein jedoch erst einmal akzeptierten. „Die Eingeborenen wurden im Laufe der Zeit aber immer weiter zurückgedrängt, und es kam zu blutigen Auseinandersetzungen", schloss er.

„Wie an so vielen anderen Orten in diesem Land auch", fügte Julia mit ernster Miene hinzu. Sie würde nie verstehen, warum Menschen sich bekämpften, nur weil sie unterschiedliche Hautfarben hatten.

Die kleine Laura riss sie aus ihren Gedanken, als sie Julias Hand nahm. Seit sie am Morgen zusammen die Papageien angeschaut hatten, wollte sie kaum noch von ihrer Seite weichen. Julia freute sich darüber, weil sie die lebhafte Kleine mochte und sie zudem auf diese Weise deren Mutter ein wenig entlasten konnte, die es sichtlich genoss, zusammen mit ihnen die Stadt zu erkunden. „Gehen wir denn auch zu den Delfinen?", fragte Laura und sah Julia mit großen runden Augen an.

Julia nickte. „Aber natürlich. Die müssen wir uns unbedingt ansehen." Sabine hatte ihr während der Fahrt nach Durban von der uShaka Marine World erzählt, der „Welt des Wassers", einem der größten Aquarien der Welt, in dem es neben vielen anderen Attraktionen auch eine Delfinshow gab.

Im Indischen Viertel gingen sie über den orientalischen Basar mit seinen vielen bunten kleinen Läden, die hinter einer großen prachtvollen Moschee lagen. Auf dem indischen Markt am Ende der Straße kauften sie sich dann einen Bunny Chow, ein ausgehöhltes Brötchen, das mit einem köstlichen scharfen Curry gefüllt war.

„Da kann man jeden Burger vergessen", schwärmte Julia lachend, nachdem sie einen Bissen genommen hatte. Ihr gefiel das bunte und geschäftige Treiben auf diesem Markt sehr. An unzähligen Ständen wurden Gewürze, Fisch, Obst, Schmuck oder Holzarbeiten angeboten. Sie hätten Stunden gebraucht, allein um sich diesen Markt anzuschauen. Doch Laura drängte weiter, weil sie unbedingt zu den Delfinen wollte.

Stephan und Anne verabschiedeten sich, nachdem sie ihre Bunny Chows gegessen hatten. Sie wollten in die Gillespie Street, in der es ein riesiges modernes Einkaufszentrum mit vielen kleinen Geschäften gab, und sich dort nach Verlobungsringen umschauen, wie sie mit leuchtenden Augen erzählt hatten. Am Nachmittag würden sie sich beim Auto wiedertreffen.

Sabine, die den Stadtbummel bis dahin genossen hatte, schaute den beiden mit traurigem Blick hinterher, als sie Hand in Hand davongingen. „Hoffentlich werden die beiden wenigstens glücklich", sagte sie leise.

Auch Christa seufzte. „Die zwei sind wirklich zu beneiden", murmelte sie. „So verliebt wie sie möchte ich auch mal wieder sein." Als sie Julias Blick bemerkte, der ihr bedeutete, nicht in Wehmut zu versinken, hakte sie sich kurzerhand bei Sabine unter und lächelte. „Wir finden auch noch unser Glück", erklärte sie entschieden. „Aber vorher schauen wir uns noch dieses gewaltige Aquarium an." Sie zwinkerte Laura zu und zog Sabine mit sich, während Julia ihnen mit der Kleinen an der Hand folgte.

Der Vergnügungspark lag am Ende der Strandpromenade, der Golden Mile. Mitten durch den Park mit den großen Wasserrutschen schlängelte sich ein schnell fließender Bach, auf dem die Besucher mit Schwimmreifen das Gelände durchqueren konnten. Auch Laura bestand darauf, mit einem Schwimmreifen über den Bach zu jagen, und sie juchzte vergnügt, als sie durch das Wasser glitten.

Fasziniert standen sie schließlich vor den gigantischen Aquarien, die in einen nachgebauten versunkenen Dampffrachter eingebaut worden waren und die schillernd bunte Unterwasserwelt Südafrikas zeigten. Aus dem Hintergrund drangen Geräusche, die den Besuchern vorgaukelten, sich tatsächlich in einem versunkenen Schiff zu befinden. Es blubberte und rauschte, Funksignale piepsten, eine Schiffsglocke läutete und unverständliche Kommandos drangen aus den Lautsprechern.

Bei der Pinguin Station brach Laura immer wieder in Begeisterung aus über die kleinen watschelnden Vögel, die im Wasser tauchten. Und endlich bekam sie auch die Delfine zu sehen, die ihre unglaubliche Sprungkraft, mit der sie aus dem Wasser schossen, demonstrierten und mit den Flossen klatschten und winkten.

„Jetzt brauche ich unbedingt was Kaltes zum Trinken", ächzte Christa schließlich und deutete auf ein Restaurant. Sie setzten sich an einen freien Tisch und bestellten gekühlten Fruchtsaft und für Laura ein Eis.

„Bleibt ihr beide länger in Südafrika?", fragte Julia und sah Sabine neugierig an.

Sabine zuckte mit den Schultern. „Ich weiß es noch nicht. Eigentlich waren drei Wochen geplant. Meine Eltern haben uns diese Reise geschenkt, damit wir mal rauskommen. Und seitdem ihr beide da seid, gefällt es mir hier sogar." Sie seufzte. „Aber wenn ich dann wieder mit Laura allein bin …"

„Noch sind wir ja da", entgegnete Julia schnell, denn

sie merkte, dass Sabine plötzlich bedrückt wirkte. Sie war froh, dass Laura von dem Gespräch nichts mitbekommen hatte. Sie war zu einem kleinen Jungen gegangen, der am Nebentisch saß. Für sie ist es noch viel leichter, ohne Bedenken auf andere Menschen zuzugehen, dachte Julia und wünschte sich, dass auch Sabine eines Tages wieder unbeschwerter ihr Leben genießen könnte.

Julia war für einen Moment ganz in Gedanken versunken und merkte zunächst gar nicht, dass ihre Mutter neugierig zu einem anderen Nebentisch schaute, an dem vier Männer saßen, die sich auf Deutsch unterhielten.

Doch plötzlich horchte Julia auf.

„Der Greyville Race Course ist die berühmteste Pferderennbahn Südafrikas. Wenn Sie Interesse haben, könnte ich …", sagte einer der Männer gerade zu seinen Tischnachbarn.

„Ich glaube, wir sollten jetzt aufbrechen", stieß Julia unvermittelt hervor und merkte, dass sie ein bisschen zu laut gesprochen hatte.

Christa zuckte zusammen und sah Julia ein wenig betreten an. Sie senkte den Blick und erhob sich vom Tisch.

„Was war denn los?", fragte Sabine, als sie wieder zum Auto zurückgingen.

Julia schluckte. Sie hasste es, lügen zu müssen, doch sie konnte Sabine schließlich nicht erzählen, dass sie sich Sorgen um ihre Mutter machte, obwohl diese versprochen hatte, nie wieder zu spielen – immerhin kannte sie Sabine noch nicht so lange. Und jetzt war die altbekannte Angst wieder da, die Angst, dass Christas Sucht erneut ausbrechen könnte, die Angst, die schon seit Jahren immer wieder in Julia hochkam und sie nicht zur Ruhe kommen ließ. „Ach nichts", erwiderte sie nun ausweichend. „Ich dachte nur, wir sollten besser rechtzeitig losgehen, damit Stephan und Anne nicht warten müssen." Verstohlen sah sie zu ihrer Mutter, merkte jedoch, dass Christa ihrem Blick auswich.

Als sie zum Jeep kamen, waren Stephan und Anne tatsächlich schon da und empfingen sie mit strahlenden Gesichtern. Sie hatten wunderschöne Verlobungsringe gekauft, die sie jedoch in einer kleinen Schachtel verwahrten und noch nicht zeigen wollten. „Ihr werdet sie schon sehen, wenn wir uns verlobt haben", meinte Anne mit hintergründigem Lächeln.

Julia freute sich für die beiden, doch die Angst um ihre Mutter legte sich wie ein Schatten über sie und drohte all das Schöne zu ersticken, das sie an diesem Tag erlebt hatte. Jetzt war nur noch die quälende Sorge in ihr, dass alles wieder von vorne anfangen könnte und dass Christas Versprechen, nie wieder zu spielen, nur leere Worte gewesen waren – wie schon so oft.

3. KAPITEL

Julia hörte nur mit halbem Ohr zu, als Anne auf der Rückfahrt zur Lodge begeistert von dem kleinen Laden erzählte, in dem sie ihre Verlobungsringe erstanden hatten.

„Der Verkäufer war ein alter Mann", sagte Anne. „Er hat uns lange angeschaut. Und dann hat er gesagt, dass Stephan und ich füreinander geschaffen sind." Sie strahlte. „Er hat es an unseren Augen abgelesen. Und er hat gemeint, dass er sich noch nie getäuscht hat." Verliebt fuhr sie Stephan durchs Haar und drehte sich dann zu Julia um, die hinten saß. „Was ist denn?", erkundigte sie sich und wirkte ein wenig verwirrt. „Du schaust so ernst. Freust du dich gar nicht für uns?"

Julia schreckte aus ihren Gedanken hoch, die um ihre Mutter gekreist waren. „Doch, sicher", sagte sie schnell und setzte ein Lächeln auf. „Natürlich freue ich mich." Sie warf einen Blick zu ihrer Mutter, aber die starrte nur stumm aus dem Fenster.

Ich muss so bald wie möglich mit ihr darüber reden, dachte sie.

Julia konnte den Gedanken, dass ihre Mutter vielleicht wieder anfangen könnte zu spielen, kaum ertragen. Waren sie denn nicht nach Südafrika geflogen, um all das endlich einmal hinter sich zu lassen?

Als sie am frühen Abend auf der Lodge ankamen, begrüßte Alex sie erfreut. „Ich hoffe, Sie hatten einen schönen Tag in Durban", sagte er und hörte der kleinen Laura lachend zu, als sie ihm von den Delfinen und Pinguinen erzählte.

Unvermittelt erhob Stephan die Stimme. Er legte einen Arm um die Schultern seiner Freundin und verkündete: „Ich würde mich freuen, wenn ihr heute Abend alle unsere Gäste sein würdet. Anne und ich ... wir wollen mit euch zusammen unsere Verlobung feiern. Ich sage den restlichen Gästen auch noch, dass sie herzlich eingeladen sind."

„Das ist ja wunderbar!", rief Alex. „Da werde ich gleich mal in der Küche Bescheid geben, dass es heute was Besonderes zum Abendessen geben soll."

Auch die anderen nahmen die Einladung gerne an und gingen auf ihre Zimmer, um sich vor dem Essen noch ein wenig auszuruhen.

Julia war froh, als sie endlich mit ihrer Mutter allein war. Doch bevor sie überhaupt etwas sagen konnte, begann Christa: „Ich weiß genau, was dich bedrückt. Du hast Angst, weil ich gehört habe, dass es in Durban eine Pferderennbahn gibt. Aber du darfst dir keine Sorgen machen – ich werde bestimmt nicht wetten!"

Eindringlich blickte Julia sie an. „Wie kann ich dir das glauben, Mama? Das hast du schon so oft gesagt. Und trotzdem hast du wieder gespielt, heimlich, weil du gedacht hast, ich bekomme es nicht mit."

Christa wandte sich ab und starrte durch die Terrassentür hinaus. „Ich weiß, dass ich dir in den letzten Jahren oft Kummer bereitet habe", gab sie leise zu. „Und wenn ich könnte, würde ich es ungeschehen machen." Langsam drehte sie sich um. Tränen schimmerten in ihren Augen. „Ich kann dich nur um eines bitten. Glaube mir, dass ich nie mehr spielen werde. Damit ich selbst an mich glauben kann."

Julia sah, dass Tränen über Christas Wangen liefen. Ohne noch weiter nachzudenken, ging sie zu ihr und schloss sie in die Arme. „Ich glaube dir ja, Mama", sagte sie und merkte gleichzeitig, wie wenig überzeugend sie geklungen hatte. „Ich glaube dir", sagte sie deshalb noch einmal mit fester Stimme.

Als sie später zum Abendessen auf die Terrasse gingen, merkte Julia, dass ihre Mutter wieder blendender Laune war. Christa freute sich immer, wenn sie in Gesellschaft war und mit anderen feiern konnte. Und auch Julia hatte sich vorgenommen, sich den Abend nicht verderben zu lassen. Für den Augenblick hatte sie ihre trüben Gedanken beiseitegeschoben.

Der lange Holztisch war festlich gedeckt. Unzählige bunte Blumensträuße verströmten einen betörend süßen Duft. Alex hatte zudem bunte Lampions aufhängen lassen, die in der leichten Abendbrise hin- und herschaukelten. Als alle am Tisch Platz genommen hatten, erklärte er mit feierlicher Stimme: „Es ist mir eine große Ehre, dass ihr beide, Anne und Stephan, heute hier eure Verlobung feiert. Und ich bin sicher, dass es euch Glück bringen wird, wenn ihr euch in diesem wunderschönen Land ewige Treue schwören werdet." Er erhob sein Champagnerglas, und die anderen taten es ihm gleich. „Auf Anne und Stephan. Mögen sie ihr ganzes Leben lang zusammen glücklich sein!"

Stephan und Anne nickten mit strahlendem Lächeln in die Runde. Stolz zeigten sie ihre Verlobungsringe, die an ihren Fingern steckten. Es waren breite Ringe aus Silber, mit einem kleinen ziselierten Stoßzahn. „Der Stoßzahn steht für die Tugenden des Elefanten", erklärte Stephan. „Klugheit, Stärke, Mäßigung und Ewigkeit."

„Dass sich heute überhaupt noch jemand verlobt, bei der hohen Scheidungsrate", konnte Max sich nicht verkneifen zu sagen.

„Nur, wer etwas riskiert im Leben, kann auch gewinnen", entgegnete Christa mit charmantem Lächeln und fügte mit Blick auf Julia augenzwinkernd hinzu: „Das Glück gewinnen, meine ich."

Alex' Angestellte hatten inzwischen das Essen aufgetragen – große Platten mit verschiedenem Fisch wie Kingklip, einer Dorsch-Art, Barrakuda, dazu Langusten und handgroße Muscheln. Außerdem gab es verschiedene köstlich duftende Saucen, Gemüse, Salat, frisches Brot und Süßkartoffeln. Alex ließ es sich nicht nehmen, den Wein selbst zu servieren. „Diesen Rotwein habe ich in Franschhoek geholt", erklärte er und erzählte, dass es am Kap und in dem dahinterliegenden Bergland die besten Weine geben würde. „Der Westwind sorgt dafür, dass das Klima dort kühler und feuchter ist als in anderen Regionen. Und da es sich deshalb trotz der Hitze am Tag nachts sehr abkühlt, braucht die Pflanze den am Tag gesammelten Zucker nicht auf und kann umso mehr davon in den Reben speichern. Die Früchte reifen insgesamt langsamer", sagte er. „Und das Ergebnis ist dieser samtig-fruchtige Wein."

„Ich will auch was", jammerte Laura, nachdem Alex allen außer ihr eingeschenkt hatte. Ihre Wangen waren vor Aufregung gerötet, denn an diesem Abend durfte sie ausnahmsweise länger aufbleiben.

Alex stellte die leere Rotweinflasche auf dem Beistelltisch ab und zauberte eine neue Flasche hinter seinem Rücken hervor – dunklen Traubensaft. „Für dich habe ich etwas ganz Besonderes", sagte er und lächelte verschmitzt. „Ein spezieller Saft, nur für junge Damen." Er schenkte ihr Glas voll.

Laura wand sich verlegen, dann nahm sie ihr Glas und probierte vorsichtig. Ihre leuchtenden Augen verrieten, dass ihr der Saft sehr gut schmeckte.

Als Sabine Alex dankbar anschaute, merkte Julia, dass ihre Blicke ein wenig länger aufeinander ruhten. Ob die beiden vielleicht Interesse aneinander haben, fragte sie sich. Auch wenn sie Alex durchaus sympathisch fand, hatte sie sich doch über seine herablassende Art am ersten Abend geärgert. Aber offensichtlich wusste er genau, wie er die kleine Laura um den Finger wickeln konnte. Und vielleicht gefiel es Sabine, einen Mann an ihrer Seite zu haben, an dessen starker Schulter sie sich anlehnen und der ihr durch seine bestimmende Art Halt geben konnte.

Julia wurde von ein paar Geckos aus ihren Überlegungen gerissen, die unter der Überdachung aus Riedgras saßen. Reglos verharrten sie und starrten mit ihren neugierigen Augen zu ihnen hinunter. Julia lächelte. Sie hatte sich schnell an diese kleinen braunen Eidechsen gewöhnt, die auch ab und zu an der Decke in ihrem Zimmer saßen, wenn sie die Klimaanlage nicht eingeschaltet hatte und die Echsen auf der Jagd nach Insekten waren.

Jetzt trat Dumisani zu ihnen und zündete die großen Kerzen an, die auf dem Tisch standen. Zum Schutz vor der leichten Brise, die auch auf der Terrasse herrschte, stülpte er Glaszylinder über die Flammen.

„Setzen Sie sich doch bitte zu uns", sagte Stephan freundlich zu Alex' Mitarbeiter. „Sie sind auch herzlich eingeladen."

Dumisani wirkte einen Augenblick lang unschlüssig. Er warf einen unsicheren Blick zu Alex, der lächelnd nickte, und nahm dann auf dem freien Stuhl neben Julia Platz. Eine dunkelhäutige Angestellte brachte sofort einen Teller und Besteck für ihn.

Julia freute sich, dass Dumisani auch an der Feier teilnahm. Sie mochte sein Lächeln, das sich oft auf seinem Gesicht zeigte. Trotz des schweren Schicksals, das wie ein dunkler Schatten über seiner Familie lag, schien er mit sich im Reinen zu sein und das Leben so anzunehmen, wie es kam. Vielleicht ist das ja der richtige Weg, um zufrieden und glücklich zu sein, dachte Julia und erinnerte sich an das Gespräch mit ihrer Mutter vor dem Abendessen. Vielleicht machte sie sich viel zu viel Gedanken über das, was in der Zukunft passieren könnte.

Ich sollte einfach den Augenblick genießen, und das, was morgen ist, wird sich schon zeigen, entschied sie.

Sie spürte mit einem Mal, dass eine tiefe Ruhe sich in ihr auszubreiten begann und das, was sie noch am Nachmittag so belastet hatte, vergessen machte.

„Willst du denn nichts essen, Julia?", fragte Christa und riss Julia aus ihren Gedanken.

Unwillkürlich schreckte Julia ein wenig zusammen und sah ihre Mutter dann liebevoll an. „Doch, Mama, ich habe einen Bärenhunger." Plötzlich schien alles so leicht, so einfach, als hätte jemand all die Sorgen und Ängste der letzten Jahre ausradiert. Julia nahm sich von dem Kingklip und den Süßkartoffeln und unterhielt sich während des Essens mit Dumisani. Er erzählte ihr, dass es in den Drakensbergen, den Bergen der Drachen, zu denen sie am nächsten Morgen alle aufbrechen würden, sehr viele alte Felsmalereien und Ritzzeichnungen der San geben würde. Die San, das älteste Volk Afrikas, das diesen Kontinent seit circa dreißigtausend Jahren bevölkerte, lebten als Jäger und Sammler, erklärte er, und kannten sich mit dem Verhalten der Tiere bestens aus. „Ihre Malereien zeigen vor allem größere Säugetiere wie die Elenantilope und Menschen beim Jagen, im Familienleben oder bei den Ritualfesten." Ein zentraler Ritus der San sei der Tanz gewesen, bei dem der Schamane in Trance fiel und unterschiedliche Halluzinationen erlebte, wie zum Beispiel die Verwandlung in ein Tier oder den Tod durch die Hand eines anderen Menschen.

Julia hörte gebannt zu. Sie wusste, dass die San, die früher Buschmänner genannt wurden, scheue und friedfertige Menschen waren, die Auseinandersetzungen lieber aus dem Weg gingen und sich deshalb vor den Zuwanderern in die Kalahari zurückgezogen hatten – eine Wüste von unvergleichlicher Schönheit mit einer endlosen Weite und weißen und roten Sanddünen. Da es in der Kalahari nur selten regnete, war das Leben dort ein tägliches Abenteuer um Nahrung und Wasser.

„Und heute leben die San immer noch als Jäger und Sammler?", fragte sie.

Dumisani nickte. „Ihre Frauen sammeln Knollen, Beeren und verschiedene Melonenarten wie zum Beispiel die Tsamma-Melone, da diese auch viel Flüssigkeit enthält – denn in der Kalahari gibt es ja nur sehr kurze Perioden, in denen es regnet. Die Männer gehen auf die Jagd, mit Bogen oder Giftpfeilen. Die San leben in kleinen Familiengruppen zusammen, in einfachen Grashütten mit einer Feuerstelle."

Inzwischen war der Nachtisch gebracht worden, eine große Torte mit buntem Zuckerguss. Anne schnitt für jeden ein Stück ab und bedankte sich noch einmal – auch im Namen von Stephan – bei allen, dass sie zusammen mit ihnen die Verlobung gefeiert hatten.

Gegen elf Uhr brachen schließlich alle auf, weil sie am

nächsten Tag früh aufstehen mussten.

Julia blieb jedoch noch einen Augenblick auf der Terrasse stehen, als alle gegangen waren, und lauschte dem tiefen Quaken der Ochsenfrösche, das aus einem nahe gelegenen kleinen Sumpf zu ihr herüberdrang. Wispernd strich der Wind durch die hohen Palmen, und die Zikaden hatten ihren seltsamen Gesang angestimmt.

Ja, es ist richtig gewesen, dass wir hierhergekommen sind, dachte Julia.

Hier in Südafrika würden sie und ihre Mutter vielleicht endlich wieder zur Ruhe finden und das Leben genießen können, in der kurzen Zeit, in der sie in diesem Land waren.

Es dämmerte gerade, als Julia am nächsten Morgen erwachte. Sie warf einen Blick zu ihrer Mutter, die friedlich schlief. Julia lächelte. Sie hatte in dieser Nacht einen Traum gehabt, der sie noch ganz erfüllte. Ihre Mutter und sie hatten auf einem hohen Berg gestanden, dessen Gipfel bis in den Himmel zu ragen schienen. Vor ihnen lag eine endlose sonnendurchflutete Weite, die übersät war mit leuchtend bunten Blumen. Und in der Ferne am Horizont erstreckte sich das rauschende Meer, das bis in die Unendlichkeit zu führen schien. Julia hatte die Hand ihrer Mutter genommen, und gemeinsam hatten sie schweigend dagestanden, vereint in dem Wissen, dass all diese Schönheit auch für sie da war und ihr Leben bereichern und erfüllen würde.

Leise stand Julia auf, trat auf die Terrasse hinaus und schaute zu den sanft geschwungenen Hügeln, die in der Ferne aufragten. Es war still draußen, bis auf das flüsternde Rauschen des Meeres. Langsam stahlen sich die ersten Sonnenstrahlen über die Hügel, ließen sie in einem feurigen Licht aufglühen und vertrieben die letzten Schatten der Nacht. Erfüllt von tiefer Andacht stand Julia da und spürte die Wärme der Sonnenstrahlen auf ihrer Haut, die sie zu neuem Leben erweckten. Als irgendwo in der Ferne ein Hahn krähte, musste sie lachen. Fast wie zu Hause, dachte sie und erinnerte sich an die kleine Stadt, in der sie einmal gelebt hatte, ganz in der Nähe eines großen Bauernhofes. Doch – nein, es war ganz anders als zu Hause. Denn dieses einzigartige leuchtende Strahlen, das über dem Land lag, hatte sie noch an keinem anderen Ort gefunden. Dieses Strahlen verzauberte alles und tauchte die üppig wachsende Natur in ein magisches Licht aus rotgoldenen Tönen.

„Was ist denn so lustig da draußen?", hörte sie jetzt die Stimme ihrer Mutter. Christa war inzwischen auch aufgewacht.

Julia ging zurück ins Zimmer, setzte sich auf das Bett zu ihrer Mutter und umarmte sie. „Ach, Mama, das Leben ist einfach wundervoll", sagte sie leise.

Auf dem langen Holztisch auf der großen Terrasse stand schon das Frühstück bereit. Julia und Christa waren offensichtlich die Ersten.

Plötzlich hörten sie ein helles Kinderlachen.

Die kleine Laura hopste über den Vorplatz, baute sich vor ihnen auf und zeigte auf ihre lange Safarihose und die Wanderstiefel, die sie trug. Um ihren Hals baumelte ein kleiner Safarihut. „Das hat Mama mir extra gekauft", sagte sie stolz. „Onkel Alex hat gesagt, dass ich wie ein richtiger Safariguide aussehe."

Julia lachte. „Da hat er recht", erwiderte sie. „Und einen hübscheren Safariguide als dich gibt es bestimmt nicht."

Allmählich kamen die anderen Gäste ebenfalls aus ihren Zimmern. Alle waren sehr gespannt auf den zweitägigen Ausflug in die Drakensberge.

Auch Julia freute sich auf diese Tour. Endlich würde sie noch mehr von der wunderschönen Landschaft und den Tieren zu sehen bekommen.

Dumisani stand nach dem Frühstück schon mit dem großen Geländewagen bereit und verstaute die Rucksäcke der Gäste hinten im Wagen neben dem Proviant und den Zelten, die sie für die Übernachtung mitnehmen würden.

Kurz darauf, sie hatten gerade die Stadt hinter sich gelassen, blickte Julia fasziniert aus dem Fenster des Jeeps. Riesige Ananasfelder erstreckten sich neben der Landstraße, und sie sah dunkelhäutige Frauen in langen bunten Kleidern, die große Flechtkörbe auf dem Rücken trugen, in die sie die goldgelben Früchte warfen, die sie abgeschnitten hatten.

„Diese Region ist das wichtigste Obst- und Gemüseanbaugebiet des Landes", erklärte Alex, der neben Dumisani auf dem Beifahrersitz saß.

Bald wurden die riesigen Obstplantagen von einer weiten saftig grünen Ebene abgelöst, die zu sanft geschwungenen Hügeln anstieg, auf denen vereinzelt Aloen blühten. Dumisani musste einmal scharf bremsen, als eine Perlhuhn-Familie gemächlich über die Straße watschelte.

Alex deutete durch die Windschutzscheibe. „Das, was Sie dort in der Ferne sehen, sind übrigens die Drakensberge", verkündete er.

Majestätisch hohe Gipfel, die von einem satten Grün überzogen waren, ragten in den sonnigen Himmel auf.

„Ob du da überhaupt hochkommst, bezweifele ich", sagte Max zu seinem Zwillingsbruder und sah ihn spöttisch grinsend an. „Du kommst doch schon ins Schwitzen, wenn du auf eine kleine Leiter steigen musst."

Reinhard ließ ein verächtliches Schnauben hören. „Das sagt ja genau der Richtige. Und was war letztes Jahr, als wir in den Alpen waren? Wer hat dich denn da auf seinem Rücken von der Zugspitze hinuntergeschleppt, weil du oben einen Höhenkoller gekriegt hast und nicht mehr herunterwolltest?" Er lachte auf. „Aber diesmal lasse ich dich oben sitzen, bis du schwarz wirst ..."

„Aber, meine Herren", schaltete Christa sich ein, die mit den beiden Brüdern auf der hinteren Rückbank zusammensaß. „Wir werden niemanden dort oben auf dem Gipfel sitzen lassen. Wir sind zusammen losgefahren, und wir kommen auch wieder zusammen zurück."

„Das werden wir ja noch sehen", knurrte Reinhard leise.

„Nichts werden wir sehen", entgegnete Christa immer noch sehr freundlich. „Wir sind eine Gemeinschaft, und wir halten zusammen. Alle." Herausfordernd sah sie die beiden Männer an. „Noch Fragen, meine Herren?"

Die Zwillinge schwiegen. Offensichtlich hatte Christa ihnen den Wind aus den Segeln genommen.

Julia lächelte, und als sie in die Gesichter der anderen schaute, sah sie, dass auch die zustimmend lächelten. Ihre Mutter hatte es wieder einmal geschafft, die beiden Streithähne zum Schweigen zu bringen. Am liebsten hätte Julia sich umgedreht und Christa einen Kuss auf die Wange gedrückt, doch das hätten die beiden Brüder vielleicht als Provokation verstehen können. Deshalb hielt sie sich zurück und blickte wieder aus dem Fenster, um nichts von der wunderschönen Landschaft zu verpassen. Plötzlich entdeckte sie eine Gruppe von Warzenschweinen. Auch Alex hatte sie wohl gesehen, denn er bat Dumisani anzuhalten.

Die Warzenschweine, ein paar männliche Tiere mit mächtigen Hauern darunter, gruben in einem kleinen Wasserloch im Morast und suhlten sich in dem braunen Schlamm. Ein paar andere fraßen gerade. Sie knieten dabei auf ihren gebeugten Vorderbeinen und bewegten sich langsam rutschend vorwärts, wobei sie einen komischen Anblick boten.

Die kleine Laura lachte laut und klatschte vergnügt in die Hände.

„Nicht weit von hier liegt übrigens das Giant's Castle Nature Reserve", sagte Alex. „Wir werden auf dem Rückweg dort haltmachen." Er erklärte, dass dieses Naturschutzgebiet zum Schutz der letzten Herden von Elenantilopen geschaffen worden sei. „Daneben gibt es dort auch Paviane, Buschböcke, Kuhantilopen oder Klippspringer", fuhr er fort. „Und wer gut zu Fuß ist, kann auf den Gipfel des weit über dreitausend Meter hohen Giant's Castle gehen, das ‚Dach Südafrikas'. Von dort hat man einen atemberaubenden Ausblick auf die gewaltige Welt der Drakensberge."

Andrea, eine der beiden Biologiestudentinnen, beugte sich zu Alex vor. „Gibt es in diesem Reservat die Möglichkeit, sich als Safariguide zu bewerben?"

Alex zuckte mit den Schultern. „Fragen Sie dort doch einfach mal nach. Gute Leute werden immer gesucht."

Julia schaute Andrea neugierig an. „Du willst hier als Safariguide arbeiten? Ich dachte, du studierst noch in Deutschland?"

„Katrin und ich überlegen schon seit Längerem, nach Südafrika zu gehen", entgegnete Andrea. „Dieses Land fasziniert uns einfach. Und das Studium …" Sie machte eine wegwerfende Handbewegung. „Ich glaube, dass es sehr viel interessanter ist, hier zu leben und zu arbeiten."

Julia schwieg einen Moment lang. Sie konnte die Begeisterung der beiden Studentinnen nur zu gut verstehen. „Was muss man denn alles wissen, um hier als Safariguide arbeiten zu können?", fragte sie schließlich.

„In erster Linie muss man sich natürlich mit den Tieren und deren Verhalten bestens auskennen", erklärte Andrea. „Und man muss wissen, wo welche Tiere aufzuspüren sind."

„Mit den Pflanzen musst du dich ebenfalls gut auskennen", fügte Katrin hinzu. „Und dann wird noch verlangt, dass du über das Land Bescheid weißt."

Julia blickte gedankenverloren aus dem Fenster. Die Vorstellung, hier als Safariguide zu arbeiten, klang sehr verlockend. Zudem hatte sie schon sehr viel über dieses Land gelesen und kannte sich mit Tieren sehr gut aus. Sicherlich gab es noch einiges, das sie lernen musste, aber auch das würde sie schaffen. Doch dann fiel ihr ein, dass sie und ihre Mutter eigentlich nur zwei oder drei Monate hierbleiben wollten. Und Christa wäre vermutlich nicht begeistert, für immer in diesem Land zu bleiben, selbst wenn es ihr inzwischen sehr gut gefiel.

„Ich kann mir dich als Safariguide übrigens sehr gut vorstellen", sagte Stephan plötzlich, als hätte er Julias Gedanken erraten. „Ich glaube, du kannst sehr gut mit Menschen umgehen, außerdem bist du nicht auf den Kopf gefallen, und mit deinem Charme und deinem guten Aussehen wickelst du doch jeden um den Finger", fügte er mit einem Lächeln hinzu.

Julia wollte sich eben bei Stephan für das nette Kompliment bedanken, als sie den kühlen Blick seiner Freundin bemerkte, den diese ihr zuwarf. Was ist denn in Anne gefahren, dachte sie. Bis jetzt hatte sie sich gut mit ihr verstanden. Aber nun erinnerte sie sich, dass Anne sie am gestrigen Abend bei der Verlobungsfeier auch schon ab und zu so seltsam angeschaut hatte. Sie wird doch nicht eifersüchtig auf mich sein, dachte Julia, wurde jedoch in ihren Überlegungen von Alex unterbrochen, der sich zu ihr umgedreht hatte.

„Die Arbeit als Safariguide ist nicht so einfach, wie Sie sich das vielleicht vorstellen", erklärte er. „Gutes Aussehen allein reicht da bei Weitem nicht aus", fügte er mit leicht spöttischem Unterton hinzu.

Julia zuckte kaum merklich zusammen. Was hatte Alex nur gegen sie, dass er sie wieder abkanzelte? Und noch dazu vor allen anderen. Sie zügelte ihren Ärger, der in ihr hochkochte. „Bis jetzt habe ich immer mit meinen Fähigkeiten überzeugt", entgegnete sie kühl. „Und das wird auch in Zukunft so bleiben." Damit wandte sie sich ab, weil sie sich auf keine weitere Diskussion mit Alex einlassen wollte. Sie schluckte. Dieser Tag hatte so schön begonnen, und nun hatte Alex ihr mit seiner herablassenden Bemerkung die Laune verdorben. Und auch Anne, deren Verhalten sie nicht verstehen konnte.

Christa legte ihr von hinten die Hand auf die Schulter und beugte sich vor. „Lass nur", flüsterte sie Julia ins Ohr. „Alex wird schon noch merken, dass er sich gründlich in dir getäuscht hat."

Aber Julia war sich da nicht so sicher. Sie konnte nur hoffen, dass er sie in Ruhe lassen würde. Denn sollte er ihr noch einmal so zusetzen, würde es vermutlich zu einer

Auseinandersetzung kommen – und das wollte sie unter allen Umständen vermeiden. Südafrika sollte ihr in schöner Erinnerung bleiben.
In schöner Erinnerung.
Plötzlich wurde ihr bewusst, dass sie noch vor wenigen Minuten davon geträumt hatte, in diesem Land vielleicht einmal als Safariguide arbeiten zu können. Aber würde sie tatsächlich hier zurechtkommen? Und könnte ihre Mutter sich überhaupt in Südafrika zurechtfinden, ohne Arbeit und ohne Freunde? Mit einem Mal stiegen Zweifel in ihr auf, doch sie wischte sie schnell beiseite. Nur weil Alex ihr nichts zutraute, hieß das noch lange nicht, dass sie *nicht* zurechtkommen würde – sollten sie überhaupt bleiben ...

Eine Stunde später waren sie endlich am Fuß der majestätischen Drakensberge angekommen – im Royal Natal National Park, der an der Grenze von Lesotho lag. Lesotho war ein unabhängiges, ganz von Südafrika umgebenes Land, das oft als „Dach des südlichen Afrika" oder als „Königreich im Himmel" bezeichnet wurde. Als Julia mit den anderen aus dem Geländewagen stieg, vergaß sie sofort, was sie zuvor bedrückt hatte. Denn der Anblick der Drakensberge raubte ihr schier den Atem. Ein gewaltiges Gebirgsmassiv lag vor ihnen, das zu einer der großartigsten Naturschönheiten Südafrikas zählte. Die weit über dreitausend Meter hohen Berge schienen beinahe den tiefblauen Himmel zu berühren, an dem leichte weiße Federwolken dahintrieben.

„Willkommen in den Drakensbergen!", sagte Alex mit feierlicher Stimme und erzählte, dass die burischen Siedler dem Gebirgsmassiv diesen Namen gegeben hatten, weil ihre Form sie an den Rücken eines Drachens erinnerte.

„Und in der Sprache der Zulu heißt das Gebirge *uKhahlamba*", fügte Dumisani hinzu. „Wand der aufgestellten Speere." Er lud die Rucksäcke der Gäste aus dem Wagen und packte die Zelte und den Proviant aus.

„Bevor wir losgehen, möchte ich Sie noch um eines bitten", sagte Alex. „Wir bleiben alle zusammen. Denn es ist zu gefährlich hier, wenn man sich nicht auskennt. An einigen Stellen geht es plötzlich senkrecht in die Tiefe. Und ich will nicht, dass irgendetwas passiert."

Sabine sah ihn ängstlich an. „Und wenn Laura plötzlich davonläuft?"

Alex lächelte sie an, schulterte den großen Rucksack mit dem Proviant und ergriff Lauras Hand. „Sie wird bestimmt nicht weglaufen. Laura ist schließlich der wichtigste Guide bei dieser Tour. Und der wichtigste Guide bleibt immer an meiner Seite. Das ist hier ungeschriebenes Gesetz."

Laura grinste stolz und stülpte sich den kleinen Safarihut über die Locken. „Genau, Mama, das ist umgeschriebenes Gesetz."

Lachend machten sie sich auf den Weg, über den mit tiefgrünem Gras bewachsenen Hang. Immer wieder leuchteten Proteen dazwischen auf, in Rot, Rosa, Gelb und Weiß.

Christa hatte sich zu Reinhard gesellt, der schon wieder einen Streit mit seinem Bruder hatte anfangen wollen. „Wir beide werden bestimmt gut miteinander zurechtkommen", hatte sie zu Reinhard gesagt und ihn kurzerhand mit sich gezogen, während Max hinter Dumisani hertrottete, der die Zelte trug.

Sie gingen langsam, weil es trotz des leichten Windes sehr warm war. Julia wäre am liebsten ab und zu stehen geblieben, um all die Schönheit in sich aufnehmen zu können. Zum Beispiel den herrlichen Königsadler, der majestätisch über ihnen kreiste, oder die außergewöhnliche Blumenvielfalt. Doch sie ging weiter, da sie Alex' Worte, dass sie zusammenbleiben sollten, ernst nahm.

„Bei dem Tempo kommen wir ja nie oben an", knurrte Max, der hinter ihr lief, nach einer Weile.

„Wir sollten nicht schneller gehen", entgegnete Dumisani. „Sie alle sind diese Hitze nicht gewohnt, und es ist besser, bedächtig und gleichmäßig hochzusteigen. Dann müssen wir auch nicht so viele Pausen einlegen."

Max schnaubte verächtlich. „Was wissen *Sie* denn, was *ich* gewöhnt bin. Ich habe in meinem Leben schon ganz andere Berge bestiegen. Aber davon verstehen Sie ja nichts."

Julia drehte sich zu den beiden Männern um und sah, dass Dumisani lächelte.

„Sie meinen vermutlich die Zugspitze in den Alpen, nicht wahr?" Er zuckte mit den Schultern. „Na ja, mit ihren knapp dreitausend Metern ist sie ja fast so hoch wie der Sentinel hier mit 3165 Metern."

Max war stehen geblieben. „Wollen Sie sich etwa über mich lustig machen?", herrschte er Dumisani an. „Sie haben doch keine Ahnung ..."

Dumisani, der ebenfalls stehen geblieben war, hob die Hand. „Kommen Sie, lassen Sie uns weitergehen", bat er freundlich.

„Sie haben mir überhaupt nichts zu sagen", rief Max aufgebracht. „Ich gehe weiter, wenn *ich* es will."

Inzwischen hatte auch Alex angehalten, genauso wie die anderen, und drehte sich um. „Was ist denn da hinten los?", rief er.

Max fuchtelte mit den Armen in der Luft herum. „Sagen Sie Ihrem ... Ihrem werten Mitarbeiter, dass er mich in Ruhe lassen soll!"

Alex, der Laura an der Hand hielt, übergab die Kleine ihrer Mutter und lief zurück zu Dumisani und Max. Herausfordernd sah er den älteren Mann an. „Um was geht's?", fragte er barsch.

Max deutete mit dem Kopf auf Dumisani. „Er will mir vorschreiben, wie schnell ich zu gehen habe. Aber bei dem Tempo kommen wir nie weiter."

Alex verschränkte die Arme vor der Brust. „Jetzt hören Sie mir mal gut zu, Mister Kammerloh. Wenn Dumisani Ihnen sagt, dass Sie langsam gehen sollen, dann haben Sie sich daran zu halten. Denn erstens ist er als mein engster Mitarbeiter und Vertrauter dazu befugt, die Gruppe zusammenzuhalten, und zweitens kennt er sich in den Bergen aus wie kein anderer."

Max stemmte die Hände in die Hüften. „Ich lasse mir doch nicht …"

Alex hob die Hand. „Und drittens", sagte er mit schneidender Stimme, „halten Sie die Klappe. Ich hoffe, wir haben uns verstanden." Damit machte er auf dem Absatz kehrt und ging zu Laura und Sabine zurück.

Auch wenn Julia mit Alex ihre Schwierigkeiten hatte, musste sie ihm in diesem Fall recht geben. Es ging nicht an, dass Max mit seinen Nörgeleien den Zusammenhalt der Gruppe gefährdete.

Schweigend gingen sie weiter. Nur Christa, die mit dem anderen Zwillingsbruder vor Julia herging, plapperte munter vor sich hin und erzählte Reinhard, was sie schon alles von der Welt gesehen hatte. „Aber so schön wie hier war es noch nirgendwo", schwärmte sie und erntete ein beifälliges Nicken von dem älteren Herrn.

Julia war froh, dass ihre Mutter sich von der Auseinandersetzung eben nicht hatte aus der Ruhe bringen lassen. Normalerweise war sie von den Launen anderer Menschen leicht zu beeinflussen und gab sich oft selbst die Schuld daran, wenn andere sich stritten, auch wenn sie im Grunde nichts damit zu tun hatte. Doch seit sie in Südafrika waren, war Christa wie ausgewechselt.

Als die Sonne am höchsten stand, machten sie unter einem riesigen alten Yellowwood-Baum Rast, dessen mächtige Krone ihnen willkommenen Schatten spendete. Alex verteilte Wasserflaschen und Sandwichs aus seinem großen

Rucksack. Während sie aßen, deutete er auf eine Höhle, die ein ganzes Stück weiter über ihnen in dem felsigen Gebirge lag. „Das ist eine von vielen Höhlen hier in den Drakensbergen, in denen die San früher Schutz gesucht haben", erklärte er. „Dort kann man auch ihre Felsmalereien bewundern, von denen Dumisani gestern Abend erzählt hat." Er trank einen Schluck Wasser. „Sollte es keine weiteren Zwischenfälle geben, können wir es heute noch bis dahin schaffen", fügte er mit Blick auf Max hinzu. Dann deutete er zum Himmel, an dem ein Kapgeier seine Kreise zog. Auf der Suche nach Beute schien er mit seinen großen Schwingen schwerelos durch die Luft zu gleiten. „Nur zu Ihrer Information", wandte sich Alex mit spöttischem Grinsen an Max. „Der Kapgeier hat sehr gute Augen und kann seine Beute sogar aus tausend Metern Höhe erspähen. Ich hoffe, das hält Sie davon ab, noch einmal Ihr eigenes Süppchen kochen zu wollen."

Max zuckte mit den Schultern. „Der wird sich doch bestimmt nicht an Menschen vergreifen", meinte er gelassen.

Julia entdeckte auf einem nahe gelegenen großen Vorsprung einen Klippspringer. Reglos stand er da. Plötzlich stieß er einen Warnpfiff aus, und im nächsten Moment lösten sich noch drei Klippspringer von dem Felsen, der darüber lag. Julia hatte die anderen Tiere nicht ausmachen können, weil sie sich mit ihrem braunen Fell, der schwarzen Melierung und der weißen Unterseite kaum vom Felsen abhoben. Elegant wie Balletttänzer sprangen die

Klippspringer auf ihren Hufspitzen davon und waren wenige Augenblicke später hinter den Büschen verschwunden, um dort Deckung vor einer drohenden Gefahr zu suchen.

Schließlich gingen sie weiter, weil sie an diesem Tag unbedingt noch bis zu der Höhle kommen wollten, in der die San früher Unterschlupf gefunden hatten.

Bewundernd schaute Julia zu der kleinen Laura, die unbeirrt an Alex' Hand voranschritt. Und auch Sabine, die auf der anderen Seite neben ihrer Tochter ging, wirkte an diesem Tag ungewohnt entspannt und zufrieden. Als ob sie, Laura und Alex eine kleine Familie wären, dachte Julia und lächelte. Vielleicht würde Sabine hier ja tatsächlich wieder glücklich werden – ganz im Gegensatz zu Max, der immer noch mit griesgrämigem Gesicht hinter den anderen herlief.

Die ersten Schatten hatten sich schon über das Tal gelegt, als Dumisani plötzlich aufschrie. Entgeistert drehten die anderen sich zu ihm um.

Julia sah sofort, was Dumisani so aufgebracht hatte.

Max war verschwunden …

4. KAPITEL

Alex übergab die kleine Laura an ihre Mutter und rannte zu Dumisani. „Was ist passiert?", fragte er.

„Max ist weg", antwortete Julia an Dumisanis Stelle, denn sie merkte, dass Dumisani kein Wort herausbrachte. Offenbar fühlte er sich dafür verantwortlich, dass der ältere Herr verschwunden war.

Alex' Gesicht lief hochrot an. „Das darf doch wohl nicht wahr sein", knurrte er aufgebracht.

Dumisani schluckte schwer. „Ich habe immer wieder nach ihm geschaut." Er drehte sich um und deutete auf die Gruppe von Bergzypressen, durch die der Weg sich schlängelte und an denen sie eben vorbeigekommen waren. „Da drüben muss er verschwunden sein. Anders kann ich es mir nicht erklären."

Alex sah seinen Mitarbeiter einen Augenblick lang eindringlich an, dann legte er ihm die Hand auf die Schulter. „Schon gut, Dumisani. Es ist nicht deine Schuld, wenn dieser Kerl verrücktspielt." Er wandte sich an Stephan. „Sie übernehmen die Gruppe. Hinter der Anhöhe weiter vorn ist eine kleine Ebene, da schlagen Sie das Lager auf. Und Sie sorgen dafür, dass alle dort auch bleiben. Verstanden?" Als Stephan nickte, nahm Alex Dumisani den großen Leinensack mit den Zelten ab und gab ihn Stephan. Seinen Rucksack mit dem Proviant stellte er Reinhard vor die Füße. Dann wandte er sich wieder an Dumisani. „Und wir beide gehen los und suchen diesen ... diesen ..." Den Rest verschluckte er, doch sein wütender Gesichtsausdruck verriet nur allzu deutlich, was er von Max und dessen Verschwinden hielt.

„Ich komme mit", sagte Julia und sah Alex mit festem Blick an. Sie hatte nicht lange überlegen müssen, um diese Entscheidung zu treffen. Denn sie würde es nicht aushalten, tatenlos zu warten.

Alex schüttelte entschieden den Kopf. „Sie bleiben hier bei den anderen, wie ich es angeordnet habe."

Julia ging zu Reinhard, vor dessen Füßen der Rucksack mit dem Proviant stand, öffnete ihn und nahm eine volle Wasserflasche heraus. Dann trat sie wieder zu Alex und hielt die Flasche hoch. „Die können wir sicher brauchen, sollte es länger dauern." Sie wollte schon losgehen, doch Alex hielt sie am Arm fest. Julia blickte ihn herausfordernd an. „Ich weiß, dass Sie mir nichts zutrauen. Aber Sie können mir nicht verbieten mitzugehen."

Alex schüttelte wütend den Kopf, stieß einen leisen Fluch aus und ließ schließlich Julias Arm los. „Gehen wir", sagte er zu Dumisani.

„Viel Glück", rief Christa Julia hinterher, als sie den beiden Männern folgte, die zu den Bergzypressen liefen. „Und pass auf dich auf", fügte sie leise hinzu und sah ihrer Tochter besorgt nach.

Als Julia zu den beiden Männern aufgeschlossen hatte, bemerkte sie, dass Dumisani den Boden bei den Bergzypressen nach Fußspuren absuchte. „Er muss in diese Richtung gegangen sein", erklärte Dumisani kurz darauf und deutete auf ein felsiges Gelände, das ein Stück abseits des Weges lag.

Alex warf einen Blick auf Julias feste Wanderschuhe, dann sah er sie eindringlich an. „Sie gehen zwischen uns", befahl er. „Damit wir Sie im Auge haben."

Julia nickte nur. Auch wenn sie wütend auf Alex war, weil er sie vor den anderen bloßgestellt hatte, musste sie doch anerkennen, dass er seine Verantwortung für jeden aus der Gruppe sehr ernst nahm.

Dumisani ging voran, die Augen auf den Boden gerichtet, um nach Spuren zu suchen, dahinter folgte Julia, während Alex den Schluss bildete. „Wie kann man nur so dämlich sein", hörte Julia ihn verärgert zischen. Sie wusste nicht, ob er sie oder Max damit gemeint hatte. Aber es war ihr jetzt auch egal – immerhin hatte Alex wenigstens akzeptiert, dass sie mitging.

Schließlich erreichten sie den Felsvorsprung, und Julia sah, dass es nun steiler aufwärtsging.

„Glaubst du wirklich, dass er hier entlanggegangen ist?", fragte Alex und sah seinen Mitarbeiter dabei zweifelnd an.

„Es gibt keine andere Möglichkeit", entgegnete Dumisani. „Die Spur führt eindeutig in diese Richtung." Er deutete mit einem Stock, den er auf dem Weg mitgenommen hatte, um damit die Schlangen zu vertreiben, die sich in den Büschen aufhalten konnten, vor ihnen auf den Boden.

Julia kniff die Augen ein wenig zusammen – und nun konnte auch sie einen leichten Schuhabdruck ausmachen, der nur ganz schwach zu erkennen war. Dumisani kennt sich im Fährtenlesen offenbar sehr gut aus, dachte sie voller Bewunderung. Vielleicht hatte er das bei den San gelernt, von denen er so viel wusste und die wahre Meister im Fährtenlesen waren.

Sie kämpften sich weiter durch das dornige Gestrüpp. Julia achtete nicht darauf, dass ihre Hände immer wieder Kratzer abbekamen, denn vor Alex würde sie ganz sicher keine Schwäche zeigen.

Plötzlich blieb Dumisani stehen. Etwa zwei Meter vor ihm fiel der Fels steil ab. Vorsichtig näherte er sich dem Abgrund und spähte über die Felskante. Darauf schüttelte er den Kopf und deutete nach rechts. „Wahrscheinlich ist er da weitergegangen."

Julia atmete erleichtert auf. Hätte Max den Abgrund nicht bemerkt und wäre hinuntergestürzt … wahrscheinlich hätten sie ihn nur noch tot bergen können.

Alex deutete mit finsterer Miene zum Himmel. „Wir können nur hoffen, dass wir ihn schnell finden", knurrte er. Bald würde die Sonne über den Drakensbergen untergehen und alles in ein tiefes Schwarz tauchen. Dann würde es unmöglich werden, den älteren Mann in diesem unwegsamen Gelände zu finden.

Julia mochte gar nicht daran denken, was Max hier allein in der Nacht alles passieren konnte. Sie wusste, dass es in dieser Region oft zu heftigen Gewittern kam, mit wolkenbruchartigem Regen oder dicken Hagelkörnern. Auch wenn der Himmel bis auf ein paar leichte weiße Wolken klar war, konnte das Wetter innerhalb kürzester Zeit umschlagen. Außerdem waren da noch die Schlangen, die in den dornigen Büschen oder den Felsspalten lauerten und ihr Opfer mit einem Biss lähmen oder sogar töten konnten. Zudem kannte Max sich in dem Gelände überhaupt nicht aus und wusste daher nicht, ob und wo ein Weg sich plötzlich in einem tiefen Abgrund verlieren konnte. „Wir werden ihn schon finden", sagte sie zuversichtlich, auch um sich selbst zu überzeugen, und lief weiter hinter Dumisani her. Ihre Hände waren inzwischen völlig zerkratzt von dem dornigen Gestrüpp, doch sie spürte den Schmerz nicht. Ihre ganze Aufmerksamkeit galt Max.

Immer höher kletterten sie die Felsen hinauf, vorbei an einer der vielen Quellen, die in den Drakensbergen entsprangen. Julia wäre gerne einen Augenblick lang stehen geblieben, um sich mit dem kalten klaren Wasser zu erfrischen, denn es war immer noch brütend heiß, doch sie folgte den Männern unbeirrt.

Als die Sonne hinter den Drakensbergen unterging und die felsigen Gipfel mit einem fast unwirklich leuchtenden Rot überzog, blieb Dumisani plötzlich stehen und lauschte.

Auch Julia und Alex waren stehen geblieben. Jetzt hörten sie es auch – ein leiser schwacher Hilferuf. Dumisani deutete nach links zu einem Felsvorsprung. Und wieder hörten sie den Hilferuf, diesmal jedoch offenbar noch schwächer als vorher.

Julia war mit Dumisani als Erste auf dem Vorsprung. Vorsichtig warf sie einen Blick über den zerklüfteten Rand. Und da sah sie ihn. Max lag keine zehn Meter unter ihr. Entsetzt hielt sie die Luft an. Er rührte sich nicht. Aber er hatte doch eben noch um Hilfe gerufen. „Max!", rief sie. „Wir holen Sie gleich!" Gebannt starrte sie nach unten – und atmete erleichtert auf, als Max seinen Kopf bewegte und nach oben schaute. „Wir sind gleich da!", rief sie erleichtert.

„Sie bleiben hier", sagte Alex barsch und sah Julia eindringlich an. „Und diesmal dulde ich *keinen* Widerspruch."

Julia nickte nur. Sie war überglücklich, dass sie Max gefunden hatten und dass er lebte – alles andere zählte in diesem Moment nicht.

Sie beobachtete, wie Dumisani und Alex vorsichtig zu dem älteren Mann hinunterkletterten. Alex wäre fast an der felsigen Wand abgerutscht, konnte sich aber im letzten Moment noch an einem kleinen Vorsprung festhalten. Schließlich hatten sie Max erreicht, der sie mit schmerzverzerrtem Gesicht ansah.

„Können Sie aufstehen?", hörte Julia die Stimme von Alex.

„Ich weiß es nicht", entgegnete Max. „Mein Arm ..."

„Hören Sie gut zu", unterbrach Alex laut. „Ich trage Sie jetzt da hoch, und Sie halten sich mit Ihrem gesunden Arm an mir fest, ist das klar?" Als Max nickte, half Dumisani ihm vorsichtig auf die Füße.

Auf seinem Rücken schleppte Alex den Verletzten Stück für Stück nach oben. Dumisani blieb dicht hinter ihm, um zu sichern.

Julia hielt den Atem an.

Sie sah, dass dicke Schweißtropfen auf Alex' Stirn glänzten.

Ein falscher Tritt, und sie würden gemeinsam hinunterstürzen, würden unten auf den zerklüfteten Felsen aufschlagen …

Jetzt konnte Julia erkennen, dass das, was sie auf dem rechten Hemdsärmel von Max für Schmutz gehalten hatte, ein großer dunkler Blutfleck war. Hoffentlich ist er nicht schwer verletzt, dachte sie entsetzt und spürte, dass ihr ein eiskalter Schauer über den Rücken lief.

Inzwischen hatte Alex den Vorsprung beinahe erreicht. Julia streckte die Arme nach ihnen aus. Mit all ihrer Kraft half sie, Max vorsichtig auf den Vorsprung zu ziehen. Geschafft! Max lag erschöpft auf dem Boden. Schnell kniete Julia sich neben ihn. Max sah sie mit trübem Blick an und atmete schwer. Offenbar hatte er starke Schmerzen. Vorsichtig schob Julia den blutdurchtränkten Ärmel seines Hemdes hoch. Eine großflächige Wunde klaffte an seinem Unterarm. Ohne weiter zu überlegen riss Julia unten ein Stück von ihrer Safarihose ab, teilte den Stoff noch einmal, verknotete die beiden Stücke und drehte sie zu einem festen Band, das sie ein paar Zentimeter über der Wunde um Max' Arm schlang, um die Blutung zu stillen.

Mit einem weiteren Stoffstreifen, den sie von ihrer Hose gerissen hatte, verband sie die Wunde. Eilig nahm sie die Wasserflasche aus ihrem Rucksack, öffnete sie und hielt sie Max an die Lippen.

Gierig nahm er einen großen Schluck und sah Julia dankbar an.

„Vielleicht sollten Sie es mal als Krankenschwester versuchen", bemerkte Alex, nachdem er und Dumisani dem älteren Herrn aufgeholfen hatte.

Julia wollte gerade zu einer passenden Erwiderung ansetzen, als sie Alex' Blick auffing. Von dem leichten Spott, den sie sonst bei solchen Äußerungen in seinen Augen gesehen hatte, war nichts mehr zu entdecken. Stattdessen sah sie Anerkennung in seinem Blick. „Warum nicht", gab sie lächelnd zurück. „Krankenschwestern werden ja immer gebraucht, wie man sieht."

Obwohl Max beteuerte, allein gehen zu können, stützte Alex ihn, als sie den Weg zurückgingen. Julia war froh darüber, denn es war offensichtlich, dass Max durch den Blutverlust geschwächt war. Und sie war dankbar, dass Alex ihm im Augenblick keine Vorhaltungen machte, weil er sich entgegen seiner Anordnung von der Gruppe abgesondert hatte. Aber sie wusste auch, dass der ältere Mann nicht ungeschoren davonkommen würde.

Es war schon fast dunkel, als sie endlich zu den anderen zurückkamen. Christa lief ihnen mit ausgebreiteten Armen entgegen und schloss Julia fest in die Arme. „Ich wusste doch, dass ihr ihn finden würdet", sagte sie, und

Tränen der Erleichterung liefen ihr über die Wangen.

Julia drückte sie einen Moment lang an sich. „Ja, zusammen haben wir es geschafft", entgegnete sie.

Alex brachte Max zu den Zelten, die Stephan und Reinhard inzwischen aufgebaut hatten, und ließ sich von Sabine ein paar Decken bringen, während Dumisani in einer der Taschen seiner Safarihose kramte und ein kleines Bündel Kräuter herauszog. Er bat Julia, ihm ein Gefäß von dem Kochgeschirr und eine Flasche Wasser aus seinem Rucksack zu holen. Dann nahm er einen Stein und zerkleinerte die Kräuter damit.

„Was machst du denn da?", fragte Laura, die neben Dumisani, der am Boden hockte, aufgetaucht war, und musterte ihn neugierig.

Dumisani nahm das Gefäß, das Julia ihm gereicht hatte, und schüttete zusammen mit ein wenig Wasser aus der Flasche die zerkleinerten Kräuter hinein. Dann verrührte er das Ganze zu einem zähen Brei. „Das wird Mister Kammerloh helfen", erklärte er dem Mädchen. „Er hat sich nämlich wehgetan." Er stand auf und wandte sich an Julia. „Könnten Sie mir bitte helfen?", sagte er leise. „Es wird ziemlich brennen, aber wir müssen die Wunde reinigen und dafür sorgen, dass sie sich nicht entzündet."

Als Julia mit Dumisani zu Max ging, der sich inzwischen widerspruchslos auf die Decken gesetzt hatte, merkte sie, dass sein Zwillingsbruder ein wenig abseits der anderen stand, die neugierig das Geschehen verfolgten. Alle hatten sich große Sorgen gemacht, nur Reinhards ausdrucksloser

Miene war nicht zu entnehmen, was er empfand. Doch Julia wollte sich jetzt keine weiteren Gedanken um ihn machen, denn es war viel wichtiger, dass sie Max' Wunde so schnell wie möglich versorgten. Sie kniete sich neben Max und löste vorsichtig den Stoffstreifen, den sie ihm oben auf dem Felsen als Verband angelegt hatte. Erleichtert stellte sie fest, dass die Wunde nicht mehr blutete.

Auch Dumisani ließ sich neben Max auf dem Boden nieder. Er hielt das Gefäß mit dem Kräuterbrei in der Hand.

Max sah ihn mit flackerndem Blick an. „Was ist das?", fragte er ängstlich und schaute auf das kleine Gefäß.

„Die Kräuter werden Ihnen helfen, schnell wieder gesund zu werden", entgegnete Dumisani.

„Ich will dieses Teufelszeug nicht", knurrte Max und hustete. „Wollen Sie mich vergiften?"

„Niemand will Sie vergiften", entgegnete Julia, die um einen freundlichen Ton bemüht war. Sie spürte, dass alle Augen auf sie gerichtet waren, vor allem die von Alex, der sie nachdenklich musterte. „Wir wollen Ihnen nur helfen, damit die Wunde sich nicht entzündet." Auch wenn sie nicht wusste, welche Kräuter Dumisani zu dem Brei vermischt hatte, vertraute sie ihm voll und ganz.

Als Max jedoch trotzdem stur ablehnte, erklärte Julia in entschiedenem Ton: „Ist es Ihnen lieber, Sie verlieren Ihren Arm?" Sie merkte, dass der ältere Herr plötzlich verunsichert wirkte.

Schließlich schüttelte Max den Kopf. „Aber wenn mir

irgendetwas passiert wegen diesem Zeug, werden Sie beide dafür geradestehen müssen."

Julia ging nicht auf seine Bemerkung ein. Offensichtlich hatte Max noch immer nicht begriffen, dass er durch sein kopfloses Verhalten selbst die Schuld an seiner Verletzung trug. Sie nickte Dumisani zu, und er strich vorsichtig den Brei auf die Wunde. Julia sah, dass Max zusammenzuckte, als er den brennenden Schmerz spürte, doch er gab keinen Laut von sich. Mit fest zusammengebissenen Zähnen starrte er Dumisani an, der nun einen neuen Verband anlegte. „Und Sie sind ganz sicher, dass das Zeug hilft?", fragte er, nachdem der erste Schmerz ein wenig nachgelassen hatte.

„Ganz sicher", entgegnete Dumisani. „Mein Großvater hat die Kräuter immer verwendet. Er war ein sehr angesehener Medizinmann in unserem Dorf und hat vielen Menschen geholfen."

Max schwieg, doch sein Blick zeigte Julia, dass er die Erklärung Dumisanis überdachte. Bevor sie aufstand, legte sie kurz ihre Hand auf die seine. Sie wusste selbst nicht genau, was sie zu dieser vertraulichen Geste veranlasst hatte. Aber sie spürte, dass sie Max trotz allem irgendwie mochte, vielleicht aus der plötzlichen Erkenntnis heraus, dass er vermutlich immer noch seinen eigenen Weg suchte – genau wie Julia selbst. Dann erhob sie sich und sah, dass Alex ihr zunickte.

„Sie sollten sich jetzt ausruhen", sagte Alex zu Max. „Und morgen ... morgen unterhalten wir beide uns mal unter vier Augen."

Julia wusste genau, was Alex damit meinte. Er würde Max gehörig ins Gewissen reden. Sie wandte sich ab, um zu ihrer Mutter zu gehen und ihr endlich erzählen zu können, was passiert war. Christa war mit Sabine und Laura gerade dabei, das Abendessen vorzubereiten, während die beiden Studentinnen Holz für das Feuer sammelten. Doch Julia wurde auf halbem Weg von Stephan aufgehalten, der mit seiner Freundin Anne in der Nähe stand und das Geschehen verfolgt hatte.

„Du bist wirklich zu bewundern", sagte Stephan und blickte Julia anerkennend an. „Dein Mut ist bemerkenswert."

Julia machte eine wegwerfende Handbewegung. „Das hätte doch jede an meiner Stelle getan", erwiderte sie, freute sich aber trotzdem über Stephans lobende Worte. Als sie jedoch Annes eisigen Blick bemerkte, löste sich ihre Freude sofort in Luft auf. „Ich wollte mal eben zu meiner Mutter", murmelte sie, nickte den beiden zu und ging weiter. Anne ist tatsächlich eifersüchtig auf mich, schoss es ihr durch den Kopf. Dabei gab es überhaupt keinen Grund dafür. Julia schätzte Stephan, vor allem deshalb, weil er sehr viel über dieses Land wusste. Aber mehr war da nicht.

Laura kam ihr bereits entgegengelaufen und riss sie aus ihren trüben Gedanken. „Wir kochen", verkündete sie stolz, nahm Julias Hand und zog ihre Freundin mit sich.

„Kann ich euch helfen?", fragte Julia, als sie mit der

Kleinen an der Hand zu Christa und Sabine kam.

Christa schüttelte den Kopf. „Das fehlt gerade noch. Du hast schon mehr als genug getan heute. Außerdem weißt du doch, dass ich für mein Leben gern koche", fügte sie augenzwinkernd hinzu.

Julia musste lachen. Kochen gehörte nun wirklich nicht zu den Lieblingsbeschäftigungen ihrer Mutter. Das einzige Gericht, das sie halbwegs zustande brachte, war ihr Chili con Carne. Alles andere war entweder ungenießbar oder so verkocht, dass man nur mit sehr viel gutem Willen davon essen konnte. Und jetzt saß ihre Mutter mit Sabine auf dem Boden und schnitt voller Begeisterung Gemüse. Julia setzte sich zu ihnen und erzählte, wo sie Max gefunden hatten.

„Aber wie ist er denn überhaupt dahin gekommen?", fragte Christa entgeistert. „Er hätte sich den Hals brechen können."

Julia zuckte mit den Schultern. „Zum Glück ist ja nicht viel passiert. Alex will morgen mit ihm sprechen, dann erfahren wir vielleicht mehr."

Andrea und Katrin hatten inzwischen Äste und Zweige aufgeschichtet, die sie gesammelt hatten, und Alex machte sich daran, ein Feuer zu entfachen. Die kleine Laura hatte sich zu ihm gesellt und sah ihm andächtig zu. Bald loderte das Feuer hell auf und erleuchtete den Platz, auf dem sie ihr Lager aufgeschlagen hatten.

„Laura mag ihn", sagte Sabine, die ebenfalls einen Blick zu Alex geworfen hatte. Julia lächelte Sabine zu.

Dumisani hatte derweil ein paar größere Steine gesammelt und baute daraus auf der sandigen Fläche einen kleinen Herd. Dann schnitt er ein paar Äste zurecht, an denen er die kleinen Fleischstücke aufspießte, die Sabine inzwischen vorbereitet und mit einer Kräutermischung eingerieben hatte.

Lächelnd schaute Julia zu, wie ihre Mutter das zerkleinerte Gemüse in den Blechtopf warf und damit zu Dumisani ging, der in dem provisorischen Herd ein Feuer entfacht hatte. Laura war inzwischen zu ihm gegangen. Offenbar wollte sie sich nichts entgehen lassen. Mit großen Augen betrachtete sie Dumisani. „Kann man da wirklich drauf kochen?", fragte sie.

Dumisani nickte lächelnd. „Die San machen das seit einer Ewigkeit so." Er nahm Christa den großen Topf ab und stellte ihn auf den Steinherd.

Julia seufzte zufrieden. Sie war froh, dass sie sich von Alex nicht hatte unterkriegen lassen und dass die unselige Geschichte mit Max so glimpflich abgelaufen war. Unweigerlich schweifte ihr Blick zu den Zelten, vor denen Max sich auf dem Lager aus Decken ausruhte. Sie bemerkte, dass Reinhard, der sich bisher ungewohnt ruhig verhalten hatte, langsam zu seinem Bruder ging. Hoffentlich streiten die beiden sich nicht wieder, dachte sie. Denn Max brauchte, nach allem, was er durchgemacht hatte, unbedingt Ruhe.

Doch ihre Hoffnung wurde enttäuscht. Sie sah, dass Reinhard sich vor seinem Bruder aufgebaut hatte, wild mit den Händen in der Luft herumfuchtelte und auf ihn einredete.

Schnell stand Julia auf und trat ein Stück näher. Zwar mochte sie es nicht, andere Menschen zu belauschen, doch in diesem Fall wollte sie nicht tatenlos zusehen, wie die beiden älteren Herren durch ihre Streitereien wieder für schlechte Stimmung sorgten.

„Was sollte das eigentlich?", knurrte Reinhard gerade. „Wolltest du uns zeigen, was für ein toller Kerl du bist?"

„Lass mich in Ruhe", brummte Max und drehte sich auf die andere Seite.

Aber sein Bruder ließ sich nicht abweisen. „Du benimmst dich wie ein kleines trotziges Kind", schimpfte er. „Da ist ja dieses Mädchen, diese Laura, noch vernünftiger als du. Doch du warst ja schon immer so." Er stellte sich auf die andere Seite, verschränkte die Arme vor der Brust und blickte auf seinen Bruder herab. „Das ist unser letzter Urlaub, den wir zusammen machen. Ich habe endgültig genug von dir! Wenn du dir unbedingt den Hals brechen willst, dann mach das in Zukunft gefälligst alleine. Aber lass mich da raus."

Entgeistert sah Julia, dass Max plötzlich aufsprang und sich vor seinem Bruder aufbaute. „Du kommst ohne mich überhaupt nicht zurecht", rief er wütend. „Wer hat sich denn neulich im Swimmingpool beinahe ertränkt?" Er bohrte seinen Zeigefinger in die Brust seines Bruders. „Du bist doch derjenige, der immer noch ein Kindermädchen braucht."

Julia wollte gerade zu den beiden Männern gehen, um sie auseinanderzubringen, als sie sah, dass Alex zu ihnen lief. Offensichtlich war er, genau wie die anderen, inzwischen auch auf den Streit der Zwillinge aufmerksam geworden.

„Was soll das?", schrie Alex Reinhard an. „Ich habe doch gesagt, dass Ihr Bruder Ruhe braucht. Und daran sollten auch Sie sich halten."

Reinhard stemmte die Hände in die Hüften. „Sie können mir wohl kaum verbieten, dass ich mich mit meinem Bruder unterhalte", entgegnete er aufgebracht.

„*Unterhalten* nennen Sie das also?" Alex kochte vor Wut. „Ich bin für seine Gesundheit verantwortlich, und ich will verdammt noch mal nicht, dass ihm noch mehr passiert. Wollen Sie Ihren Bruder umbringen?"

Reinhard zuckte zusammen. „Aber ich …"

„Halten Sie den Mund!", brüllte Alex. „Und jetzt lassen Sie Ihren Bruder endlich in Frieden, sonst vergesse ich mich."

Reinhard zögerte einen Moment und sah Alex an, der ihn um mehr als einen Kopf überragte. Dann drehte er sich langsam um und ging davon.

Julia ging indes zu Max und bat ihn, sich wieder hinzulegen.

„Wenigstens ein Mensch, der weiß, was zu tun ist", murmelte Alex, als Julia die Decke über Max ausbreitete, der sich ohne zu widersprechen wieder hingelegt hatte. „Sie kommen ja auch ohne mich klar", fügte er hinzu.

Und als Julia nickte, ging er zum Lagerfeuer, um es unter Kontrolle zu halten.

„Dieser verdammte Dickschädel", knurrte Max. „Er meint tatsächlich, dass er ohne mich zurechtkommt." Er schüttelte den Kopf. „Wenn Sie meinen Bruder nicht aus dem Swimmingpool gezogen hätten ... den Kerl kann man doch nicht eine Sekunde aus den Augen lassen."

Julia merkte, wie aufgebracht Max immer noch war. Aber sie hatte auch etwas anderes gespürt – einen Anflug von Zuneigung, die sie in seiner Stimme erkannt zu haben glaubte, als er von seinem Bruder gesprochen hatte. „Ruhen Sie sich jetzt aus", bat sie, blieb noch einen Moment bei ihm, bis er sich beruhigt hatte, und stand dann auf, um wieder zu den anderen zu gehen. Doch als sie sah, dass Reinhard sich abseits der Gruppe auf einen Felsblock gesetzt hatte, zögerte sie. Sollte sie vielleicht mit ihm reden? Möglicherweise konnte sie auf ihn einwirken, damit es nicht zu einem weiteren Streit kam. Aber würde er ihr überhaupt zuhören? Ohne noch länger darüber nachzudenken, ging sie zu ihm und setzte sich neben ihn auf den Felsblock.

„Was wollen Sie?", fragte Reinhard unfreundlich. „Hat mein Bruder Sie etwa geschickt? Dann können Sie gleich wieder gehen."

Julia schüttelte den Kopf. „Nein, er hat mich nicht geschickt. Aber ich denke, wir sollten miteinander reden ..."

„Es gibt nichts zu reden", unterbrach Reinhard. „Das mit meinem Bruder und mir geht niemanden etwas an."

Julia sah ihn eindringlich an. „Sie haben recht, es geht niemanden etwas an – solange Sie beide allein sind. Doch Sie sind jetzt mit uns unterwegs und da ..."

„Na und?", unterbrach Reinhard sie unwirsch. „Die anderen müssen ja nicht zuhören, wenn es ihnen nicht passt. Und Sie sollten sich vor allem auch nicht in Dinge einmischen, die Sie nichts angehen", fügte er entschieden hinzu und sah Julia kurz an, bevor er den Blick wieder abwandte.

Julia versuchte, ruhig zu bleiben, obwohl sie merkte, dass sie sich über Reinhard ärgerte. Aber es würde keinen Sinn haben, wenn sie ihrem Ärger Luft machte. Ganz im Gegenteil. Reinhard würde sich noch mehr gegen sie stellen. „Wenn es mich nichts anginge, würde ich mich auch nicht einmischen", sagte sie gefasst. „Doch es geht mich etwas an. Ihr Streit berührt auch mich und die anderen und gefährdet den Zusammenhalt in unserer Gruppe. Ich bin mir sicher, dass Sie und Ihr Bruder das nicht wollen. Sie sind doch bestimmt, genau wie wir alle, nach Südafrika gekommen, um die einzigartige Schönheit dieses Landes kennenzulernen, nicht wahr?"

Reinhard starrte einen Moment lang vor sich hin. „So wird es wohl gewesen sein", murmelte er schließlich und klang nicht mehr ganz so abweisend wie vorher. Offensichtlich hatte er gemerkt, dass Julia es nur gut mit ihm meinte.

„Ich wünsche mir nur, dass Sie beide diese Reise auch genießen können – so wie wir alle", sagte Julia leise.

„Genau das würde ich ja gerne", gab er zurück. „Aber mit meinem Bruder ist das leider unmöglich. Er findet immer einen Grund zum Streiten."

Genau wie du, dachte Julia, verkniff sich jedoch die Bemerkung, um Reinhard nicht wieder gegen sich aufzubringen. Das wollte sie auf keinen Fall.

Reinhard sah sie direkt an. „Ich weiß ganz genau, was Sie jetzt denken. Dass ich nämlich genauso streitsüchtig bin wie mein Bruder. Doch das stimmt nicht." Er rammte den Absatz seines Schuhs in den sandigen Boden. „Früher haben wir uns eigentlich sehr gut verstanden, aber seit ..." Er unterbrach sich. „Na ja, ist ja auch egal. Man kann sowieso nichts mehr daran ändern." Abrupt verstummte er und starrte gedankenverloren vor sich hin.

Auch Julia schwieg eine ganze Weile und überlegte, ob sie Reinhard fragen sollte, was den Streit zwischen ihm und seinem Bruder ausgelöst hatte. Doch hatte sie überhaupt das Recht dazu, ihn zu fragen? Schließlich kannte sie die beiden Brüder kaum und sollte sich vielleicht besser nicht in deren Angelegenheiten mischen, wenn es sie nicht selbst betraf. Auf der anderen Seite interessierte es sie, was die beiden immer wieder so gegeneinander aufbrachte. Und möglicherweise würde es Reinhard ja auch helfen, wenn er darüber sprechen konnte.

„Was ist denn passiert?", fragte sie zögernd und räusperte sich. „Ich meine, Sie müssen es mir nicht erzählen, aber vielleicht ..."

Sie sah, dass Reinhard sie anschaute. Und plötzlich verzog er seinen Mund zu einem Lächeln. Es war das erste Mal, dass sie ihn lächeln sah.

„Sie geben wohl nie auf, was?", bemerkte Reinhard.

Julia lächelte. „Wenn mir etwas wichtig ist, gebe ich nicht auf, nein."

Reinhard nickte und strich sich durch sein volles graues Haar. „Max war eigentlich immer der Stärkere von uns", begann er stockend. „Schon in der Schule. Er hat sich mit den anderen Jungen geprügelt, während ich danebenstand. Und später hat er dann ganz selbstverständlich das Unternehmen unseres Vaters übernommen, ein großes Möbelhaus."

„Und Sie?", fragte Julia, als Reinhard schwieg. Sie merkte, dass es ihm nicht leichtfiel, seine Geschichte zu erzählen, doch sie wollte nicht lockerlassen, jetzt, da er schon einmal angefangen hatte.

„Ich habe mich immer nur für Musik interessiert", fuhr Reinhard fort. „Während Max draußen mit seinen Freunden herumtobte, saß ich zu Hause am Klavier."

Julia sah, dass seine Augen einen schwärmerischen Ausdruck angenommen hatten. Und doch lag auch ein Anflug von Trauer in seinem Blick.

„Gegen den Willen meines Vaters habe ich Musik studiert", erzählte Reinhard weiter, „und mich nach dem Studium mehr schlecht als recht durchgeschlagen. Und trotzdem war ich glücklich in dieser Zeit. Ich durfte mich ganz der Musik widmen." Er runzelte die Stirn. „Ich war wohl ein unverbesserlicher Träumer, der zu nichts richtig zu gebrauchen war."

„Aber nein", widersprach Julia. „Das glaube ich nicht. Sie haben sich doch Ihren Traum auch erfüllt. Ich kann sehr gut verstehen, dass Sie damals glücklich waren." Julia musste einen Augenblick an ihr eigenes Leben denken. Auch sie hatte einmal versucht, sich einen Traum zu erfüllen, als sie ihr Grafikdesignstudium begonnen hatte. Doch dann hatten sie und ihre Mutter wieder einmal umziehen müssen, und Julia hatte ihr Studium aufgeben müssen. Dieser Schritt war ihr alles anders als leichtgefallen. Damals hatte sie sich fest vorgenommen, es irgendwann wieder aufzunehmen.

„Vielleicht haben Sie ja recht", räumte Reinhard ein. „Als mein Vater vor fünfzehn Jahren starb, war es allerdings vorbei mit der Musik. Ich musste mit in das Unternehmen einsteigen. Und damit begannen die Probleme." Er lachte bitter auf. „Ob Sie es glauben oder nicht: Nachdem ich mich eingearbeitet hatte, war ich bald besser als mein Bruder. Und das hat Max natürlich überhaupt nicht gefallen. Seitdem vergeht kein Tag, an dem wir uns nicht streiten."

„Und trotzdem halten Sie zusammen", erwiderte Julia. „Sonst würden Sie doch nicht gemeinsam in Urlaub fahren, und das schon öfter, wie Sie ja selbst einmal erzählt haben."

Reinhard winkte ab. „Wahrscheinlich haben wir nur aus der Not eine Tugend gemacht", entgegnete er, „weil keiner von uns allein wegfahren wollte."

Julia spürte, dass er selbst nicht ganz von seinen Worten überzeugt war. Sie hatte das Gefühl, dass die beiden Brüder sich trotz aller Auseinandersetzungen immer noch mochten. Doch offensichtlich brauchten sie ihre Streitereien wie die Luft zum Atmen. Keiner wollte dem anderen seine Schwächen eingestehen. „Es gibt immer auch einen anderen Weg", erklärte Julia versonnen.

Reinhard blickte sie einen Moment lang nachdenklich an. „Sie sollten jetzt zu den anderen gehen", sagte er schließlich. „Das Essen ist bestimmt bald fertig."

Julia sah ihn fragend an. „Und was ist mit Ihnen? Haben Sie keinen Hunger?"

„Ich komme gleich", entgegnete er. „Gehen Sie ruhig schon vor."

Julia stand auf und ging zu den anderen. Sie hatte gespürt, dass Reinhard noch ein wenig allein sein wollte, um nachzudenken.

Die anderen standen um das Lagerfeuer herum. Christa schnitt gerade das Brot auf, das sie mitgebracht hatten, während Dumisani und Stephan die Fleischspießchen über dem Feuer rösteten.

„Alles in Ordnung?", fragte Christa leise, als Julia zu ihr trat.

Julia nickte nur. Im Augenblick wollte sie nichts von dem Gespräch mit Reinhard erzählen. Sie konnte nur hoffen, dass die Brüder ihre Streitereien endlich beilegen würden.

Plötzlich stand Max neben ihnen. Er hatte sich eine Decke um die Schultern gelegt.

Julia sah ihn entgeistert an. „Sie sollten besser liegen bleiben", bemerkte sie. „Ich hätte Ihnen doch etwas zu essen gebracht."

Max schüttelte den Kopf. „Kommt gar nicht infrage. Ich liege doch nicht im Sterben. So ein kleiner Kratzer haut mich nicht um."

Wenig später saßen sie alle beim Feuer und ließen sich das Essen schmecken. Auch Reinhard hatte sich inzwischen zu ihnen gesellt, nur kurz einen Blick zu seinem Bruder geworfen und sich neben die beiden Studentinnen gesetzt.

Als Max den ersten Bissen von Christas Gemüse probiert hatte, erklärte er: „Das schmeckt wirklich gut!" und verdrehte schwärmerisch die Augen.

„Na, wenigstens mal eine positive Bemerkung von Ihnen", entgegnete Stephan bissig, der noch immer verärgert darüber war, dass Max verschwunden war. Dieser Alleingang hatte die Pläne der Gruppe vollkommen über den Haufen geworfen. Stephan hätte es zu gerne noch bis zu der Höhle geschafft, um sich die Felsmalereien der San anzuschauen. „Ansonsten haben Sie ja bis jetzt nur Ärger gemacht", brummte er missmutig.

Alex hob beschwichtigend die Hand. „Darüber reden wir morgen", erklärte er bestimmt.

„Und wer sagt uns, dass es morgen nicht wieder genauso abläuft?", warf Andrea ein. „Es geht doch nicht an, dass wir alle uns nach einer Person richten müssen, die sich partout nicht an die Regeln halten will."

„Ganz genau", stimmte ihre Freundin Katrin zu. „Vielleicht verschwindet morgen ja jemand anders", meinte sie mit Blick auf Reinhard. „Und wir haben wieder das Nachsehen."

Julia wusste, wie verärgert die anderen waren – und das zu Recht. Aber wenn sich jetzt alle gegen die beiden Brüder stellten, würde es nur noch mehr Ärger geben. „Lasst uns doch einfach mal abwarten, was morgen passiert", entgegnete sie. „Warum sollen wir uns jetzt schon den Kopf darüber zerbrechen?" Sie warf einen Blick zu Reinhard und Max. Die Brüder sollten zumindest die Chance bekommen zu zeigen, dass sie sich doch in die Gruppe einfügen konnten.

„Du hast dich ja offensichtlich von diesen beiden Herren ganz schön einwickeln lassen", bemerkte Anne, und der leise Spott in ihrer Stimme war kaum zu überhören.

Julia zuckte ein wenig zusammen. Inzwischen schien es, als ließe Anne keine Gelegenheit aus, ihr eins auszuwischen. „Wenn wir uns jetzt auch noch streiten, führt das zu gar nichts", sagte sie entschieden und sah Anne mit festem Blick an.

Alex nickte bestätigend. „Wir sehen morgen weiter", entgegnete er mit ernster Miene und fügte dann hinzu: „Und jetzt lasst euch das Essen schmecken. Die Damen", er lächelte Sabine und Christa an, „haben sich nämlich sehr viel Mühe gegeben."

Julia sah, dass ihre Mutter und Sabine strahlten. Christa

sicher deshalb, weil sie bisher eigentlich so gut wie nie ein Kompliment für ihre Kochkünste bekommen hatte. Und Sabine schien sich über Alex' anerkennende Worte zu freuen, weil sie ihn offenbar tatsächlich mochte – wie ihre Blicke, die sie ihm immer wieder zuwarf, deutlich zeigten. Julia war froh, dass während des Essens nicht weiter über den Vorfall gesprochen wurde, aber sie wusste auch, dass Max' eigenmächtiges Handeln noch ein Nachspiel haben würde. Denn Alex würde ihn ganz sicher nicht so ungeschoren davonkommen lassen.

Nach dem Essen nahmen alle ihre dicken Schlafsäcke aus den Rucksäcken. Nachts wurde es empfindlich kühl. Die kleine Laura war schon lange neben dem Feuer eingeschlafen, und Sabine trug sie vorsichtig zu den Zelten, um sie nicht aufzuwecken.

„Schlaf gut", sagte Julia leise zu Sabine, bevor sie zu ihrer Mutter ins Zelt kroch, die es sich in ihrem Schlafsack gemütlich gemacht hatte. Julia schlüpfte in ihren eigenen Schlafsack, und bald hörte sie Christas regelmäßige Atemzüge. Doch sie selbst konnte keine Ruhe finden. Zu vieles ging ihr noch durch den Kopf – der Streit der beiden Brüder und Annes Eifersucht. Zudem machte sie sich auch Gedanken darüber, was Alex wohl am nächsten Tag unternehmen würde. Warum nur ist es nicht möglich, dass wir alle zusammen diesen Ausflug genießen können, fragte sie sich, bevor ihr vor Müdigkeit die Augen zufielen.

5. KAPITEL

Unruhig wälzte Julia sich in ihrem Schlafsack hin und her. Sie war kurz eingeschlafen, doch schon bald darauf wieder hochgeschreckt. Schließlich stand sie leise auf, um ihre Mutter nicht zu wecken, und kroch aus dem kleinen Zelt. Draußen atmete sie tief die kühle Nachtluft ein und blickte auf zu den majestätischen Drakensbergen, die als riesige dunkle Silhouetten in den sternenklaren Nachthimmel ragten.

Julia ging zu dem Platz, an dem sie ihr Lagerfeuer gemacht hatten. Ein paar Scheite glommen noch in der Asche. Sie setzte sich auf einen Felsblock und stützte den Kopf in die Hände. Plötzlich hörte sie ein Geräusch hinter sich, als ob jemand auf ein paar Zweige getreten wäre. Erschrocken drehte sie sich um. Alex stand vor ihr.

„Wollen Sie nicht schlafen?", fragte er. „War ein anstrengender Tag heute."

Julia schwieg einen Moment lang. Sie hatte gehofft, Alex hier draußen anzutreffen, denn sie wollte unbedingt noch mit ihm reden. Sie atmete tief durch und fasste sich ein Herz. „Wie geht es denn morgen weiter?", stieß sie hervor. Die Frage ließ ihr keine Ruhe. Sie hatte gespürt, dass Alex sehr wütend auf Max war, auch wenn er seine Wut gezügelt hatte, um den Frieden in der Gruppe zu wahren. Doch seine ganze Körperhaltung und seine Blicke am Abend hatten ihr verraten, wie zornig er war.

„Wie es weitergeht?" Alex stieß mit einem Stock in

die glimmende Asche. „Wahrscheinlich geht es überhaupt nicht weiter. Ich werde die Tour morgen wohl abbrechen müssen."

Julia starrte ihn entgeistert an. „Aber das geht doch nicht ..."

„Und ob das geht", unterbrach Alex aufgebracht. „Ich muss es sogar. Denn sollte etwas noch Schlimmeres passieren, werde *ich* dafür verantwortlich gemacht." Er hielt inne und fuhr etwas gefasster fort: „Glauben Sie ja nicht, dass ich mir die Entscheidung leicht mache. Aber schließlich muss ich für das Wohlergehen aller sorgen. Und noch so einen Vorfall darf es nicht geben."

Julia nickte. Sie wusste inzwischen, dass Alex seine Verantwortung sehr ernst nahm. Doch sie glaubte auch, dass die beiden Brüder inzwischen gemerkt hatten, was sie mit ihrem Verhalten bei den anderen auslösten, und zur Vernunft gekommen waren. An ihren Blicken beim Abendessen glaubte Julia erkannt zu haben, dass die offene Ablehnung sie nachdenklich gestimmt hatte. Und sie hoffte natürlich auch, dass ihr Gespräch mit Reinhard dazu beitragen würde, die beiden Brüder wieder versöhnlicher zu stimmen. „Ich glaube, sie haben inzwischen eingesehen, dass sie falsch gehandelt haben", sagte Julia.

„Sie *glauben* es", entgegnete Alex. „Aber Sie *wissen* es nicht. Und deshalb werden wir morgen umkehren, auch wenn es mir für die anderen sehr leidtut."

Sein entschiedener Tonfall ließ keinen Zweifel daran, dass Alex sich nicht mehr umstimmen lassen würde. Langsam stand Julia auf. „Ich sollte jetzt besser schlafen", murmelte sie enttäuscht. „Es war wirklich ein anstrengender Tag heute." Tatsächlich wollte sie allein sein. Mit einem Mal war sie unsagbar traurig. Noch am Morgen waren sie in bester Stimmung losgefahren und hatten sich auf all das Neue, das sie entdecken würden, gefreut. Und jetzt sollte das plötzlich mit einem Schlag vorbei sein?

Julia war in dieser Nacht sehr spät eingeschlafen, denn sie hatte noch lange hin und her überlegt, ob sie nicht doch hätte versuchen sollen, Alex umzustimmen. War sie vielleicht nicht hartnäckig genug gewesen? Auf der anderen Seite hatte sie gespürt, dass er sich in seiner Entscheidung nicht beeinflussen lassen würde. Und von ihr, Julia, vermutlich erst recht nicht. Auch wenn er ihr einen anerkennenden Blick zugeworfen hatte, als sie sich um den verletzten Max gekümmert hatte, war Julia klar, dass er ihr im Grunde genommen nicht viel zutraute. Wie hätte sie ihn da umstimmen können? Wahrscheinlich hätte er sie nur ausgelacht. Oder seine Wut hätte sich gegen sie gerichtet, weil sie die Frechheit besaß, seine Entscheidungen anzuzweifeln.

Müde schlug Julia am Morgen die Augen auf. Auch ihre Mutter war anscheinend gerade erst aufgewacht, denn sie strich sich gähnend durchs Gesicht.

„Ich hab geschlafen wie ein Stein. So tief und fest wie schon lange nicht mehr", murmelte Christa. Sie streckte sich und schlug die Zeltplane zurück. Helle Sonnenstrahlen fielen herein. „Heute wird wieder ein wunderschöner Tag", rief Christa gut gelaunt. „Ich bin schon so gespannt, was wir alles sehen werden. Lass uns endlich aufstehen, Julia, sonst gehen die anderen noch ohne uns los." Sie griff nach ihren Kleidern. „Was ist denn?", fragte sie plötzlich verwirrt, als sie Julias traurigen Gesichtsausdruck bemerkte. „Hab ich was Falsches gesagt?"

Schnell setzte Julia sich auf und lächelte. „Aber nein, Mama. Es ist nur …" Sie stockte. Sie konnte ihrer Mutter nicht sagen, dass sie umkehren würden. Christa freute sich doch so sehr auf den Tag. Und vielleicht hat Alex es sich ja noch anders überlegt, dachte sie, obwohl sie wenig Hoffnung hatte. „Ich hab nur ein bisschen unruhig geschlafen", erklärte sie schließlich ausweichend.

Christa strich ihr liebevoll die Haare zurück. „Kein Wunder. Du hast ja auch viel erlebt gestern."

Nachdem Julia ihren leichten Trainingsanzug gegen eine Safarihose und ein T-Shirt getauscht hatte, kroch sie aus dem Zelt, streckte sich und genoss einen Augenblick lang die wärmenden Sonnenstrahlen auf ihrer Haut. Hoch oben in der Luft entdeckte sie einen Schakalfalken und schirmte die Augen mit der Hand ab, um ihn besser beobachten zu können. Plötzlich hörte sie, wie jemand ihren Namen rief. Als sie zu dem Platz schaute, an dem sie gestern Abend gesessen hatten, sah sie Reinhard, der ihr zuwinkte. Sein Bruder Max hockte am Boden neben einem kleinen Feuer.

Neugierig ging Julia zu den Brüdern, die allein draußen

waren. Alle anderen lagen wohl noch in ihren Zelten und schliefen, denn schließlich war es früh am Morgen. Als sie näher kam, sah sie, dass das Frühstück bereits vorbereitet war. Aus der Blechkanne, die auf dem kleinen Steinherd stand, duftete es verführerisch nach Kaffee. Und auf einem größeren Teller waren Käse, Brot und Obst angerichtet. Zwölf Teller mit Besteck standen um das kleine Lagerfeuer herum, für jeden aus der Gruppe einer. „Haben ... haben Sie das alles gemacht?", stammelte Julia und sah die Brüder erstaunt an.

Max, der eben nach dem Kaffee geschaut hatte, richtete sich auf. „Ja, natürlich", antwortete er gut gelaunt, als sei es das Selbstverständlichste der Welt, dass er und sein Bruder gemeinsam das Frühstück für zwölf Leute machten. „Oder trauen Sie uns das etwa nicht zu?"

Bevor Julia etwas erwidern konnte, warf Reinhard ein: „Ich glaube, Julia traut uns einiges zu – nur nichts Vernünftiges." Fragend sah er sie an. „Ich darf Sie doch Julia nennen, oder?"

Julia lachte. „Sehr gerne."

Max stieß Reinhard in die Seite. „Dann sollten wir uns der jungen Dame allerdings auch vorstellen."

„Aber Julia weiß doch, wie wir heißen", entgegnete Reinhard verwundert.

Max sah ihn mit gespieltem Vorwurf an. „Ja, Kammerloh. Aber von jetzt an sind wir Max und Reinhard. Oder von mir aus auch umgekehrt."

Julia konnte es kaum glauben. Sollten die beiden Brüder sich tatsächlich miteinander versöhnt haben? Gestern hatten sie doch noch heftig gestritten.

„Wir sind schon ziemlich lange auf", erklärte Reinhard, als hätte er Julias Gedanken erraten. „Und da ... na ja, mein Bruder und ich haben uns ein bisschen unterhalten ..."

„Gestritten haben wir, wie die Kesselflicker", unterbrach Max. Er zuckte mit den Schultern. „Und plötzlich war irgendwie die Luft raus."

Julia nickte. Die Brüder hatten vermutlich gemerkt, dass es eigentlich Nichtigkeiten waren, über die sie sich aufgeregt hatten. Erleichtert seufzte sie auf. „Wie geht es denn Ihrem Arm, Herr Kammerloh ... ich meine Max?"

„Meinem Arm? Ach Gott, an den habe ich gar nicht mehr gedacht." Er schlenkerte mit dem verletzten Arm hin und her. „Dumisanis Kräuter haben anscheinend Wunder gewirkt."

Julia lächelte. „Sie sollten Ihren Arm trotzdem noch ein bisschen schonen."

Mit einem Mal wurde ihre Miene ernst. Die anderen waren inzwischen auch aufgestanden. Unwillkürlich atmete Julia tief durch. Wie würden sie den Zwillingen begegnen? Und was würde Alex sagen?

„Hast du etwa schon das Frühstück gemacht?", fragte Stephan, als er zu ihr getreten war, und sah sie anerkennend an, ohne auf die beiden Brüder zu achten, die neben ihr standen.

Auch Alex und die anderen hatten sich jetzt auf dem

Platz an dem kleinen Feuer versammelt. Bevor Julia auf Stephans Frage antworten konnte, erklärte Alex: „Hört mal bitte alle einen Augenblick zu." Er warf Max einen wütenden Blick zu und sagte: „Es tut mir sehr leid, aber wir werden heute nicht weitergehen …"

„Wie bitte?" Die anderen waren entsetzt, nur Julia, die ja schon von Alex' Entschluss wusste, blieb ruhig. Trotzdem war sie enttäuscht – denn insgeheim hatte sie gehofft, Alex hätte es sich vielleicht noch anders überlegt.

Beschwichtigend hob Alex die Hand, um die anderen Gruppenmitglieder, die immer noch lauthals protestierten, zum Schweigen zu bringen. „Der Vorfall gestern …"

„Der Vorfall von gestern tut mir sehr leid", unterbrach Max mit fester Stimme. „Es war idiotisch von mir zu glauben, dass ich alleine schneller ans Ziel komme. Stattdessen habe ich allen nur eine Menge Ärger bereitet."

Alex sah Max mit fragendem Blick an. Er hatte anscheinend nicht damit gerechnet, dass Max sich entschuldigen würde. „Diese Einsicht kommt leider ein bisschen zu spät, Herr Kammerloh", entgegnete er. „Mein Entschluss steht längst fest. Ich kann es nicht riskieren, dass noch mehr passiert."

„Das verstehen wir ja", schaltete Reinhard sich nun ein. „Und deshalb werden mein Bruder und ich zurückgehen." Er sah Max an, und als der nickte, fuhr er fort: „Unten ist ein kleines Camp, in der Nähe des Platzes, wo wir unseren Geländewagen abgestellt haben. Wir warten dort, bis Sie zurück sind."

Alex schüttelte entschieden den Kopf. „Kommt gar nicht infrage", erwiderte er. „Ich bin auch für Sie beide verantwortlich, ob mir das nun passt oder nicht." Er deutete auf das Frühstück. „Und nun sollten wir erst einmal essen, nachdem Julia sich solche Mühe gemacht hat."

„Aber das war ich nicht", warf Julia ein, die die ganze Zeit schon loswerden wollte, dass sie das Frühstück nicht gemacht hatte. „Max und Reinhard sind extra früher aufgestanden und haben dafür gesorgt. *Zusammen.*" Das letzte Wort betonte sie ganz besonders und merkte, dass Alex die beiden Brüder verwirrt ansah.

Reinhard zuckte mit den Schultern. „War ja kein großer Aufwand. Außerdem haben wir einiges wiedergutzumachen."

„Das heißt also, dass Sie auch die nächsten Tage das Frühstück machen wollen?", meinte Christa, die den Brüdern gerne beistehen wollte, weil sie deren guten Willen, sich endlich in die Gemeinschaft einzufügen, erkannt hatte. Zudem hoffte auch sie, dass Alex es sich noch einmal überlegen und mit ihnen weitergehen würde.

Max lächelte Christa an. „Wenn Sie darauf bestehen, sehr gerne. Und um das Abendessen kümmern wir uns auch. Was meinst du, Reinhard?"

„Das kommt überhaupt nicht infrage", warf Christa lachend ein. „Jetzt, wo ich endlich mal ganz groß rauskomme als Köchin, wollen Sie mir ins Handwerk pfuschen?"

Alex hob die Hand. „Moment mal. Ihr redet hier schon

von Abendessen, dabei steht ja noch nicht einmal fest, ob wir überhaupt weitergehen."

Julia und die anderen schöpften wieder Hoffnung. Alex schien also nicht mehr ganz so abgeneigt zu sein, die Tour fortzusetzen.

„Offensichtlich hat sich hier ja einiges geändert über Nacht", meinte Alex. „Und daher ist es vielleicht angebracht, wenn ich meinen Entschluss noch einmal überdenke." Dann verzog er den Mund zu einem leichten Grinsen. „Ach was, ich will euch nicht länger auf die Folter spannen. Wir gehen weiter."

„Ich hab Hunger, Mama", rief die kleine Laura und alle lachten. Es war ein befreiendes Lachen, denn alle waren froh, dass es weiterging.

Nach dem Frühstück nahm Alex Julia kurz zur Seite, während Max und Reinhard, unterstützt von der kleinen Laura, die offensichtlich zwei neue Freunde für sich entdeckt hatte, das Geschirr zusammenräumten.

„Sie haben recht gehabt", meinte Alex. „Die beiden Dickköpfe haben sich tatsächlich versöhnt. Und offensichtlich haben Sie einen nicht geringen Anteil daran."

Julia zuckte die Schultern. „Ich glaube, dass sie sich auch ohne mich wieder ausgesöhnt hätten. Es war höchste Zeit, und sie waren beide bereit dazu."

„Doch Sie haben Ihnen den entscheidenden Anstoß gegeben", erwiderte Alex. „Ihre Bescheidenheit in allen Ehren, aber ich weiß, dass es so ist. Und dafür möchte ich mich bei Ihnen bedanken."

Als Julia wenig später zu ihrer Mutter ging, um ihr zu helfen, das kleine Zelt abzubauen, fragte Christa neugierig: „Was hat Alex denn so Geheimnisvolles mit dir zu besprechen gehabt?"

Julia lächelte. „Er hat offensichtlich eingesehen, dass ein bisschen mehr in mir steckt, als er gedacht hat." Sie war froh, dass sie nun auch mit Alex im Reinen war, denn jetzt würde sie die Tour endlich ungestört genießen können.

Eine Stunde später ging die Gruppe dann weiter – Alex mit der kleinen Laura an der Hand und Sabine vorne, während Dumisani ganz hinten ging, um alle im Auge zu haben. Die beiden Brüder gingen diesmal nebeneinanderher, ohne sich zu streiten. Christa hatte sich zu ihnen gesellt und plauderte munter mit ihnen, während Julia schweigend hinter ihnen herging und fasziniert die kleinen Hirtenstare beobachtete, die in den Büschen saßen und laut tschilpten, als würden sie die Wanderer begrüßen wollen.

Plötzlich blieb Max stehen, drehte sich ohne ein Wort um und lief zurück.

„Was ist denn jetzt schon wieder los?", fragte Christa entgeistert und schaute Julia und Reinhard an, die ebenfalls stehen geblieben waren. „Er wird doch nicht wieder …" Sie konnten nicht sehen, wohin er gegangen war, weil der Weg genau an dieser Stelle eine Kurve machte. Die anderen waren bereits weitergegangen. Sie hatten nicht bemerkt, dass Max erneut verschwunden war. Julia,

Christa und Reinhard entschlossen sich, zu warten.

Und tatsächlich tauchte Max wenige Augenblicke später zusammen mit Dumisani wieder auf.

„Ist was nicht in Ordnung, meine Lieben?", fragte er in bester Laune. Julia, Christa und Reinhard starrten ihn verwirrt an. „Mir ist nur gerade eingefallen, dass ich mich noch gar nicht bei Dumisani für seine wunderbare Kräuterpackung bedankt habe." Er grinste. „Und jetzt sollten wir schleunigst weitergehen, sonst denkt Alex am Ende noch, wir wollen uns absetzen."

„Dann nichts wie weiter", sagte Christa lachend. Sie zog Max und Reinhard mit sich, während Julia ihnen folgte.

Julia hatte ihre Mutter lange nicht mehr so ausgelassen erlebt. Es tat ihr offensichtlich gut, die anerkennenden Blicke der beiden älteren Herren zu spüren, die anscheinend nicht mehr von ihrer Seite weichen wollten. Christa hatte sie mit ihrem Charme um den kleinen Finger gewickelt. Nicht, dass sie noch anfangen, wegen Mama zu streiten, dachte Julia amüsiert.

Nach etwa zwei Stunden kamen sie endlich zu der Höhle, die sie eigentlich am Tag zuvor hatten erreichen wollen. Es war angenehm kühl im Inneren, denn trotz des Windes, der meistens über die Drakensberge strich, hatte die strahlende Morgensonne die Luft schon erwärmt.

Fasziniert betrachteten Julia und die anderen die Felsmalereien der San.

„Einige der Malereien, die die San hinterlassen haben,

könnten fast dreißigtausend Jahre alt sein", erklärte Dumisani. „Allerdings lässt sich das Alter nur schwer bestimmen, da die San aus religiösen Gründen meistens die gleichen Motive gemalt haben. Die jüngeren Bilder kann man daran erkennen, dass sie auch Europäer darstellen und die Tiere, die sie mitgebracht haben."

„Und die Farben?", fragte Julia, die begeistert war von diesen Zeugnissen der frühen Geschichte des Landes. „Womit haben die San gemalt?"

„Rot und Braun sind Erdfarben", erwiderte Dumisani. „Und das Schwarz ist Holzkohle. Sie haben aber auch gebrannten Kalk mit dem Blut der Wildtiere vermischt, die sie erlegt haben."

Die kleine Laura deutete mit dem Finger auf eine der Malereien. „Was ist das denn?", fragte sie und sah Dumisani mit großen Augen an. „Ist das ein Schaf?"

Dumisani nickte. „Ganz genau." Er deutete auf eine andere Zeichnung. „Und das ist eine Elenantilope. Die San haben diese seltene Antilopenart sehr oft gemalt, da sie glaubten, dass diese Tiere übernatürliche Kräfte besitzen. Genauso wie ihre Schamanen, die bei ihren Tänzen in Trance fielen und dann Zugang zur Geisterwelt hatten. Und da die Geister als Hauptquelle von Krankheiten galten, wurden die Schamanen durch den Kontakt, den sie mit ihnen hatten, als fähige Heiler angesehen."

Max warf einen Blick auf seinen Arm, der verbunden war. „Auch wenn ich mich jetzt vielleicht lächerlich mache, aber ich glaube, da ist was dran. Seit Dumisani mich gestern verarztet hat, habe ich jedenfalls überhaupt keine Schmerzen mehr."

„Sie machen sich gar nicht lächerlich", erwiderte Julia. „Wir können uns eben nur manchmal schwer vorstellen, dass es auch andere Wege gibt als die, die wir schon immer kannten."

Als sie wieder aus der Höhle traten, blieb Dumisani einen Augenblick lang neben Julia stehen. „Ich glaube, dass Sie den richtigen Weg schon in Ihrem Herzen tragen", sagte er leise. „Und dieser Weg wird Ihnen eines Tages, wenn die dunklen Schatten sich aufgelöst haben, großes Glück bringen." Dann schloss er zu den anderen auf, die schon vorausgegangen waren.

Julia schaute ihm verwirrt hinterher. Was hatte Dumisani ihr damit sagen wollen? Im ersten Moment war sie versucht, ihm hinterherzulaufen und ihn zu fragen. Seine Worte hatten eine seltsame Unruhe in ihr ausgelöst. Doch sie hielt sich zurück, denn mit einem Mal war ihr klar, dass er ihr darauf keine Antwort geben würde. Die Antwort musste sie selbst finden.

Am frühen Nachmittag kamen sie zu einem wunderschönen Felsenbecken. Die Sonne spiegelte sich in dem kristallklaren Wasser, und es schien, als ob Tausende von Diamanten darin aufleuchteten.

„Wie wär's mit einer kleinen Abkühlung?", schlug Alex vor. „Wer will, kann gerne baden."

Max winkte sofort ab. „Das Wasser ist doch bestimmt

eiskalt", murmelte er ausweichend – offenbar wollte er einfach nicht zugeben, dass er nicht schwimmen konnte. „Außerdem habe ich meine Badehose nicht dabei."

Reinhard klopfte grinsend auf seinen Rucksack. „Aber ich. Los jetzt, wir suchen uns eine Stelle, die nicht so tief ist." Er wischte sich den Schweiß von der Stirn. „Ich kann ein bisschen Abkühlung jedenfalls gut gebrauchen."

Während die anderen bereits hinter den hohen Büschen verschwunden waren, um sich ihre Badesachen anzuziehen, sträubte Max sich immer noch. Doch schließlich ließ er sich von Christa überreden, und wenig später stieg auch er vorsichtig in das Felsenbecken.

Julia genoss das kalte klare Wasser, warf aber immer wieder einen prüfenden Blick zu den beiden Brüdern, um sicherzugehen, dass ihnen nichts passierte. Doch Christa kümmerte sich rührend um die beiden und versuchte sogar, ihnen das Schwimmen beizubringen – allerdings vergeblich.

Schließlich gingen sie weiter, und bald tauchte das gigantische Amphitheater vor ihnen auf, eine lange halbmondförmige Bergwand, deren Felsen an manchen Stellen beinahe tausend Meter senkrecht abfielen.

Und dann kamen sie endlich zum höchsten Wasserfall Südafrikas. In gewaltigen Kaskaden stürzten die Wassermassen des Tugela River mit ohrenbetäubendem Getose fast tausend Meter in die Tiefe.

Auf einer kleinen Ebene, die zum Teil von leuchtend violetter Erika bewachsen war, wollten sie ihr Lager aufschlagen. Alex schaute jedoch besorgt zum Himmel, an dem innerhalb kürzester Zeit dunkle Wolken aufgezogen waren. Auch der Wind hatte merklich aufgefrischt. „Hoffentlich gibt es kein Gewitter", murmelte er und runzelte die Stirn.

Auch Julia blickte skeptisch zum Himmel. Sollten sie hier von einem Gewitter überrascht werden, wären sie dem Unwetter schutzlos ausgeliefert. Sie deutete auf einen großen Felsvorsprung, der sich ein ganzes Stück über ihnen befand. „Vielleicht sollten wir versuchen, noch bis dort oben zu kommen", überlegte sie. „Da wären wir zumindest geschützt."

„Ich gehe keinen Schritt weiter", sagte Anne bestimmt, die sich bereits vorher immer wieder darüber beschwert hatte, dass ihr die Wanderung zu anstrengend sei.

Alex verschränkte die Arme vor der Brust. „Julia hat recht. Wir werden versuchen, zu dem Felsvorsprung zu kommen. Hier auf dem offenen Gelände ist es bei einem Gewitter zu gefährlich." Damit ging er zu den anderen, um ihnen Bescheid zu sagen.

Julia schaute Anne aufmunternd an. „Du wirst es schon schaffen bis dort oben", sagte sie mit freundlichem Lächeln.

Anne warf ihr einen verärgerten Blick zu. „So wie du immer alles schaffst?" Sie machte auf dem Absatz kehrt und ging zu Stephan zurück.

Entgeistert sah Julia ihr hinterher. Sie konnte nicht verstehen, warum Anne sich in letzter Zeit so offen gegen sie stellte. Doch im Augenblick konnte sie sich nicht weiter darüber den Kopf zerbrechen, denn sie mussten so schnell wie möglich weiter.

Sie waren relativ weit von dem Felsvorsprung entfernt, als die ersten dicken Regentropfen vom Himmel fielen. Hastig packten sie ihre Regenjacken aus den Rucksäcken und streiften sie über. Gewaltige schiefergraue Wolkenberge hatten sich mittlerweile über den Drakensbergen aufgetürmt, und der Regen verwandelte den Weg innerhalb kürzester Zeit in einen Morast. Immer wieder rutschten sie ab, während sie sich weiter den steilen Weg zu dem Felsvorsprung hinaufkämpften.

Plötzlich schrie Anne laut auf, fuchtelte mit den Armen in der Luft herum und rutschte ein Stück den schlammigen Weg hinunter. Offensichtlich war sie gestolpert und hatte sich nicht mehr abfangen können.

„Ihr geht mit Dumisani weiter!", rief Alex den anderen zu. „Stephan und ich kümmern uns um Anne." Als Julia ebenfalls zurückbleiben wollte, schüttelte Alex den Kopf. „Es wäre besser, wenn Sie sich um Laura kümmern", rief er über den prasselnden Regen hinweg, ging zu ihr und übergab ihr das Kind, das bis jetzt an seiner Hand gelaufen war.

Julia nickte und nahm die Hand des Mädchens. Sie hatte bemerkt, dass Lauras Mutter mit dem Aufstieg auch schon allein genug Schwierigkeiten hatte. Und mit Laura an der Hand würde Sabine es unmöglich schaffen. Zudem freute Julia sich darüber, dass Alex ihr und nicht einem anderen das Kind anvertraut hatte, auch wenn sie wusste, dass der Weg mit der Kleinen für sie noch beschwerlicher werden würde. Doch das machte nichts – Alex hatte ihr damit gezeigt, dass er ihr voll und ganz vertraute. Und das war ihr wichtig.

Julia warf einen letzten Blick zu Alex und Stephan, die zu Anne zurückgingen, die immer noch am Boden lag. Dann folgte sie mit Laura den anderen, die hinter Dumisani hergingen. Ab und zu blickte sie sich um, weil sie sich vergewissern wollte, dass Alex und Stephan zurechtkamen, doch durch den dichten Regen konnte sie bald nichts mehr erkennen. Sie werden es schon schaffen, dachte sie, musste jedoch selbst aufpassen, dass sie auf dem glitschigen Boden, der vom Regen völlig durchweicht war, nicht selbst ausrutschte. Sie hatte nicht einmal Angst um sich, sondern vielmehr um Laura, die tapfer neben ihr herging.

Plötzlich krachte ein gewaltiger Donnerschlag, dessen Echo von den hohen Bergen widerhallte, und grelle Blitze erhellten für einen Augenblick den Himmel.

Laura schrie entsetzt auf, klammerte sich an Julia fest und sah mit vor Schreck geweiteten Augen zu ihr hoch.

Julia wäre am liebsten stehen geblieben, um die Kleine in die Arme zu ziehen und sie zu trösten, doch sie durfte keine Zeit verlieren, denn der schützende Felsvorsprung lag noch in einiger Entfernung. Sie drückte die Hand des Mädchens. „Hab keine Angst, Laura", sagte sie mit beruhigender Stimme, obwohl ihr nicht danach zumute war.

„Wir schaffen das schon." Sie zog Laura mit sich und hatte Mühe, auf dem steilen Weg nicht auszurutschen.

Immer wieder zuckten grell leuchtende Blitze über den Himmel und der Donner krachte so laut, als ob die Welt untergehen würde. Als Julia die Angst in Lauras Gesicht sah und merkte, dass Tränen in ihren Augen schimmerten, obwohl sie tapfer zu sein versuchte, hob sie die Kleine kurzerhand in ihre Arme. Sofort schlang Laura die Ärmchen um Julias Hals. „Nur noch ein kleines Stück", sagte Julia, um dem Kind die Angst zu nehmen. Schritt für Schritt ging sie weiter und versuchte, nicht daran zu denken, was geschehen könnte, wenn sie mit Laura abrutschen und den felsigen Abhang hinunterstürzen würde …

Julia spürte, dass ihre Kräfte langsam schwanden, doch sie ging unbeirrt weiter, mit Laura auf dem Arm. Und mit einem Mal fielen ihr Dumisanis Worte wieder ein. „Sie tragen den richtigen Weg schon in Ihrem Herzen", hatte er gesagt und sie hatte sich nicht erklären können, was er damit gemeint hatte. Vielleicht war es ja ihr Weg, anderen zu helfen, so wie der kleinen Laura jetzt. Und sie dachte an all die anderen Menschen in diesem Land, die so dringend Hilfe brauchten, um leben – und *über*leben – zu können. War es vielleicht ihre Berufung, hier in Südafrika zu bleiben, um diesen Menschen etwas von ihrer Stärke und Kraft zu geben? Ob Dumisani ihr das hatte sagen wollen?

Plötzlich streckten sich ihr zwei Hände entgegen, und sie schaute in Dumisanis lächelndes Gesicht. „Sie haben es geschafft", sagte er und nahm ihr das Mädchen ab.

Erst jetzt merkte Julia, dass sie den Felsvorsprung erreicht hatte. Tränen der Erschöpfung, aber auch der Erleichterung liefen über ihre Wangen, doch sie achtete nicht darauf. In diesem Moment war sie nur glücklich, dass sie endlich in Sicherheit waren und dass dem Kind nichts passiert war.

„Danke", sagte Sabine, die zu Julia getreten war, leise und sah sie erleichtert an. Dann ging sie zu Laura, um sie in eine warme Decke zu hüllen.

Dumisani gab auch Julia eine Decke. „Setzen Sie sich zu den anderen", sagte er. „Sie sehen völlig erschöpft aus."

Julia bedankte sich für die Decke, zog ihre Regenjacke aus und hüllte sich in den wärmenden Stoff. Sie warf einen Blick zu den anderen, die sich unter den hohen Felsvorsprung zurückgezogen hatten. An ihren Gesichtern war deutlich zu erkennen, dass auch sie müde und kaputt waren. Am liebsten hätte sie sich zu ihnen gesetzt, um sich ein bisschen auszuruhen, doch sie spürte, dass sie viel zu unruhig war. Denn von Alex und Stephan, die sich um Anne gekümmert hatten, war noch immer gar nichts zu sehen.

„Sollten wir nicht besser zurückgehen?", fragte Julia Dumisani, der neben ihr stand und ebenfalls Ausschau nach Alex und Stephan hielt. „Vielleicht brauchen sie unsere Hilfe."

Dumisani schüttelte den Kopf. „Sie schaffen es schon", erwiderte er zuversichtlich. „Alex hat bisher immer alles geschafft, was er sich vorgenommen hat, auch wenn es noch so schwierig war." Ein leichtes Lächeln umspielte seine Mundwinkel. „Genau wie Sie, Julia."

Julia sah ihn einen Moment lang an, dann wandte sie den Blick ab. Auch wenn Dumisani sie erst ein paar Tage kannte, schien es ihr manchmal, als ob er bis auf den Grund ihrer Seele blicken könnte. Sie merkte plötzlich, dass sich eine ganz besondere Ruhe und das Vertrauen, dass Alex und Stephan es schaffen würden, in ihr ausbreiteten. Diese Zuversicht hatte sie schon einmal in Dumisanis Nähe verspürt.

Und tatsächlich tauchten die drei wenig später auf dem Weg auf. Alex trug Anne auf dem Rücken. Julia atmete beruhigt auf, als sie sah, dass Anne nicht verletzt war. Offensichtlich war sie mit dem Schrecken davongekommen.

Etwa eine Stunde später hatte das Gewitter sich verzogen. Der Wind vertrieb bald auch die letzten Wolken, und die helle Sonne schickte ihre wärmenden Strahlen zur Erde. Julia trat hinaus ins Freie und genoss für einen Moment die Wärme auf ihrer Haut. Die Luft schien wie reingewaschen nach diesem heftigen Regen. Fast war es Julia, als ob das Leben wieder einen ganz neuen Anfang nehmen würde. Und beinahe war es ja auch so, denn sie hatten es geschafft, dem bedrohlichen Unwetter zu trotzen.

„Wir werden heute Nacht hierbleiben", erklärte Alex, der zu ihr gekommen war. „Der Boden ist aufgeweicht, und wir können unmöglich unsere Zelte draußen aufschlagen. Und noch so ein Unwetter brauchen wir heute wirklich nicht."

„Wie die San", meinte Julia lächelnd, die ja auch in Höhlen und unter Felsvorsprüngen Schutz gesucht hatten.

Christa war schon wieder ganz in ihrem Element. „Und wo soll ich hier kochen?", fragte sie und hob gespielt theatralisch die Arme, wobei sie Julia belustigt zuzwinkerte.

Alex deutete auf das kleine Plateau vor ihnen. „Dumisani wird Ihnen hier einen kleinen Herd aufbauen, dann können Sie loslegen mit Ihren Kochkünsten."

„Aber nicht ohne uns", warfen Max und Reinhard wie aus einem Munde ein.

Wenig später saßen sie gemeinsam draußen in der Sonne und bereiteten das Essen vor. Auch Sabine gesellte sich schließlich zu Christa und den Zwillingen und half ihnen.

Julia musste lächeln. Sie hatte mitbekommen, dass Alex ein wenig ungeschickt versucht hatte, ein Gespräch mit Sabine anzufangen. Doch beide waren mit einem Mal so verlegen gewesen, dass sie kaum ein Wort herausgebracht hatten. Wenig später hatte Sabine sich dann zu den anderen gesetzt, warf jedoch ab und zu einen verstohlenen Blick zu Alex, der aber offensichtlich nichts davon mitbekam. Denn kurz darauf machte er sich auf den Weg, um an einer nahe gelegenen Quelle Wasser zu holen, das Christa und die anderen zum Kochen brauchten.

Laura hingegen ging sehr viel unbefangener mit den Menschen um als ihre Mutter. Sie saß mit Dumisani zusammen, nachdem er den kleinen Steinherd fertiggestellt hatte, und schaute ihm neugierig zu, wie er aus einem Stück Holz mit seinem Taschenmesser eine Antilope schnitzte. „Das sieht genauso aus wie das Tier von den San aus der Höhle", sagte sie mit ernster Miene und riss begeistert die Augen auf, als Dumisani ihr das fertige kleine Holztier schenkte.

Julia lächelte in sich hinein. Die kleine Laura würde in ihrem Leben sicher ohne Vorurteile auskommen und nichts gegen Menschen haben, die eine andere Hautfarbe hatten als sie selbst. Und vielleicht würden Laura und ihre Mutter ja sogar in Südafrika bleiben, bei Alex – sollten Sabine und Alex es schaffen, endlich einmal ein paar Worte unter vier Augen zu wechseln.

Beim Abendessen saßen dann alle draußen um den Steinherd herum. Christa freute sich diebisch, dass es allen so gut schmeckte.

Julia war glücklich, dass ihre Mutter so viel Anerkennung bekam. Sie wusste, dass es Christa guttat und deren manchmal erschreckend geringes Selbstbewusstsein stärken würde.

Während des Essens warf Julia immer mal wieder verstohlene Blicke zu Anne, die neben Stephan saß und es offensichtlich genoss, dass er sich seit ihrem Sturz so rührend um sie bemühte. Anne wirkte fröhlich und zufrieden, und einmal glaubte Julia sogar, ein Lächeln auf ihren

Lippen gesehen zu haben, als sie zu Julia hinüberschaute.

Vielleicht habe ich mir ja auch nur eingebildet, dass sie mich manchmal so merkwürdig angesehen hat, dachte Julia, die sich im Grunde gar nicht vorstellen konnte, was Anne überhaupt gegen sie haben könnte.

Nach dem Essen zog Dumisani seine Rohrflöte aus dem Rucksack und spielte eine leise melancholische Melodie. Dann legte er die Flöte zur Seite und stimmte ein Lied an, das vom Leben seiner Vorfahren erzählte.

Julia sang begeistert die Worte auf Zulu nach, die Dumisani ihnen vorsang. Auch die anderen sangen mit – Max und Christa zugegebenermaßen ziemlich schräg, was jedoch niemanden störte, weil alle sich einfach nur über diesen schönen Abend freuten, der so friedlich und harmonisch endete.

6. KAPITEL

Mitten in der Nacht schreckte Julia hoch. Sie glaubte, ein Geräusch gehört zu haben. Doch als sie nun lauschte, war alles still, bis auf ein leises Schnarchen, das ab und an zu ihr drang. Sie legte sich wieder hin und wollte gerade die Augen schließen, als sie erneut etwas hörte. Da! Es klang wie ein Rascheln. Eine Schlange, schoss es Julia entsetzt durch den Kopf, obwohl Alex ihnen versichert hatte, dass sie hier nichts zu befürchten hätten. Und wenn sich nun doch eine Schlange unter den Felsvorsprung verirrt hatte? Oder ein anderes Tier, das ihnen gefährlich werden konnte?

Leise kroch Julia aus ihrem Schlafsack, um die anderen nicht aufzuwecken, und trat hinaus ins Freie. Die kühle Nachtluft ließ sie sofort frösteln, und sie schlang die Arme um sich. Wieder hörte sie es, ein Wispern und Rascheln. Vielleicht die Fledermäuse, dachte Julia, oder eines der unzähligen anderen Tiere, die nachts aktiv wurden, weil sie sich bei der Hitze des Tages verkrochen und nun auf Beutefang waren.

„Können Sie nicht schlafen?", fragte Dumisani, der plötzlich neben ihr aufgetaucht war, leise.

Julia zuckte zusammen, als sie seine Stimme vernahm. „Ich habe ein Geräusch gehört", erwiderte sie. „Und da wollte ich nachsehen, ob alles in Ordnung ist."

„Hier in den Drakensbergen gibt es viele seltsame Geräusche", erklärte Dumisani. „Und wenn man sie nicht deuten kann, können sie einem Angst und Schrecken einjagen. So wie alles, was wir nicht kennen, uns Angst machen kann."

Julia nickte und musste an die Momente denken, in denen sie sich gefürchtet hatte und in denen sie vor Angst manchmal beinahe vergangen war. Es war nicht so sehr die Sorge um sich selbst gewesen, sondern um ihre Mutter, wenn sie nachts wieder einmal nicht nach Hause gekommen war. Zu Anfang hatte Julia noch nicht gewusst, warum ihre Mutter abends ab und an verschwand, um dann erst im Morgengrauen zurückzukehren, obwohl sie fest versprochen hatte, rechtzeitig nach Hause zu kommen. Als Julia später irgendwann herausgefunden hatte, dass Christa sich nachts im Spielcasino dem Glücksspiel hingab oder in irgendeinem Hinterzimmer einer üblen Spelunke Karten spielte, war ihre Furcht trotzdem nicht gewichen. Im Gegenteil. Sie hatte sich nur verändert, war sogar stärker geworden, weil Julia sich nicht mehr nur um ihre Mutter ängstigte, sondern auch darum, dass Christa alles verspielen und sie beide völlig mittellos zurücklassen würde.

„Manche Dinge machen uns aber trotzdem noch Angst, auch wenn wir sie kennen. Oder vielleicht gerade deswegen", entgegnete Julia versonnen.

„Manchmal hilft es, diese Dinge einfach aus einem anderen Blickwinkel zu betrachten", erwiderte Dumisani leise, aber mit fester Stimme. „Dann verlieren sie ihren Schrecken." Er verschränkte die Arme vor der Brust und straffte die Schultern. Reglos stand er da, vorne auf dem hohen Felsen, vor dem sich weit unten das Tal erstreckte.

Julia war einen Augenblick lang fasziniert von der großen Gestalt, die sich wie eine Statue gegen den dunklen Nachthimmel abhob. Dumisani wirkte wie ein König, der schweigend und voller Andacht sein Reich betrachtete. Und es ist ja auch sein Reich und das all der anderen Eingeborenen, dachte Julia, selbst wenn die Weißen so vieles für sich beansprucht hatten.

„Mein Großvater hat mir früher sehr viele Geschichten erzählt", begann Dumisani nach einer Weile. „An eine erinnere ich mich noch besonders gut. Es ging um einen Jungen. Er lebte in der Kalahari, und schon lange war kein Regen mehr gefallen. Er hatte entsetzlichen Hunger und Durst, weil er schon eine ganze Zeit nichts mehr gegessen oder getrunken hatte. Doch es war ihm egal. Er ließ sich einfach treiben, von einem Tag zum anderen, in der Hoffnung, dass jeder neue Tag, der anbrach, sein letzter sein würde. Eines Tages kam ein Löwe vorbei, schaute den Jungen an und fragte: ‚Was machst du hier, allein in der Wüste? Ein Junge wie du sollte bei seiner Familie sein.' Der Junge schüttelte traurig den Kopf. ‚Meine Familie ist getötet worden, und ich konnte es nicht verhindern. Jetzt warte ich hier in der Wüste auf den Tod. Denn ich habe ihn verdient.'

‚Mehr willst du nicht?', fragte der Löwe, sperrte sein Maul auf und brüllte so markerschütternd laut, dass die ganze Erde erzitterte. ‚Nichts leichter als das', rief der Löwe. ‚Ich habe heute ohnehin noch nichts gefressen.'

Der Junge sah ihn gleichmütig an. ‚Dann bedien dich', meinte er.

Der Löwe kam näher und stand vor dem Jungen, der am Boden saß. Er öffnete das Maul, und der Junge glaubte schon, dass er ihn im nächsten Moment verschlingen würde. Doch der Löwe lachte nur. ‚Hältst du mich wirklich für so dumm, dass ich dir bei deinem Vorhaben auch noch helfe?' Er schüttelte heftig den Kopf, und seine volle gelbe Mähne flog hin und her. ‚Bevor du mit dem Leben abschließt, solltest du lernen, hinter den hohen Berg zu schauen.'

Verwirrt schaute der Junge ihn an. ‚Welchen Berg meinst du? Ich sehe weit und breit keinen.'

Wieder lachte der Löwe. ‚Den Berg kannst du auch nicht sehen', erwiderte er. ‚Weil er *in* dir ist. Aber er wird immer größer und größer, und bald wird er so riesig sein, dass für dich kein Platz mehr bleibt.'

Der Junge sah den Löwen nachdenklich an. ‚Wo kommt denn dieser Berg her?', wollte er wissen.

Der Löwe schwieg einen Augenblick. ‚Diesen Berg hast du selbst erbaut, Stück für Stück, weil du dich für den Tod deiner Familie verantwortlich fühlst. Aber das bist du nicht. Trage diesen Berg ab und schau, was dahinterliegt. Dann siehst du, was das Leben, das du so einfach wegwerfen willst, für dich bereithält.'

Der Junge schloss für einen Moment die Augen. Und

als er sie wieder öffnete, war der Löwe verschwunden und an seiner Stelle stand ein wunderschöner Baum mit herrlich saftigen Früchten", beendete Dumisani seine Geschichte.

Julia spürte, dass Tränen in ihr aufstiegen. Sie schluckte. Dumisani hatte mit seiner Geschichte nicht nur seinen eigenen Schmerz angesprochen, den er in sich trug, seit seine Schwester gestorben war und er die Schuld für ihren Tod bei sich suchte, sondern auch ihren Schmerz. Auch sie fühlte sich verantwortlich für all die Probleme, die sie hatten, seit ihre Mutter ihr Glück im Spiel suchte. Und nicht nur das. Sie hatte sich immer verpflichtet gefühlt, dafür zu sorgen, dass es ihrer Mutter gut ging, und darüber oft genug ihr eigenes Leben vergessen. Die Verantwortung, die sie damit trug, hatte sie schwer belastet – so wie dieser Berg, den der Junge in sich selbst errichtet hatte, weil er sich schuldig fühlte. Vielleicht war es auch für sie endlich an der Zeit, diesen Berg abzutragen, um sehen zu können, was das Leben für sie bereithielt.

Dankbar lächelte sie Dumisani an. „Wahrscheinlich war es der Löwe aus Ihrer Geschichte, der mich vorhin hat aufwachen lassen", sagte sie leise. „Weil er mir etwas sehr Wichtiges mitteilen wollte."

Julia lag in dieser Nacht noch lange wach. Dumisanis Geschichte hatte ihr ganzes Denken und Fühlen auf den Kopf gestellt. Plötzlich hatte ihr jemand bedeutet, nicht länger die Verantwortung für etwas zu übernehmen, das sie selbst nicht verschuldet hatte. Doch Julia wusste nicht, wie sie mit dieser neuen Erkenntnis zurechtkommen sollte. Bisher war es für sie immer selbstverständlich gewesen, auch die Verantwortung für ihre Mutter zu tragen. Aber jetzt hatte sie erkannt, dass sie auch die Verpflichtung hatte, ihr eigenes Leben zu führen, sich ihre eigenen Träume und Wünsche zu erfüllen. Das war sie sich selbst schuldig, sich und dem Leben, das ihr geschenkt worden war. Das konnte jedoch nicht heißen, dass sie ihre Mutter sich selbst überließ, denn Christa wäre ohne Julias Hilfe und Unterstützung verloren. Auf der anderen Seite spürte Julia, dass es an der Zeit war, endlich zu sich selbst zu stehen.

Als sie schließlich einschlief, fand sie sich im Traum mit ihrer Mutter in einem riesigen Labyrinth wieder. Hilflos irrte ihre Mutter umher, ohne auf Julias mahnende Worte zu hören, die ihr sagten, sich nicht noch weiter auf diesen Irrweg zu begeben. Doch Christa achtete nicht auf ihre Tochter und lief weiter. Julia folgte ihr widerstrebend, um sie zur Umkehr zu bewegen. Plötzlich stand ihre Mutter vor einer großen Spiegelwand. Julia hörte, wie sie laut aufschrie. Und dann sah sie, was ihrer Mutter so einen Schrecken eingejagt hatte … Ihre Mutter spiegelte sich nicht in dem Glas. Dort, wo ihr Abbild hätte erscheinen müssen, war nichts!

Schweißüberströmt wachte Julia am Morgen auf, den leeren Spiegel noch immer deutlich vor Augen. Sie wusste, was dieser Traum ihr hatte sagen wollen – dass ihre Mutter nicht in der Lage war, sich selbst zu sehen, dass sie nicht erkennen konnte, wie sie war. Und dieser Traum machte Julia Angst. Er bedeutete nichts anderes, als dass ihre Mutter sich nie ändern würde, ganz egal, wie oft sie es beteuerte.

Christa, die neben Julia in ihrem Schlafsack lag, blickte sie mit großen Augen an. „Was ist denn, Julia?", fragte sie besorgt. „Du siehst aus, als ob du ein Gespenst gesehen hättest."

Julia zuckte zusammen. Einen Moment lang war sie versucht, ihrer Mutter von ihrem Traum zu erzählen, um sich von ihr bestätigen zu lassen, dass ihre Angst unberechtigt war. Doch dann entschied sie sich dagegen, als ihr einfiel, um was Christa sie zu Anfang ihrer Reise gebeten hatte. „Glaube mir, dass ich nie mehr spielen werde. Damit ich selbst an mich glauben kann." Ja, sie wollte ihrer Mutter vertrauen. Und schließlich war es nur ein Traum gewesen, der sicher nichts zu bedeuten hatte. Außerdem wollte sie nicht mehr weiter darüber nachdenken, nicht jetzt, da es ihrer Mutter endlich einmal wieder gut ging.

„Es ist nichts, Mama", sagte sie. „Lass uns lieber aufstehen und den neuen Tag begrüßen." Als Julia das freudige Leuchten in den Augen ihrer Mutter sah, brachte sie sogar ein Lächeln zustande. Vergiss den Traum, mahnte sie sich selbst noch einmal. Er hat nichts zu bedeuten!

Nach dem Frühstück packte die ganze Gruppe ihre Sachen zusammen. Sie würden den Weg zurück zum Geländewagen gehen und von dort aus zum Giant's Castle Nature Reserve weiterfahren. Julia freute sich schon sehr darauf, denn in diesem Naturschutzgebiet war eine Führung geplant, und sie würde endlich noch mehr von den faszinierenden Tieren dieses Landes sehen.

Der Weg, der durch den heftigen Regen am vorherigen Tag nur schwer passierbar gewesen war, war mittlerweile wieder getrocknet, und sie kamen gut voran. Erst jetzt, da sie nicht mehr auf jeden Schritt achten musste, bemerkte Julia auch die leuchtend bunten Proteen, die überall am Wegesrand wuchsen. Die Protea war die Nationalblume Südafrikas. Manche Sträucher waren fast fünf Meter hoch. Honigsauger mit ihren langen Schnäbeln saßen auf den gelben, rosa, roten oder weißen Blüten und zwitscherten laut und fröhlich. Weiter unten erstreckten sich tiefgrüne Wälder, und alle Teilnehmer der Wanderung waren froh über den willkommenen Schatten. Als Julia durch das Blätterdickicht plötzlich in einiger Entfernung eine Pavianfamilie entdeckte, blieb sie stehen. „Ich will nur schnell ein Foto machen", sagte sie zu Dumisani, der hinter ihr wie immer das Schlusslicht gebildet hatte. Als Dumisani anbot, auf sie zu warten, winkte sie ab. „Gehen Sie nur ruhig weiter. Ich komme gleich nach." Dumisani nickte und folgte den anderen.

Julia zog ihre Kamera aus dem Rucksack und stellte sie ein. Die Paviane sprangen über einen zerklüfteten Felsen, jagten sich gegenseitig und stießen dabei ein ohrenbetäubend lautes Kreischen aus. Julia wollte gerade auf den Auslöser drücken, als ein Geräusch hinter ihr sie aufhorchen ließ. Im ersten Augenblick glaubte sie, dass Dumisani zurückgekommen sei, doch als sie sich umdrehte, blickte sie in das Gesicht eines dunkelhäutigen jungen Mannes, der sie mit gefährlich blitzenden Augen ansah und auf ihren Rucksack deutete. Julia wusste sofort, dass er es auf ihr Geld abgesehen hatte. Vermutlich war er der Gruppe seit geraumer Zeit gefolgt und hatte nur auf einen günstigen Augenblick gewartet. Julia spürte Panik in sich aufsteigen, aber sie wollte sich ihre Angst auf keinen Fall anmerken lassen. Ihr Blick huschte über den Mann in seiner einfachen abgetragenen Kleidung. Eine Hand steckte in der Hosentasche. Julia wusste nicht, ob er dort ein Messer versteckte, das er vielleicht blitzschnell herausziehen würde, wenn sie sich weigerte, ihm ihr Geld zu geben. Möglicherweise bluffte er aber auch nur, um ihr Angst einzujagen. Doch ihr blieb keine Zeit für weitere Überlegungen. Sie musste schnell handeln, wollte sie ungeschoren davonkommen. Sie wusste, dass es in diesem Land immer wieder zu Überfällen kam, die manchmal mit schweren Verletzungen oder sogar dem Tod enden konnten. Julia hatte genau zwei Möglichkeiten: Entweder gab sie ihm, was er wollte, oder … Ohne noch länger zu zögern, rammte Julia dem Mann ihr Knie mit voller Wucht in den Unterleib. Als sie sah, dass er mit schmerzverzerrtem Gesicht zurücktaumelte, rannte sie davon, ohne sich noch ein einziges Mal umzusehen. Weiter und weiter rannte sie, stolperte über dicke Baumwurzeln, rappelte sich wieder auf und rannte weiter. Atemlos stieß sie schließlich auf Dumisani, der ein kleines Stück hinter den anderen zurückgeblieben war.

Erleichtert sah er Julia an, als sie neben ihm auftauchte. „Ich wollte eben zurückgehen, um Sie zu holen", sagte er und schaute sie fragend an, als er merkte, dass sie nach Luft schnappte. „Was ist denn passiert?", wollte er besorgt wissen.

Julia schwieg einen Moment und warf einen Blick zurück in den Wald, den sie gerade hinter sich gelassen hatte. Doch von dem Mann, der sie bedroht hatte, war nichts zu sehen. Sie überlegte, ob sie Dumisani von dem Vorfall erzählen sollte, aber dann entschied sie sich dagegen. Nur zu gut erinnerte sie sich daran, was für einen Ärger Dumisani bekommen hatte, als Alex durch Zufall erfahren hatte, was auf der Hinfahrt geschehen war. Alex würde Dumisani auch für das verantwortlich machen, was vorhin geschehen war, da Dumisani, genau wie Alex selbst, die Aufgabe hatte, auf die Gruppe aufzupassen. Diesen Ärger wollte Julia Dumisani auf jeden Fall ersparen. „Ich wollte Sie nicht so lange warten lassen", sagte sie stattdessen mit einem Lächeln. „Deshalb bin ich ein bisschen zu schnell gerannt." Julia war froh, dass Dumisanis Blick bereits wieder auf den Weg gerichtet war, sodass er nicht bemerkte, wie bei dieser Lüge eine leichte Röte Julias Wangen überzog. Sie konnte einfach nicht lügen. Und gerade gegenüber Dumisani war ihr diese Ausrede nicht leichtgefallen, denn er war für sie inzwischen fast schon so etwas wie ein Vertrauter, der, obwohl sie sich erst kurze Zeit kannten, mehr von ihr wusste als viele andere Menschen.

Julia war sich nicht sicher, ob Dumisani ihr diese Notlüge abgenommen hatte, obwohl es den Anschein hatte. Denn während sie weitergingen, erzählte er ihr gut gelaunt über das Leben der Paviane.

Am späteren Vormittag kamen sie schließlich unten im Tal an. Genauso wie die anderen war Julia froh, wieder in dem klimatisierten Geländewagen zu sitzen, denn die schwülwarme Hitze, die seit dem Regenschauer vom Vortag über dem Land lag, hatte auch ihr bei dem manchmal anstrengenden Abstieg ein wenig zugesetzt. Zudem musste sie immer wieder an den dunkelhäutigen Mann denken, dem sie glücklicherweise entkommen war. Es hätte auch anders ausgehen können. Sie wusste, dass es in den großen Städten wie in Johannesburg und auch Durban sehr oft zu Überfällen kam, weil die Kluft zwischen Arm und Reich sehr groß war. Aber auch in den ländlichen Gebieten musste man vorsichtig sein, denn dort trieben sich ebenfalls immer wieder Banden herum, die auf der Suche nach willenlosen Opfern waren. Obwohl Julia um all diese Widrigkeiten wusste, war sie trotzdem nicht gewillt, sich dadurch die Freude an der Schönheit dieses Landes verderben zu lassen.

Die staubige Straße führte sie am Massiv des Cathedral Peak vorbei, zu dessen Füßen mitten in einem grünen Tal ein kleines Zulu-Dorf lag. Kinder standen draußen vor den einfachen Lehmhütten mit den Strohdächern und winkten der Gruppe im Geländewagen zu, als sie vorbeifuhren. Ein Stück weiter erhob sich der majestätische

Champagne Castle mit weit über dreitausend Metern. Weite, flache Hügel erstreckten sich davor und grasbewachsene Ebenen, auf denen schwarz-weiß gefleckte und braune Kühe friedlich grasten.

„Das sieht ja fast so aus wie in den Alpen, wo wir letztes Jahr waren", bemerkte Max und deutete auf die sattgrüne Landschaft mit den hohen Bergen im Hintergrund.

„Südafrika hat eben alles zu bieten", erwiderte Alex. „Nicht nur diese einzigartige Bergwelt, sondern auch endlose weiße Sandstrände, weite, fast menschenleere Wüsten und moderne Großstädte."

„Dann sollten wir vielleicht doch ein bisschen länger bleiben", sagte Reinhard. „In einer Woche können wir uns all das doch unmöglich ansehen."

„Das sollten Sie unbedingt machen", warf Christa ein, die wieder zwischen den beiden Brüdern saß. „Julia und ich bleiben auch mindestens ein paar Wochen, vielleicht sogar länger." Sie hielt kurz inne und fuhr dann fort: „Sie könnten sich uns ja anschließen. Es wäre doch wunderbar, wenn wir dieses herrliche Land gemeinsam erkunden." Sie drehte sich zu Julia um. „Nicht wahr, mein Schatz? Du hast doch bestimmt nichts dagegen, wenn Max und Reinhard sich uns anschließen, oder?" Ohne eine Antwort abzuwarten, plauderte sie munter mit den Brüdern weiter.

Julia schüttelte kaum merklich den Kopf. Auch wenn sie Max und Reinhard mochte, hatte sie Bedenken. Denn sie wusste genau, dass ihre Mutter sich mehr mit den beiden beschäftigen würde, als mit ihr zusammen etwas zu unternehmen. Denn bei Max und Reinhard fand Christa offensichtlich die Anerkennung, die sie sich immer von den Männern gewünscht, aber viel zu selten bekommen hatte. Die Zwillinge schienen Christa anzubeten, und sie genoss die Zuwendung in vollen Zügen. Doch Julia wusste auch, wie schnell dies umschlagen konnte. Ein falsches Wort, und Christas Begeisterung war mit einem Schlag verflogen. Dann haderte sie wieder mit ihrem Schicksal und war kaum noch zu etwas zu bewegen. Julia erinnerte sich nur zu gut an eine Affäre ihrer Mutter. Zwei Monate lang war Christa mit diesem Mann glücklich gewesen – so glücklich wie noch nie in ihrem Leben, hatte sie beteuert. Und von einem Tag auf den anderen war alles aus gewesen, nur weil dieser Mann offenbar irgendetwas zu ihr gesagt hatte, das sie verletzt hatte, über das sie sich jedoch beharrlich ausschwieg. Christa war wochenlang untröstlich gewesen, und Julia hatte wieder einmal gemerkt, wie sehr ihre Mutter auf die Bestätigung anderer Menschen angewiesen war.

Nein, entschied Julia, es war besser, wenn sie und ihre Mutter allein das Land erkundeten, so wie sie es sich auch vorgenommen hatten.

Eine halbe Stunde später erreichten sie das Giant's Castle Nature Reserve. Dumisani stellte den Geländewagen auf einem Parkplatz ab, der in der Nähe eines Camps lag, in dem es, neben einem flachen Bürogebäude, auch ein

Restaurant gab. Während die anderen draußen am Wagen warteten, ging Alex in das Büro, um dem Safariguide Bescheid zu geben, der sie durch das Naturschutzgebiet führen würde. Ein paar Minuten später kehrte er wieder zurück. „Wir müssen leider noch ein bisschen warten", sagte er. „Es hat einen kleinen Engpass gegeben, weil einer der Guides wohl an Malaria erkrankt ist. Unser Mann hat dessen Führung heute Morgen mit übernommen." Er zeigte auf seine Uhr. „In spätestens einer Stunde wird er zurück sein, hat man mir im Büro gesagt."

„Dann könnten wir ja vielleicht in der Zwischenzeit eine Kleinigkeit essen", schlug Reinhard vor und deutete mit dem Kopf auf das Restaurant.

„Gute Idee", erwiderte Alex, und auch die anderen stimmten zu.

„Schade, dass wir noch nicht als Safariguides ausgebildet sind", meinte Andrea, als sie zu dem Restaurant gingen.

„Wir sollten uns so bald wie möglich erkundigen, wo wir hier eine Stelle finden können", stimmte Katrin ihrer Freundin zu.

Julia sah die beiden Studentinnen neugierig an. „Ihr seid also fest entschlossen, hierzubleiben?", fragte sie.

Katrin nickte. „Ich weiß zwar nicht, was meine Eltern dazu sagen, wenn ich mein Studium abbreche, aber sie werden sich damit abfinden müssen."

„Ich hab schon als Kind davon geträumt, mal in Südafrika zu leben", erklärte Andrea. „Und wenn ich mir diesen Traum jetzt nicht erfülle, ist es irgendwann zu spät." Sie lachte. „Als Achtzigjährige will mich hier nämlich bestimmt keiner mehr als Safariguide haben."

Julia bewunderte die beiden für ihre Zielstrebigkeit, mit der sie ihre Wünsche umzusetzen versuchten. Es würde sicher nicht einfach für sie werden, in diesem fremden Land, aber sie war sich sicher, dass sie es schaffen würden.

„Und was ist mit dir?", erkundigte Katrin sich und sah Julia an. „Du warst doch auch ganz angetan von der Idee, als Safariguide zu arbeiten."

Julia zuckte mit den Schultern. „Mal sehen", murmelte sie. „Ich weiß ja noch gar nicht, ob wir überhaupt hierbleiben."

„Müsst ihr denn nach Deutschland zurück?", wollte Andrea wissen.

Julia lächelte nur und blieb ihr die Antwort schuldig. Sie wusste selbst nicht, wie es weitergehen würde. Zuhause in Deutschland wartete niemand auf sie. Christa hatte vor Kurzem ihren Job als Empfangssekretärin bei einer Werbeagentur verloren, und Alex' Bruder, der Besitzer des Coffeeshops, bei dem Julia gearbeitet hatte, hatte sich vorsorglich schon nach einem Ersatz für sie umgesehen. Und abgesehen von ein paar Bekannten, mit denen sie oder ihre Mutter sich ab und zu verabredet hatten, gab es niemanden, der sie vermissen würde. Julia spürte, dass dieser Gedanke sie traurig stimmte. Wie oft hatte sie sich eine richtige Familie gewünscht, ein richtiges Zuhause, in das sie nur zu gerne heimkehren würde und in dem sie sich sicher und geborgen fühlte. All das hatte sie nie gehabt. Stattdessen war sie mit ihrer Mutter von einem Ort zum anderen gezogen. Auch wenn Christa sie über alles liebte, hatte sie ihr doch nicht den Halt geben können, den sie gebraucht hätte.

Als sie hinter den anderen die kleine Terrasse betrat, die von hohen Palmen beschattet wurde, versuchte Julia, die traurigen Gedanken abzuschütteln. Sie wollte diesen Tag genießen, auf den sie sich so gefreut hatte. Und jetzt, da alle in der Gruppe sich gut zu verstehen schienen, würde dieser Tag sicher zu einem wunderschönen Erlebnis werden.

Sie bestellten eisgekühlte Fruchtsäfte und Melktart, eine Art Käsekuchen, der köstlich schmeckte.

Die kleine Laura hielt es jedoch nicht lange auf ihrem Stuhl aus. Kaum hatte sie ihren Kuchen gegessen, stand sie auf und lief zu einem kleinen einheimischen Jungen, der unten vor der Terrasse mit einem Hund spielte, einer weiß und braun gesprenkelten Promenadenmischung.

Sabine wollte gerade aufstehen, um sie zurückzuhalten, als Alex ihr sanft seine Hand auf den Arm legte. „Lassen Sie nur", sagte er. „Die Kinder kommen sicher sehr gut miteinander zurecht."

Julia sah, dass Sabine ihre Hand nach einem kurzen Augenblick verschämt wegzog. Offensichtlich wollte sie nicht, dass die anderen mitbekamen, dass Alex wohl mehr in ihr sah als nur einen Gast, der auf seiner Lodge wohnte.

Schnell wandte Julia den Blick ab, um Sabine nicht noch mehr in Verlegenheit zu bringen, und beobachtete die Kinder, die mit dem Hund auf einer Wiese herumtollten.

„Die Kinder verstehen sich auch ohne Sprache", bemerkte Max, der neben Julia saß, und blickte sie mit einem strahlenden Lächeln an. „Ich glaube, Reinhard und ich werden tatsächlich noch ein bisschen länger in Südafrika bleiben. Jetzt, wo wir uns endlich wieder verstehen."

„Das ist ja wunderbar!", unterbrach Christa und lachte. „Dann sollten wir uns gleich mal überlegen, wo wir überall gemeinsam hinfahren."

Julia zuckte zusammen. Ihre Mutter kam anscheinend gar nicht auf die Idee, erst einmal mit ihr zu sprechen, um zu klären, ob sie mit diesem Vorhaben überhaupt einverstanden war. Stattdessen war das Ganze für sie schon beschlossene Sache. Und an den lächelnden Gesichtern der beiden Brüder erkannte sie, dass sie vermutlich genauso wenig gegen eine gemeinsame Reise mit ihnen einwenden würden. Sie musste dringend mit ihrer Mutter reden, bevor es kein Zurück mehr gab.

Kurz entschlossen schob Julia ihren Stuhl zurück und stand auf. „Könntest du bitte mal eben mitkommen?", sagte sie betont freundlich zu ihrer Mutter, um nicht den Argwohn der Zwillinge zu wecken.

Christa sah sie ein wenig verwirrt an. „Was ist denn?", wollte sie wissen. Als sie Julias flehenden Blick bemerkte, stand sie jedoch auf. „Bin gleich wieder da", sagte sie zu Max und Reinhard und folgte Julia durch das Restaurant hinaus auf den Vorplatz. „Was hast du denn?", fragte sie. Sie konnte sich nicht erklären, warum Julia sie hinausgebeten hatte.

Julia sah sie mit eindringlichem Blick an. „Du bestimmst einfach über meinen Kopf hinweg, dass Max und Reinhard mitkommen", stieß sie hervor, „ohne mich zu fragen, ob ich überhaupt damit einverstanden bin."

Christa sah Julia erschrocken an. „Ich habe dich doch gefragt. Im Auto, als wir hierhergefahren sind."

„Ja, du hast mich gefragt, Mama, aber du hast nicht auf meine Antwort gewartet", erwiderte Julia entschieden.

„Und wie lautet deine Antwort?" Christas Stimme hatte nun einen trotzigen Unterton angenommen.

„Nein!", sagte Julia bestimmt. „Ich möchte mit dir zusammen dieses Land erkunden, ohne dass uns … dass uns irgendwas im Weg steht", fügte sie zögernd hinzu. Sie wollte nicht sagen, dass sie befürchtete, ihre Mutter könne mehr Zeit mit den Zwillingen verbringen und ihre eigene Tochter darüber wieder einmal vergessen.

„*Was* sollte uns denn im Weg stehen?", ereiferte sich Christa. „Max und Reinhard sind doch sehr nett. Und ich dachte, du magst die beiden."

„Sicher mag ich sie", erwiderte Julia aufgebracht. „Aber darum geht es jetzt doch gar nicht …"

„Und um was geht es dann?", unterbrach Christa. „Gönn mir doch die kleine Freude. Die beiden schenken mir so viel Aufmerksamkeit, wie es schon lange kein Mann mehr getan hat."

Julia sah, dass sich ein Schatten über Christas Gesicht gelegt hatte. Fast bereute sie es, überhaupt etwas gesagt zu haben. Doch dann dachte sie wieder daran, was sie sich vorgenommen hatte – endlich auch zu ihren eigenen Wünschen zu stehen. „Ich habe mir eben vorgestellt, dass wir beide endlich einmal zusammen etwas Schönes erleben, so wie wir es schon lange nicht mehr gemacht haben. Damit wir all das vergessen können, was in der Vergangenheit passiert ist." Sie stockte und wandte den Blick ab. Denn das, was sie eigentlich noch hatte sagen wollen, brachte sie nicht über die Lippen: *Ich möchte, dass du endlich einmal auch für mich da bist.* Aber das konnte sie ihrer Mutter nicht sagen, weil es sie zu sehr verletzt hätte – selbst wenn es der Wahrheit entsprach.

„Du wirst mir wohl nie vergeben können", sagte Christa mit gepresster Stimme und schluckte. Sie senkte den Blick, wandte sich ab und ging langsam zu dem kleinen Restaurant zurück.

Julia sah ihr traurig hinterher, ohne ein Wort herauszubringen, obwohl sie ihre Mutter gerne zurückgehalten hätte. Aber sie wusste, dass es keinen Sinn hatte, sie im Moment noch weiter zu bedrängen, denn sie würde auf ihrem Standpunkt beharren, ohne Julias Argumente zu überdenken. Zweifel stiegen in Julia auf, und sie überlegte, ob ihre Mutter sich tatsächlich jemals ändern würde. Bis jetzt hatte es den Anschein gehabt. Christa war fröhlich und unbeschwert gewesen, wie lange nicht mehr, und hatte versprochen, dass von nun an alles anders werden würde.

Doch vielleicht lag es auch nur an der fremden Umgebung und all den neuen Eindrücken. Tauchten jedoch die ersten Schwierigkeiten auf, verhielt Christa sich genauso wie eh und je. Sie zog sich beleidigt in sich selbst zurück, in dem Glauben, dass man ihr Unrecht tun würde. Und Julia war dann diejenige, die nachgeben musste, um den Frieden zwischen ihnen wiederherzustellen. Doch dieses Mal wollte sie nicht nachgeben, das hatte sie sich fest vorgenommen.

Als Julia schließlich auf die Terrasse trat, sah sie, dass ihre Mutter bei Max und Reinhard saß und sich lebhaft mit ihnen unterhielt. Sie wirkte, als sei nichts geschehen. Julia setzte sich neben Dumisani und versuchte, sich von dem Streit, den sie soeben mit ihrer Mutter gehabt hatte, ebenfalls nichts anmerken zu lassen. Sie spürte, dass Dumisani sie fragend anblickte. Offensichtlich ahnte er, dass ihr Lächeln nur aufgesetzt war, doch er sagte kein Wort, sondern nickte ihr nur aufmunternd zu. Julia war ihm dankbar dafür. Bei ihm hatte sie das Gefühl, auch ohne Worte verstanden zu werden.

Kurze Zeit später trat ein junger Mann auf die Terrasse. Er trug ein helles Hemd, Kakihosen und hohe Schnürstiefel. „Hallo zusammen", grüßte er freundlich. „Ich bin Markus, euer Safariguide. Entschuldigt, dass es ein bisschen später geworden ist, aber ich musste für einen Kollegen einspringen."

Nachdem sie gezahlt hatten, führte Markus sie zu seinem großen Geländewagen, der draußen auf dem Parkplatz stand. Das Schiebedach war geöffnet, sodass sie auch nach oben hin offene Sicht hatten.

Markus, der nicht viel älter war als Julia, bot ihr an, vorne auf dem Beifahrersitz Platz zu nehmen.

Fragend blickte Julia Alex an. Normalerweise gebührte dieser Platz ihm.

Doch Alex winkte lachend ab. „Ich setzte mich gerne nach hinten. Dann kann ich die Fahrt genießen, ohne ein Wort sagen zu müssen", erklärte er augenzwinkernd und nahm dann neben Sabine Platz.

Julia kletterte auf den Beifahrersitz. Sie freute sich, dass sie vorne neben Markus sitzen konnte, denn seine lockere Art gefiel ihr. Außerdem war sie froh, nicht hinten bei ihrer Mutter sitzen zu müssen. Christa hatte ihr nur einen beleidigten Blick zugeworfen, als sie zu dem Geländewagen gegangen waren. Doch Julia wollte jetzt nicht weiter darüber nachdenken, sondern diesen Ausflug ins Giant's Castle Nature Reserve genießen.

Zunächst schlängelte sich die Straße durch saftiggrünes Grasland, und Markus erklärte ihnen, dass dieses Naturschutzgebiet vor rund hundert Jahren geschaffen worden war, um die letzten Herden von Elenantilopen zu schützen. „Es ist immer ein bisschen Glückssache, welche Tiere wir zu sehen bekommen", sagte er lächelnd. „Sie richten sich leider nicht nach unseren Wünschen – oder vielleicht sollte man besser sagen: Gott sei Dank. Aber ich tue mein Bestes, damit ihr genug zu sehen bekommt."

Nachdem sie ein Stück gefahren waren, deutete Julia

plötzlich aufgeregt nach rechts.

„Siehst du, du bringst mir Glück", wandte sich Markus mit einem verschmitzten Lächeln an Julia und hielt an. Eine große Herde Elenantilopen stand keine dreißig Meter von ihnen entfernt am Bushman's River, der durch das Reservat floss. Sie hatten unter einem hohen Baum am Rand des Flusses Schutz vor der glühenden Sonne gesucht. Die mächtigen Tiere mit ihrem gelbbraunen Haarkleid, die, wie Markus erzählte, mit ihren bis zu tausend Kilo Gewicht und einer Länge von zwei bis drei Metern zu der größten Antilopenart gehörten, standen reglos im Schatten und schienen die Besucher neugierig und ausgiebig zu mustern.

„Sind die gefährlich?", fragte Laura und deutete auf die eng gedrehten geraden Hörner der Tiere.

Markus schüttelte den Kopf. „Die tun dir ganz sicher nichts", erwiderte er beruhigend. „Die Elenantilopen hatten früher viel eher die Menschen zu fürchten, die sie eine Zeit lang gnadenlos gejagt haben, bis man sie hier unter Schutz stellte."

Schließlich fuhren sie weiter, und die Graslandschaft wurde von leuchtend violett blühender Erika abgelöst, durchsetzt mit großen Büschen der Proteen, die mit ihrem Rot, Rosa oder Weiß wunderschöne Farbtupfer setzten. Markus erklärte ihnen, dass die Proteen durch ihre dicke Borke sehr gut gegen Feuer geschützt seien, sodass sie die Grasbrände, die während der Trockenzeit häufig vorkamen, gut überstehen könnten. Weiter oben wurde die schmale Straße dann ein bisschen unwegsamer, als sie durch einen Bergregenwald fuhren. Julia und die anderen waren von all den verschieden leuchtenden bunten Vögeln, die in den dichten hohen Bäumen saßen und in ihrer Farbenpracht mit den Orchideen wetteiferten, die hier überall wuchsen, vollkommen begeistert.

Auf einem hohen Felsen saß eine Pavianherde von etwa fünfzig Tieren. „Die Rangordnung der Tiere kann man auch sehr gut an der Fellpflege erkennen", erzählte Markus. Denn vor allem die höhergestellten Tiere genossen diese Pflege von den in der Rangordnung unter ihnen stehenden Tieren. „Aber mit dieser Methode kann auch ein Männchen Kontakt zu einem Weibchen herstellen und so deren Bereitschaft fördern, sich mit ihm zu paaren", fügte er hinzu.

Oben auf dem Gipfel hielt Markus schließlich wieder an, weil einige Teilnehmer unbedingt ein Foto von den Klippspringern machen wollten. „Nur bitte nicht zu weit vom Geländewagen entfernen", bat Markus und deutete auf das felsige Gelände, das an einigen Stellen steil nach unten abfiel. „Ich möchte euch nämlich alle wieder gesund und munter zurückbringen."

Auch Julia schoss ein Foto von den zierlichen braunen Klippspringern, die ihren Namen zu Recht trugen. Denn als plötzlich eines der Tiere einen lauten Warnpfiff ausstieß, sprangen alle mit einer unglaublichen Behändigkeit und Geschwindigkeit über die zerklüfteten Felsen. Während die anderen den Tieren noch begeistert zuschauten, ging Julia zu Markus zurück, um ihn zu fragen, wie er an den Job als Safariguide gekommen war.

„Das war keine große Sache", entgegnete er mit einem Schulterzucken und erzählte, dass er vor einem Jahr mit ein paar Freunden in Südafrika gewesen sei. „Das Land hat mich sofort fasziniert", sagte er. „Und ich wusste ziemlich schnell, dass ich nur noch hier leben möchte. Ich bin dann kreuz und quer herumgefahren und habe alles in mich aufgesogen, was ich über das Land und die Tiere erfahren konnte. Und dann habe ich mich hier vor einem halben Jahr als Safariguide beworben."

Julia sah ihn mit großen Augen an. „Und du hast den Job gleich bekommen?", fragte sie.

Markus nickte. „Sie suchten gerade jemanden und waren froh, dass ich sofort anfangen konnte." Neugierig schaute er Julia an. „Warum fragst du? Hast du auch Interesse?"

Julia senkte ein bisschen verlegen den Blick. „Na ja, vielleicht."

Markus' Augen leuchteten auf. „Wenn du willst, kann ich bei uns mal nachfragen. Mein Kollege wird nämlich nicht so schnell wiederkommen … wenn überhaupt", fügte er mit ernstem Gesicht hinzu. „Er ist an einer ziemlich gefährlichen Form der Malaria erkrankt."

Julia schwieg eine Weile und sagte dann: „Ich weiß noch gar nicht, ob wir überhaupt hierbleiben, meine Mutter und ich." Sie dachte wieder an den Streit vor dem kleinen Restaurant, und ihr wurde bewusst, wie schwierig es für Christa in diesem fremden Land werden könnte. Zu Hause hatte sie zumindest ein paar Bekannte, zu denen sie gehen konnte, wenn ihr wieder einmal die Decke auf den Kopf fiel. Und einen neuen Job würde sie in Deutschland auch bald finden. Aber hier in Südafrika müssten sie ganz von vorne anfangen. Und ob ihre Mutter die Kraft dazu hätte, wusste Julia nicht. „Danke trotzdem, für dein Angebot", sagte sie und lächelte Markus an.

Auf dem Rückweg dachte Julia noch einmal über das nach, was Markus ihr erzählt hatte. Vermutlich würde es nicht immer so einfach sein, hier einen Job als Safariguide zu bekommen. Doch sie wusste auch, dass sie kämpfen konnte, wenn sie einmal einen Entschluss gefasst hatte. Leise seufzte sie auf. Obwohl sie erst seit ein paar Tagen in Südafrika war, konnte sie sich inzwischen nur noch schwer vorstellen, wieder wegzugehen. Dieses Land mit seinen unzähligen intensiven Farben und Düften schien sie verzaubert zu haben wie noch keines zuvor.

Als Markus schließlich vor dem kleinen Restaurant hielt, sah er Julia lächelnd an. „Überleg es dir, ja? Ich würde mich jedenfalls sehr freuen, wenn du bei uns mitmachst."

Julia nickte. „Ja, ich werde es mir überlegen."

7. KAPITEL

Auf der Rückfahrt zur Lodge warf Julia ihrer Mutter immer wieder unauffällige Blicke zu und versuchte, in deren Gesicht zu lesen. Ihre undurchdringliche Miene verriet jedoch nicht, was sie empfand. Aber Julia wusste, dass ihre Mutter immer noch beleidigt war, und sie nahm sich vor, so bald wie möglich mit ihr zu reden.

Schließlich schweiften ihre Gedanken wieder zu Markus und seinem Angebot, ihr zu helfen, einen Job als Safariguide zu bekommen. Die Vorstellung war mehr als verlockend für Julia. Endlich einmal könnte sie das tun, was ihr wirklich Spaß machen würde. Bisher hatte sie sich nach dem Abitur eher mit Gelegenheitsjobs abfinden müssen, da ihre Mutter und sie häufig umgezogen waren und außerdem an chronischem Geldmangel litten. Auch wenn Julia sich bei all diesen Tätigkeiten immer voll eingesetzt hatte, wusste sie doch, dass sie eigentlich etwas ganz anderes machen wollte. Und ausgerechnet in dem Land, das ihr mehr als jedes andere gefiel, hatte sie nun etwas entdeckt, das sie wirklich gern tun würde. Dass dies vielleicht nur ein Traum bleiben würde, weil ihre Mutter möglicherweise nicht mitspielte, stimmte sie traurig.

„Aufwachen, Julia", hörte sie in diesem Moment Stephans Stimme und sah ihn verwirrt an.

„Du hast gerade ein paar Impalas verpasst", sagte er und deutete nach hinten aus dem Wagen.

Julia drehte sich um, doch von den elegant wirkenden Antilopen war nichts mehr zu sehen. Stattdessen blickte sie gebannt auf die weite Hügellandschaft, die im Licht der untergehenden Sonne rotgolden glühte.

Als sie an dem Fluss vorbeikamen, der sich durch die saftiggrüne Ebene schlängelte, hielt Markus plötzlich an und deutet nach vorne. „Flusspferde", sagte er leise.

Julia und die anderen starrten aus dem Fenster. Wenige Meter von ihnen entfernt standen fünf große Flusspferde.

„Die Flusspferde werden hier auch Hippos genannt. Sie wiegen bis zu zwei Tonnen – manche Exemplare sogar bis zu viereinhalb Tonnen – und sind etwa vier Meter lang", erklärte Markus. „Sie sind Pflanzenfresser. Bis zu fünfzig Kilo brauchen sie jeden Tag."

Jetzt trotteten zwei der Flusspferde langsam ins Wasser und tauchten unter. „An Land verlieren die Hippos viel Wasser, wenn sie schwitzen", fuhr Markus fort und verstummte dann, als eines der Tiere, das am Ufer stand, sein gewaltiges Maul aufsperrte und gähnte. „Das ist eine Vorwarnung gegen Eindringlinge", sagte er leise, startete den Motor und fuhr vorsichtig weiter.

Julia wusste, dass die Flusspferde, auch wenn sie sehr sanft aussahen, zu den gefährlichsten Tieren in Südafrika zählten, aber das hatte Markus wohl nicht sagen wollen, um die kleine Laura nicht zu verschrecken.

Es war bereits dunkel, als sie schließlich wieder bei der Lodge ankamen.

„Wie wär's, wenn wir gemeinsam auf unsere erfolgreiche Tour anstoßen", schlug Max aufgeräumt vor. „Mein Bruder und ich würden Sie alle gerne einladen, nachdem wir ... ich meine, nachdem ich Ihnen so viel Ärger gemacht habe."

Die anderen stimmten sofort erfreut zu, nur Julia zögerte einen kleinen Augenblick. Eigentlich wollte sie mit ihrer Mutter sprechen, denn sie hielt die Spannung, die zwischen ihnen herrschte, kaum mehr aus. Auf der anderen Seite wollte sie die Zwillinge, die sich sehr viel Mühe gaben, sich in die Gemeinschaft einzufügen und inzwischen von den anderen akzeptiert wurden, nicht vor den Kopf stoßen. „Sehr gerne", sagte sie daher schnell, als Max sie erwartungsvoll ansah.

„Vielleicht können wir ja auch noch etwas zu essen bekommen", meinte Reinhard zu Alex. „Natürlich auf unsere Kosten."

Alex grinste verschmitzt. „Wenn das so ist, werde ich natürlich nur das Beste auffahren lassen." Damit verschwand er in der Küche und kam kurz darauf mit ein paar Flaschen Rotwein zurück. „Dieser Wein ist aus Clanwilliam am West-Kap, in der Nähe des Olifants River", erklärte er. „Übrigens ein ganz besonderer Tropfen. Sehr aromatisch."

Wenig später brachte eine Angestellte Brot, verschiedene Käsesorten und frisches Obst. Ausgelassen unterhielten sie sich dann über all das, was sie an diesem Tag gesehen hatten. Besonders die gewaltigen Flusspferde hatten es ihnen natürlich angetan, aber auch die majestätische Bergwelt.

Es war schon spät, als Julia und ihre Mutter endlich in ihrem Zimmer waren. Julia hatte sich von der ausgelassenen Atmosphäre anstecken lassen, doch als sie nun mit Christa allein war, spürte sie wieder die bedrückende Spannung zwischen ihnen.

„Ich gehe gleich ins Bett", sagte Christa, ohne Julia anzuschauen. „Ich bin hundemüde."

Julia wusste, dass ihre Mutter ihr nur ausweichen wollte. „Lass uns bitte noch ein paar Minuten reden", bat sie, denn sie wusste, dass sie sonst keine Ruhe finden würde.

Erst jetzt schaute Christa sie an. „Was gibt es denn da noch zu reden?", erwiderte sie trotzig. „Du hast dich doch schon entschieden."

Julia spürte Wut in sich aufsteigen. Ihre Mutter drehte den Spieß einfach um und schob ihr nun die Schuld zu. „Ich habe überhaupt nichts entschieden", entgegnete sie. „Ich habe dir nur meinen Standpunkt dargelegt, weil du mich mit Max und Reinhard vor vollendete Tatsachen gestellt hast." Julia merkte, dass ihre Stimme merklich lauter geworden war, obwohl sie bemüht gewesen war, ruhig zu bleiben.

Christa nahm ihr Nachthemd vom Bett und ging Richtung Badezimmer. „Lass uns das Ganze einfach vergessen", erklärte sie. „Ich habe Max und Reinhard sowieso schon gesagt, dass wir alleine weiterfahren." Sie sah Julia mit leicht vorwurfsvollem Blick an. „Gott sei Dank haben sie sehr viel Verständnis für mich gehabt ..." Sie stockte.

„Im Gegensatz zu mir, wolltest du sagen?" Julia schüttelte den Kopf. „Mama, du hast überhaupt nicht verstanden, um was es mir geht."

„Ich habe sehr gut verstanden", gab Christa zurück. „Und jetzt will ich nicht mehr darüber sprechen." Damit verschwand sie im Badezimmer.

Julia konnte es nicht fassen. Wann immer sie mit ihrer Mutter ein ernstes Gespräch führen oder ihre eigene Position bei einer Auseinandersetzung klarstellen wollte, wich Christa ihr aus oder zog sich beleidigt zurück. Am liebsten wäre Julia ins Badezimmer gestürmt, damit ihre Mutter sich ihr stellen *musste*. Stattdessen ging sie hinaus auf die Terrasse, denn sie wusste, dass es sinnlos war, im Moment mit ihr reden zu wollen. Und sie selbst würde sich in dieser Situation nur noch mehr über die Starrköpfigkeit ihrer Mutter ereifern, die kein vernünftiges Gespräch mehr zuließ.

Julia saß eine ganze Weile draußen auf der Terrasse. Sie war wütend, aber auch sehr traurig. Im Augenblick wusste sie nicht, wie es nun weitergehen würde. In dieser angespannten Stimmung konnten weder ihre Mutter noch sie selbst diese Reise genießen. Dabei hatte alles so harmonisch angefangen. Und nun, nach nur wenigen Tagen, war alles wieder so wie früher. Mama wird sich wohl nie ändern, dachte Julia bekümmert, auch wenn sie noch so sehr beteuert, dass alles anders werden würde.

Als Julia am nächsten Morgen aufwachte, war ihre Mutter nicht mehr im Zimmer. Vermutlich wollte sie einer erneuten Auseinandersetzung aus dem Weg gehen und war daher schon früh aufgestanden. Auch gut, dachte Julia fast ein wenig trotzig. Eigentlich wollten sie noch einmal nach Durban fahren, an den wunderbaren Sandstrand, um dort zu baden, bevor sie am nächsten Tag weiterfahren würden, um noch mehr von diesem Land zu sehen. Doch jetzt verspürte Julia nicht mehr die geringste Lust dazu, mit Christa einen Tag am Strand zu verbringen. Vielleicht wäre es besser, wenn sie und ihre Mutter im Augenblick getrennte Wege gingen, damit sie sich beide wieder beruhigen konnten.

In diesem Moment hörte sie ein zaghaftes Klopfen. Kurz darauf wurde die Tür einen Spaltbreit geöffnet, und die kleine Laura schaute neugierig ins Zimmer. Als sie sah, dass Julia wach war, hüpfte sie sofort herein und baute sich vor ihr auf. „Wo bleibst du denn?", fragte sie und blickte Julia neugierig an. „Wir sind schon alle beim Frühstück."

Julia musste lachen und warf einen Blick auf den kleinen Wecker, der auf dem Nachttisch stand. Es war bereits nach neun. Sie hatte verschlafen. Schnell sprang sie aus dem Bett. „Ich bin gleich fertig", sagte sie zu Laura und verschwand mit ihren Sachen im Badezimmer. Als sie zehn Minuten später wieder herauskam, saß Laura immer noch wartend auf ihrem Bett und schlenkerte mit den Beinen. „Schön, dass du mich holen kommst", sagte Julia zu der Kleinen, die inzwischen aufgestanden war und nach ihrer Hand gegriffen hatte.

Laura sah zu ihr hoch. „Deine Mama hat gesagt, dass ich dich holen soll." Dann zog sie Julia mit sich hinaus.

Julia musste lächeln. Typisch Mama, dachte sie. Statt selbst zu kommen, schickte sie die kleine Laura vor – in der Hoffnung, Julia damit besänftigen zu können. Und tatsächlich war Julia einen Moment lang versucht, alles zu vergessen. Doch sie spürte auch, dass sie diesmal nicht nachgeben wollte. Das hatte sie schon zu oft getan. Ihre Mutter sollte endlich einmal lernen, dass es nicht nur nach ihrem Kopf gehen konnte.

Julia wurde freudig begrüßt, als sie am Frühstückstisch Platz nahm. Auch Christa lächelte sie ein wenig verlegen an, darum bemüht, sich vor den anderen nichts anmerken zu lassen.

„Und, was steht heute bei euch auf dem Programm?", wollte Alex wissen, der kurz nach Julia auf die Terrasse gekommen war.

„Ausruhen!", sagten Max und Reinhard gleichzeitig und mussten lachen. „Oder hat irgendjemand einen besseren Vorschlag?", fügte Max hinzu.

Julia warf einen verstohlenen Blick zu ihrer Mutter. Würde sie die Zwillinge bitten, mit ihnen nach Durban zu fahren? Doch Christa schwieg und widmete sich eingehend ihrem Frühstück, ohne Max und Reinhard anzuschauen.

„Wenn Sie Lust haben, können Sie mit uns nach Tongaat fahren", bot Stephan den beiden Brüdern an. „Wir wollen uns dort die beiden Hindutempel Juggernaut Puri und Vishwaroop anschauen."

Max und Reinhard nahmen das Angebot gerne an, genauso wie die beiden Studentinnen Andrea und Katrin, die sich in der Nähe dieser Stadt nach einer kleinen Wohnung umschauen wollten, da Durban ihnen zu groß war.

„Jetzt wird es tatsächlich ernst", sagte Katrin. „Und wenn alles gut klappt, fliegen wir nur noch nach Deutschland zurück, um unsere Sachen zu holen."

Julia wünschte den beiden viel Glück. Sie beneidete sie fast ein bisschen darum, dass sie ihre Pläne so einfach in die Tat umsetzen konnten.

„Und was habt ihr beide heute so vor?", fragte Alex scheinbar beiläufig an Sabine und Laura gewandt, nachdem Julia ihm erzählt hatte, dass sie und ihre Mutter nach Durban fahren wollten.

Sabine errötete leicht, doch bevor sie antworten konnte, rief Laura aufgeregt: „Wir wollen zu den Pferden." Mit großen Augen blickte sie Alex an. „Kommst du auch mit?"

Alex lächelte verschmitzt. „Warum nicht? Ich muss nur noch schnell ein paar Sachen im Büro erledigen." Als er sah, dass auch Sabine ihn erfreut anstrahlte, fügte er hinzu: „Bin in spätestens einer Stunde wieder da." Damit verschwand er im Haus.

Vielleicht haben Sabine und Alex ja heute endlich mal die Gelegenheit, sich ein bisschen näher kennenzulernen, dachte Julia. Denn auf dem kleinen Reiterhof, der nicht weit von der Lodge entfernt lag, würde Laura sicher voll und ganz mit den von ihr so heiß geliebten Pferden beschäftigt sein.

Laura sprang vom Tisch auf. „Ich geh zu dem schönen Papagei, bis Onkel Alex fertig ist", verkündete sie und hüpfte davon.

Sabine war ebenfalls aufgestanden, entschuldigte sich bei Julia und Christa, die nun als Einzige noch am Frühstückstisch saßen, und lief ihrer Tochter hinterher.

„Sie macht sich ständig Sorgen, dass der Kleinen etwas passieren könnte", bemerkte Christa und schaute Sabine stirnrunzelnd hinterher. „Dabei ist Laura doch schon sehr selbstständig." Mit verhaltenem Lächeln sah sie Julia an. „Bei dir war das früher etwas ganz anderes. Ich wusste immer, dass du gut zurechtkommst, auch wenn ich nicht da war."

Unwillkürlich zuckte Julia zusammen. Offenbar hatte ihre Mutter noch immer nicht verstanden, wie sehr sie sie manchmal gebraucht hätte – gerade als sie noch kleiner gewesen war. Julia war gar nichts anderes übrig geblieben, als früh selbstständig zu werden, weil ihre Mutter andauernd mit sich selbst und ihren Problemen beschäftigt gewesen war. „Ich hätte sehr gerne ab und zu ein bisschen mehr von dir gehabt", sagte Julia leise. Ihre Kehle schien ihr plötzlich wie zugeschnürt. „Deshalb habe ich mich ja auch so sehr auf diese Reise mit dir gefreut und …" Weiter kam Julia nicht, denn in diesem Moment erklang ein markerschütternder Schrei aus dem Garten, dort, wo der Papagei auf seiner Stange saß.

Julia und Christa sahen sich erschrocken an, sprangen auf und rannten in den Garten.

Sabine kauerte auf dem Boden. Panik stand in ihrem Blick, und ihr Gesicht war kalkweiß. Die kleine Laura hockte neben ihr und sah ihre Mutter voller Angst an.

„Was ist denn passiert?", fragte Julia, kniete sich neben Sabine und nahm deren zitternde Hand in ihre, während Christa das kleine Mädchen an sich drückte, um es zu beruhigen.

Auch Alex und Dumisani hatten den Schrei offenbar gehört, denn schon einen Moment später erschienen sie im Garten.

Sabine deutete auf ihren Fuß. „Eine Schlange", wisperte sie mit brüchiger Stimme. „Sie hat mich gebissen."

Dumisani rannte ins Haus zurück und kam kurz darauf mit einem Verbandskasten wieder.

Alex war inzwischen vor Sabine in die Hocke gegangen und strich ihr über den Arm. „Keine Angst, Sabine", sagte er in besänftigendem Ton. „Ihnen wird nichts passieren. Es wird alles wieder gut." Gemeinsam mit Dumisani trug er Sabine vorsichtig zu einer der Liegen am Swimmingpool, sodass sie flach auf dem Rücken liegen konnte.

Julia folgte ihnen, während Christa die kleine Laura auf den Arm nahm und mit ihr auf und ab ging, um sie zu trösten und abzulenken. Julia wusste, wie wichtig es war, dass Sabine den Fuß nicht bewegte und dass sie ruhig lag. Auf diese Weise wurde die Blutzirkulation nicht gesteigert, und das Gift konnte sich nicht so schnell im Körper verteilen. Sie kniete sich neben die Liege und nahm Sabines Hand, während Alex die Wunde vorsichtig säuberte und dann einen Verband anlegte, damit kein Schmutz in die Wunde gelangte.

„Wissen Sie noch, wie die Schlange aussah?", fragte Dumisani mit sanfter Stimme und sah Sabine an.

Sie schüttelte leicht den Kopf. Tränen schimmerten in ihren Augen. „Es ging alles so schnell", entgegnete sie matt. „Ich weiß nicht mehr …"

„Schon gut", entgegnete Alex beruhigend. „Wir werden Sie jetzt ins Krankenhaus bringen. Dort kennt man sich mit Schlangenbissen aus. Die Ärzte werden Sie genauestens untersuchen und gegebenenfalls das passende Antiserum spritzen. Dann sind Sie bald wieder auf den Beinen. Aber so lange müssen Sie den Fuß unbedingt ruhig halten, ja?"

Julia half Alex, Sabine auf der Liege, die Rollen hatte, vor die Lodge zu fahren. Währenddessen holte Dumisani den großen Geländewagen, der genug Platz bot, um Sabine flach auf der Rückbank zu lagern.

Wenige Minuten später waren sie losgefahren, und Julia sah dem Geländewagen hinterher. Erst jetzt merkte sie, dass sie am ganzen Körper zitterte. Sabine darf nichts passieren, dachte sie verzweifelt und hoffte, dass es nicht eine der hochgiftigen Schlangen gewesen war, die Sabine gebissen hatte. Denn dann wären vermutlich auch die Ärzte im Krankenhaus machtlos. „Sie wird wieder gesund", flüsterte sie. „Sie *muss* einfach wieder gesund werden." Langsam drehte sie sich um und ging zu ihrer Mutter, die inzwischen mit Laura auf der Terrasse saß und sie auf ihrem Schoß hin- und herwiegte. Sie setzte sich neben die beiden und strich Laura die zerzausten Locken aus der Stirn. „Deine Mama ist bald wieder da", sagte sie leise und hoffte, dass sie überzeugend klang.

„Aber die Oma zu Hause hat gesagt, dass man stirbt, wenn man von einer giftigen Schlange gebissen wird", entgegnete Laura schluchzend. „Muss Mama sterben?"

Julia nahm Lauras kleine Hände in die ihren. „Aber nein, mein Schatz. Deine Mama muss nicht sterben. Ganz bestimmt nicht." Sie schluckte und merkte, dass Tränen in ihr aufstiegen. „Die Ärzte im Krankenhaus werden ihr helfen, damit sie schnell wieder gesund wird."

Nach einer Weile stand Julia auf und bat eine der Angestellten, ihr das schnurlose Telefon aus Alex' Büro zu holen. Sie hatte ihn gebeten, sofort anzurufen, wenn es Neuigkeiten aus dem Krankenhaus gab. Nachdem die junge Frau ihr den Apparat gebracht hatte, ging Julia wieder zurück zu Christa und Laura und legte das Telefon auf den Tisch. „Möchtest du was trinken?", fragte sie die Kleine, um sie auf andere Gedanken zu bringen.

Laura sah sie stumm an, während ein paar dicke Tränen über ihre Wangen kullerten. Schließlich nickte sie. „Den Traubensaft von Onkel Alex."

Julia ging in die Küche, bat die Angestellte um eine Flasche Traubensaft, nahm drei Gläser mit und ging zurück auf die Terrasse. Schweigend saßen sie da, jede in ihre Gedanken vertieft, während Christa die kleine Laura weiter sanft in ihren Armen wiegte.

Julia warf immer wieder einen Blick zum Telefon, doch es blieb stumm. Sie wusste nicht, ob dies ein gutes oder ein schlechtes Zeichen war. Nur eines wusste sie: dass Sabine nicht sterben durfte. Sie hat gerade erst ein bisschen zu ihrer Lebensfreude zurückgefunden, dachte sie und merkte, dass erneut Tränen in ihr aufstiegen.

Julia schien es, als ob bereits eine Ewigkeit vergangen sei, als das Telefon endlich klingelte. Mit zitternder Hand nahm sie das Gespräch an.

Alex war am anderen Ende. „Es ist alles in Ordnung", sagte er, und seiner Stimme war deutlich anzumerken, wie glücklich und erleichtert er war. „Wir sind in einer Stunde wieder zu Hause."

„Sabine lebt", sagte Julia leise und starrte immer noch den Hörer in ihrer Hand an, als könnte sie es noch gar nicht glauben. Dann schaute sie Laura an. „Deine Mama lebt, und es geht ihr gut!", rief sie und wusste nicht, ob sie lachen oder weinen sollte. Sie zog die Kleine in ihre Arme und drückte sie an sich. „Jetzt wird alles wieder gut", flüsterte sie und sah ihre Mutter an, in deren Augen Tränen schimmerten. „Alles wird wieder gut."

Julia und Christa standen schon lange vorne an der Einfahrt zur Lodge, die kleine Laura in ihrer Mitte, als sie endlich den Geländewagen sahen, der sich auf der staubigen Landstraße näherte. Laura sprang auf und ab und winkte, während Julia und Christa sich erleichtert in die Arme fielen.

Als der Jeep an ihnen vorbei auf den Hof gefahren war, nahmen sie Laura an die Hand und gingen hinter dem Wagen her.

Alex stieg als Erster aus, nickte Julia und Christa lächelnd zu und hob Laura in seine Arme. „Deine Mama ist wieder ganz gesund", sagte er. „Sie braucht nur noch ein bisschen Ruhe." Zärtlich strich er der Kleinen eine widerspenstige Locke aus der Stirn. „Wir bringen sie jetzt in euer Zimmer, damit sie schlafen kann."

„Ich will aber mit", sagte Laura und schaute neugierig in den Geländewagen zu ihrer Mutter.

Alex setzte die Kleine auf dem Boden ab und half Dumisani dabei, Sabine vorsichtig aus dem Geländewagen zu heben.

Laura ging sofort zu ihr und sah ihre Mutter mit großen Augen an. „Musst du nicht mehr sterben, Mama?", fragte sie mit leisem Zweifel in der Stimme.

Sabine schüttelte müde den Kopf und strich Laura liebevoll über die Wange. „Nein, mein Liebes. Jetzt bin ich wieder bei dir."

Ein leuchtendes Strahlen überzog Lauras Gesicht, und sie ging mit Julia und Christa hinter Dumisani und Alex her, die Sabine in ihr Zimmer trugen. Während Christa ihr dann half, das Nachthemd anzuziehen, ging Julia mit

Alex und Dumisani vor die Tür.

„Könnten Sie sich vielleicht heute um Laura kümmern?", fragte Alex und sah Julia an. „Sabine soll sich unbedingt ausruhen. Ich werde ab und zu nach ihr sehen."

Julia nickte und ließ sich von Alex noch einmal bestätigen, dass tatsächlich alles in Ordnung war. Leise ging sie zurück ins Zimmer. Sabine lag im Bett und war inzwischen eingeschlafen. Julia nickte ihrer Mutter zu und nahm Lauras Hand. „Wie wär's, wenn wir drei zu dem Reiterhof gehen, von dem du erzählt hast?", flüsterte sie.

„Aber ich muss doch auf Mama aufpassen", wisperte Laura mit ernstem Gesicht.

Julia lächelte. „Das macht Onkel Alex schon. Er hat mir versprochen, dass er sich um deine Mama kümmert."

Laura warf einen Blick zu ihrer Mutter und nickte schließlich. „Aber Onkel Alex darf Mama nicht aufwecken. Sie muss schlafen."

„Das tut er ganz bestimmt nicht", entgegnete Julia. „Onkel Alex tut alles, damit es deiner Mama bald wieder ganz gut geht."

Den Nachmittag verbrachten Julia, ihre Mutter und Laura auf dem Reiterhof. Laura war total begeistert, denn sie durfte auf einem der Ponys reiten. Julia und Christa sahen ihr zu. Julia hatte sich zwischendurch mit dem Besitzer des kleinen Reiterhofs unterhalten und dabei erfahren, dass er Safaris auf Pferden für die Touristen anbot.

„Das klingt sehr interessant", schloss sie, nachdem sie

ihrer Mutter mit leuchtenden Augen davon erzählt hatte.

Christa nickte. „Ich glaube, du würdest sehr gerne hier in Südafrika bleiben, oder?"

Julia schwieg einen Moment lang. „Ich weiß es nicht", erwiderte sie schließlich. „Es ist wunderschön hier, aber ... wir müssen es *beide* wollen. Ich kann das nicht allein entscheiden."

Christa lächelte. „Du hast recht. Wir sollten das zusammen entscheiden."

Julia wusste genau, dass ihre Mutter damit auch auf ihre Auseinandersetzung wegen Max und Reinhard anspielte. Offensichtlich hatte sie inzwischen verstanden, warum Julia sich so aufgeregt hatte. Doch Julia selbst erschien dieser Streit mit einem Mal so unwichtig – nach allem, was sie mit Sabine erlebt hatten. „Ja, wir beide zusammen", sagte sie leise und nahm ihre Mutter liebevoll in die Arme.

Abends beim Essen erzählte Laura den anderen aufgeregt, was an diesem Tag geschehen war. Sie waren entsetzt, doch Julia beruhigte sie. „Sabine geht es gut", sagte sie.

„Aber vielleicht braucht sie irgendwas", entgegnete Max, dem der Schreck noch deutlich ins Gesicht geschrieben stand. Er blickte seinen Bruder an. „Vielleicht sollten wir mal nach ihr sehen ..."

„Nicht nötig", unterbrach Alex, der soeben auf die Terrasse getreten war, und winkte lächelnd ab. „Ich war gerade bei ihr und habe ihr eine Kleinigkeit zu essen gebracht."

Julia bemerkte das leuchtende Strahlen in seinen Augen. Er schien sehr glücklich darüber zu sein, etwas für Sabine tun zu können. Und sie wusste auch, dass Sabine bei ihm in guten Händen war.

Jetzt sah Laura sie mit großen Augen an. „Darf ich heute Nacht bei dir und Christa schlafen?" Sie zog die Nase kraus. „Weil Mama doch Ruhe braucht."

„Aber natürlich!", erwiderten Julia und Christa gleichzeitig und mussten lachen.

Eine Stunde später lagen Julia und Christa in ihrem Bett, die kleine Laura in ihrer Mitte. Sie hatte ihren Plüschaffen im Arm, den sie in ihrem Zimmer geholt hatte. Während Christa ihr eine Geschichte erzählte, sah Julia ihre Mutter liebevoll an. Ja, sie liebte ihre Mutter über alles, auch wenn es oft zu Konfrontationen kam. Und sie wusste, dass ihre Mutter sie liebte, mehr als alles andere auf der Welt. Und nur das zählte.

Am nächsten Morgen wurde Julia von der kleinen Laura geweckt, die ungeduldig im Bett zappelte. „Wir müssen aufstehen", flüsterte die Kleine. „Ich will doch gucken, wie es Mama geht."

Julia schlug die Bettdecke zur Seite, und sie schlüpften vorsichtig aus dem Bett, um Christa nicht zu wecken. Julia zog einen Morgenmantel über ihren Schlafanzug, dann ging sie mit Laura zu deren Zimmer und klopfte vorsichtig an. Als sie Sabines Stimme hörte, öffnete sie die Tür. Laura lief sofort zu ihrer Mutter, die aufrecht im Bett saß.

Ein großes Tablett mit Tee und Kuchen stand auf ihrem Nachttisch.

„Guten Morgen, mein Schatz", sagte Sabine mit strahlendem Lächeln und zog ihre Tochter in die Arme. Laura kuschelte sich mit seligem Blick an ihre Schulter. „Hallo, Julia. Danke, dass ihr euch um Laura gekümmert habt."

Julia trat ans Bett und winkte ein bisschen verlegen ab. „Das ist doch selbstverständlich. Wie geht es dir denn heute?"

Sabine lachte. „Ich glaube, mir geht es so gut wie lange nicht mehr – bei all der Fürsorge, die ich von euch bekomme." Sie deutete auf das Tablett. „Alex war auch schon da."

„Er hat sich große Sorgen um dich gemacht", entgegnete Julia. „Ich glaube ... na ja, er mag dich sehr."

Eine leichte Röte überzog Sabines Wangen. Sie senkte den Blick. „Meinst du wirklich?", fragte sie und sah Julia unsicher an.

Julia nickte. „Ganz sicher."

Laura, die ihnen aufmerksam zugehört hatte, legte nachdenklich den Finger an die Nase. „Und du magst ihn auch, Mama, oder?"

Sabine wand sich verlegen. „Nun ja ... ich glaube schon ..." Sie stockte und lächelte schließlich. „Ach was, warum soll ich denn nicht ehrlich sein. Ja, ich mag ihn. Sehr sogar." Befreit lachte sie auf.

„Dann musst du ihn auch heiraten", sagte Laura mit ernster Miene.

Sabine strich ihr über die weichen Locken. „Eins nach dem anderen", erwiderte sie schmunzelnd. „Jetzt muss ich erst mal wieder auf die Beine kommen."

„Kannst du denn nicht laufen?", fragte Laura verwirrt.

„Doch", entgegnete Sabine. „Der Arzt im Krankenhaus hat allerdings gesagt, dass ich mich heute noch ein bisschen schonen soll."

Traurig sah Laura sie an. „Dann können wir ja gar nicht zusammen spielen."

Julia sah, dass Sabine ein wenig bedrückt wirkte. Sie hätte den beiden zu gerne geholfen. Und plötzlich kam ihr eine Idee. „Entschuldige einen Augenblick", sagte sie zu Sabine. „Ich bin gleich wieder da." Schnell ging sie zu ihrem Zimmer zurück. Als sie eintrat, sah sie erleichtert, dass ihre Mutter bereits wach war. Sie erzählte ihr kurz von Sabine und Laura. „Eigentlich wollten wir ja heute weiterfahren", sagte sie, „aber …"

Christa lächelte. „Ob wir heute oder erst morgen fahren, ist doch egal. Von mir aus können wir einen Tag länger bleiben und etwas mit Laura unternehmen, damit Sabine noch ein bisschen Ruhe hat." Sie lächelte verschmitzt. „Max und Reinhard ist das bestimmt auch ganz recht, wenn wir noch bleiben."

Die Zwillinge, und auch alle anderen, freuten sich tatsächlich sehr, dass Christa und Julia einen Tag an ihren Aufenthalt dranhängten. Und diesmal war es Julia, die Max und Reinhard beim Frühstück anbot, mit ihnen nach

Durban an den Strand zu fahren.

„Eine wunderbare Idee", sagte Max begeistert, und auch sein Bruder stimmte erfreut zu.

Christa lächelte Julia dankbar an. „Wir haben Sabine versprochen, heute was mit Laura zu unternehmen", sagte sie an die Zwillinge gewandt.

Dumisani, der gerade aus dem Garten gekommen war, blieb kurz am Tisch stehen. „Wenn Sie wollen, bringe ich Sie gerne mit dem Wagen nach Durban", bot er an. „Dann müssen Sie nicht den Bus nehmen."

Julia und die anderen nahmen das Angebot gerne an. Julia vermutete, dass Alex seinen Mitarbeiter darum gebeten hatte, denn er hatte mitbekommen, dass sie und ihre Mutter mit Laura zum Strand wollten.

Eine Stunde später saßen sie im Geländewagen. Alex hatte ihnen noch einen Korb mit Proviant mitgegeben. „Damit ihr nicht verhungert", hatte er augenzwinkernd gesagt.

„Und du musst auf Mama aufpassen", hatte Laura ihn gebeten. „Die ist nämlich verliebt in dich, hat sie gesagt", fügte sie ernst hinzu.

Alex grinste schief und wirkte in diesem Moment wie ein verlegener Junge. „Hat sie das wirklich gesagt?" Als Laura heftig nickte, sagte er: „Na, wenn das so ist, werde ich natürlich ganz besonders gut auf sie aufpassen."

„Und zu welchem Strand möchten Sie gerne?", fragte Dumisani, nachdem er die staubige Landstraße hinter sich gelassen hatte und auf die Hauptstraße gefahren war.

„Gibt es denn so viele?", fragte Christa erstaunt.

Dumisani nickte. „Blue Lagoon, Tekweni, Oasis, Dunes ..."

Julia lachte. „Irgendwohin, wo es schön ist. Und wo Laura im Sand spielen kann."

Max räusperte sich. „Und wo zwei unverbesserliche Nichtschwimmer auch mal ein bisschen die Füße ins Meer stecken können."

Dumisani hielt schließlich an der Beach Front. „Wann soll ich Sie wieder abholen?", fragte er, nachdem alle ausgestiegen waren. „Vielleicht gegen fünf? Dann können Sie sich vor dem Abendessen noch ein bisschen ausruhen", fügte er hinzu. Als alle zustimmend genickt hatten, verabschiedete er sich und fuhr wieder los.

Bepackt mit ihren Badetaschen und dem kleinen Proviantkorb gingen Christa, Julia, Laura und die Kammerloh-Zwillinge ein kleines Stück die Strandpromenade entlang. Julia betrachtete neugierig das bunte Treiben am Strand mit den runden Swimmingpools, in denen Fontänen sprudelten, und den großen Wasserrutschen, auf denen nicht nur die Kinder in schnellem Tempo hinunterrutschten. Weiter vorne standen Karussells und Jahrmarktsstände, an denen die verschiedensten Waren angeboten wurden. Schließlich stiegen sie ein paar Steinstufen hinunter und liefen über den weißen Sandstrand. Hier und da standen Palmen, die willkommenen Schatten spendeten. Als sie zu einem Holzhäuschen kamen, vor dem ein Mann stand, der Sonnenschirme verlieh, blieb Max stehen. „Ich besorge uns schnell zwei Schirme." Er deutete mit dem Kopf auf ein paar Badegäste, die ein Stück von ihnen entfernt in der prallen Sonne lagen und schon leicht gerötet waren. „Sonst sehen wir am Ende noch genauso aus."

Sie fanden eine Bucht, die eingerahmt war von Palmen. Max und Reinhard stellten die Sonnenschirme auf, während Julia und Christa die Badehandtücher auf dem Sand ausbreiteten.

Julia lief schließlich mit Laura an der Hand zum Wasser. Die sanften Wellen umspülten ihre Beine, und Laura sprang begeistert auf und ab. Obwohl Julia wusste, dass die Mitarbeiter von Natal Sharks Board hier an den Stränden überall Hai-Netze gespannt hatten, die die Tiere davon abhielten, zu nah an den Strand zu gelangen, ging sie mit Laura nicht tiefer ins Wasser – sie wollte kein unnötiges Risiko eingehen.

Auch Max und Reinhard ließen das angenehm kühle Meerwasser um ihre Füße spülen, während Christa hinausschwamm und sich begeistert in die hohen Wellen warf.

„Ich glaube, das ist der schönste Urlaub, den wir je gehabt haben", sagte Reinhard, als sie wieder zusammen auf den Handtüchern saßen und sich die Köstlichkeiten aus dem Proviantkorb schmecken ließen.

„Und das liegt ganz sicher nicht nur an diesem wunderschönen Land", fügte Max mit einem Seitenblick auf Christa hinzu.

Christa lächelte geschmeichelt. „Vielleicht ist es ja auch dieser einzigartige Himmel von Südafrika, der alles in einem anderen Licht erstrahlen lässt."

Und der uns alle verzaubert, dachte Julia. Der mich verzaubert und nicht mehr loslässt.

8. KAPITEL

Als sie am späteren Nachmittag wieder auf die Lodge zurückkamen, fanden sie Sabine draußen auf der Terrasse. Sie saß auf einem Liegestuhl und unterhielt sich angeregt mit Alex. Laura stürmte sofort zu ihr und erzählte ihr aufgeregt von ihren Erlebnissen.

„Ist es euch auch nicht zu viel geworden?", fragte Sabine schließlich, nachdem ihre Tochter geendet hatte.

„Aber nein", entgegnete Julia, und auch die anderen schüttelten die Köpfe. „Wir hatten einen wunderschönen Tag zusammen."

Alex grinste. „Er ist ja noch nicht vorbei. Ich habe mir gedacht, dass wir heute zur Feier des Tages ein Braai machen." Er zwinkerte Sabine zu. „Denn unserer Patientin geht es schon viel besser. Und außerdem ...", er wandte sich an Julia und Christa, „verlasst ihr beide uns morgen. Leider, muss ich sagen. Und ihr sollt uns und die Lodge doch in guter Erinnerung behalten."

Als sie und Julia wenig später in ihrem Zimmer waren, um sich vor dem Abendessen noch ein wenig auszuruhen, sagte Christa: „Ich glaube, Alex tut es tatsächlich leid, dass wir morgen fahren."

Julia nickte. Sie konnte sich jetzt kaum mehr vorstellen, dass sie sich noch vor Kurzem so über ihn geärgert hatte. „Vielleicht haben wir ja Zeit, ihn auf der Rückfahrt noch einmal zu besuchen", überlegte sie. Wenn wir nicht sogar für immer hierbleiben, fügte sie in Gedanken hinzu.

Abends standen sie alle vor dem großen Holzgrill, den Alex und Dumisani vor der Terrasse auf dem kleinen Kiesplatz aufgebaut hatten. Der köstliche Duft von gegrilltem Fleisch und Boerewors, der schneckenartig gekringelten Burenwurst, erfüllte die Luft. Riesige Schüsseln mit Salat und Süßkartoffeln standen auf dem langen Holztisch, außerdem scharf gewürzte Soßen und frisch gebackenes Weißbrot. Dazu gab es Bier.

„Ihr wollt also wirklich morgen fahren?", fragte Alex Julia, nachdem er das Fleisch auf dem Grill noch einmal umgedreht hatte.

Julia nickte. „Wir wollen uns noch ein bisschen mehr von diesem Land ansehen. Es gibt so vieles zu entdecken und …"

„Sicher", unterbrach Alex. „Aber wie wär's denn, wenn ihr danach wieder zurückkommt? Ich könnte nämlich eine Mitarbeiterin wie Sie sehr gut gebrauchen." Als Julia ihn erstaunt ansah, räusperte er sich umständlich und fügte hinzu: „Ich weiß, ich habe Ihnen zu Anfang nicht viel zugetraut, aber das war ein großer Fehler. Jetzt wäre ich froh, wenn Sie bleiben würden. Und Ihre Mutter natürlich auch."

Julia lächelte. „Ich weiß Ihr Angebot sehr zu schätzen. Und ich werde es mir überlegen, sollten wir überhaupt für länger in Südafrika bleiben."

Während des Essens erzählten Katrin und Andrea, dass sie eine kleine Wohnung in Tongaat gefunden hatten.

Und morgen wollten sie sich um einen Job als Safariguide bemühen.

„Habt ihr denn schon was in Aussicht?", fragte Julia neugierig.

„Noch nicht", entgegnete Andrea. „Aber wir wollen morgen zum Kenneth Stainbank Nature Reserve. Dort ist auch der Sitz der Wilderness Leadership School, eine Ausbildungsstätte für Ranger."

„In der es übrigens von Anfang an keine Rassenbeschränkungen gab", fügte Alex hinzu. Er saß neben Sabine am Tisch und war sehr darum bemüht, ihr alles recht zu machen. Und sie dankte es ihm stets mit einem strahlenden Lächeln.

Die beiden haben sich offensichtlich gefunden, dachte Julia erfreut. Würden ihre Mutter und sie vielleicht auch ihr Glück in Südafrika finden – wie immer es auch aussehen mochte?

„Und wie ist es mit dir?", fragte Stephan, der gegenüber von Julia am Tisch saß. „Du hast deinen Traum, hier in Südafrika zu leben, doch bestimmt noch nicht begraben." Er lächelte schelmisch. „Das sieht man dir an der Nasenspitze an."

Julia lachte. „Dann musst du aber schon sehr genau hingeschaut haben, wenn du das gesehen hast", entgegnete sie leichthin.

Stephan zuckte mit den Schultern. „So eine schöne Nasenspitze schaut man doch gerne an", entgegnete er mit charmantem Lächeln. „Aber mal im Ernst. Ich finde, du machst dich großartig hier. Und du bist mutig und unerschrocken, das hast du ja bereits ein paarmal bewiesen."

„Ganz genau", bestätigte Max. „Wer zwei Dickschädel wie Reinhard und mich kleinkriegt, der kommt mit den wilden Tieren in diesem Land mit Sicherheit spielend leicht zurecht. Die Löwen werden wie zahme Hauskätzchen zu Ihren Füßen liegen."

Julia schüttelte lachend den Kopf. „Ob die Löwen das allerdings genauso sehen, wage ich zu bezweifeln."

Nach dem Essen ging Alex in seine kleine Wohnung, die im Anbau lag, und kam kurz darauf mit einem alten Grammophon zurück. Und bald erklang afrikanische Musik mit rhythmischem Trommeln, untermalt von Gitarrenmusik. Dumisani zeigte Julia und Christa ein paar Schritte, und auch die anderen gesellten sich dazu. Nur Alex blieb neben Sabine auf der Terrasse sitzen – schließlich sollte sie sich noch schonen, wie er des Öfteren besorgt angemerkt hatte.

Julia hob Laura auf den Arm und hopste wild mit ihr zu der rhythmischen Musik auf und ab. Die Kleine lachte ausgelassen über die merkwürdigen Verrenkungen, die Max und Reinhard machten, während Christa mit den Bewegungen einer Schlangenbeschwörerin um sie herumtanzte.

Atemlos setzte Julia Laura schließlich wieder auf dem Boden ab. „Ich muss erst einmal einen Schluck trinken", stöhnte sie. Trotz des kühlen Abendwindes, der aufgekommen war, glühten ihre Wangen. Während Laura mit den anderen weitertanzte, ging Julia zum Beistelltisch, goss sich ein Glas Wasser ein und nahm einen großen Schluck. Ihr Blick schweifte über die ausgelassen Tanzenden, die gerade hintereinander um den großen Holzgrill hüpften und dabei wilde Schreie ausstießen. Alle waren dabei, bis auf eine – Anne. Julia drehte sich zum Holztisch um, doch außer Alex und Sabine saß niemand dort. Sie wartete ein paar Minuten, in der Hoffnung, dass Anne wieder auftauchen würde, doch als sie nach zehn Minuten immer noch nicht zurück war, begann sie sich Sorgen zu machen. Was, wenn Anne allein in der Dunkelheit herumirrte? Julia waren Annes eisige Blicke, die sie ihr beim Essen ab und an zugeworfen hatte, nicht entgangen. Auch wenn sie wusste, dass Anne sicher nicht gut auf sie zu sprechen war, wollte sie sie suchen. Denn Sabines Erlebnis mit der Schlange stand ihr noch allzu deutlich vor Augen. Zunächst wollte sie nachsehen, ob Anne in ihrem Zimmer war. Würde sie sie dort allerdings nicht vorfinden, müsste sie Alex Bescheid geben.

Vor der Tür zu Annes Zimmer blieb Julia einen Augenblick lang stehen. Gerade als sie anklopfen wollte, hörte sie ein leises Schluchzen. Fast erleichtert atmete sie auf. Anne war also nicht allein in die Dunkelheit hinausgelaufen. Einen Moment lang überlegte sie, wieder nach draußen zu den anderen zu gehen, denn Anne würde ihr wahrscheinlich sowieso nicht öffnen. Aber schließlich fasste sie sich ein Herz und klopfte an die Tür – Anne tat ihr trotz allem leid.

Das Schluchzen verstummte augenblicklich, nachdem sie angeklopft hatte. Stattdessen erklang Annes wütende Stimme: „Lass mich in Ruhe, ich will dich nicht sehen!", schrie sie und ihre Stimme überschlug sich beinahe. „Verschwinde, du Schuft!"

Sie glaubt, Stephan steht vor der Tür, dachte Julia. „Ich bin's, Julia", rief sie. „Kann ich dir irgendwie helfen?"

Es war still im Zimmer. Plötzlich wurde die Tür aufgerissen. Mit zornigem Blick starrte Anne sie an. Ihre Augen waren rot verweint. „Ausgerechnet *du* willst mir helfen?", stieß sie aufgebracht hervor. „*Du* bist doch schuld an dem Ganzen!"

Julia schluckte die Wut hinunter, die bei dieser Bemerkung in ihr aufgestiegen war. Sie wollte Anne nicht noch mehr aufbringen, auch wenn sie sich keiner Schuld bewusst war. „Lass uns in Ruhe darüber reden", bat sie. „Die Chance solltest du mir wenigstens geben."

Anne schien mit einem Mal verwirrt. Vermutlich hatte sie nicht damit gerechnet, dass Julia so ruhig bleiben würde. Sie ging ins Zimmer zurück, ließ die Tür jedoch offen und sank aufs Bett.

Julia folgte ihr und deutete auf einen Stuhl, der gegenüber vom Bett stand. „Darf ich mich setzen?"

Anne zuckte mit den Schultern. „Mach, was du willst", zischte sie.

Julia nahm Platz und sah Anne an, die ihrem Blick jedoch auswich. „Ich bin also schuld an allem", wiederholte sie Annes Worte. „Allerdings würde ich gerne wissen, was ich getan haben soll."

Anne ballte die Hände zu Fäusten, bis ihre Knöchel weiß hervortraten. „Seit du hier bist, höre ich von Stephan nichts anderes mehr als Julia hier und Julia da. Ich zähle doch für ihn überhaupt nicht mehr." Tränen standen in ihren Augen. „Dabei haben wir uns erst vor ein paar Tagen verlobt. Aber das ist ihm anscheinend völlig egal."

Julia spürte, dass ihr bei Annes Worten ein kalter Schauer über den Rücken lief. Nur, weil Stephan Julia ab und zu ein Kompliment gemacht hatte, stellte Anne ihre ganze Beziehung infrage? „Aber all das hat gar nichts zu bedeuten", entgegnete sie entschieden. „Stephan wollte mir sicher nur Mut machen, weil er gemerkt hat, wie unschlüssig ich noch bin wegen Südafrika. Das alles heißt doch nicht, dass er dich nicht mehr liebt. Glaubst du denn wirklich, er hätte sich sonst mit dir verlobt?"

Anne starrte auf ihre Hand, an der der silberne Verlobungsring steckte. „Ich weiß es nicht", murmelte sie tonlos. „Ich ertrage das einfach nicht." Sie stand auf. „Lass mich bitte allein", fügte sie leise hinzu.

Obwohl Julia am liebsten noch geblieben wäre, um Anne zu trösten, musste sie deren Wunsch doch respektieren. Sie hätte Anne gerne kurz in die Arme geschlossen, um ihr zu sagen, dass alles wieder gut werden würde, aber Annes abweisende Haltung ließ keinen Zweifel daran, dass ihr im Moment nicht nach Nähe war. Leise verließ Julia das Zimmer.

Draußen vor der Tür atmete sie erst einmal tief durch.

Annes beinahe krankhafte Eifersucht hatte sie zutiefst erschreckt. Diese Eifersucht ließ keinen vernünftigen Gedanken mehr zu, sondern erzeugte nur noch blinde Wut. Julia hoffte, dass Anne sich beruhigen und in ihrer Verblendung die Beziehung mit Stephan nicht zerstören würde.

„Wo warst du denn?", fragte Christa, die mit den anderen inzwischen wieder am Tisch saß.

„Ich ... ich war kurz bei Anne", entgegnete Julia und schluckte. „Sie ist ... sie hat ein bisschen Kopfschmerzen", fügte sie ausweichend hinzu. Die anderen mussten nicht wissen, was genau vorgefallen war. Ihrer Mutter würde sie später in ihrem Zimmer die Wahrheit sagen.

Stephan stand sofort auf und entschuldigte sich, um nach Anne zu sehen. Er kam jedoch nicht mehr zurück, obwohl sie noch eine ganze Weile draußen saßen.

Vielleicht haben sie sich ja versöhnt und wollen allein sein, dachte Julia.

Am nächsten Morgen zum Frühstück erschien Stephan allein. Seiner ausdruckslosen Miene war nicht zu entnehmen, ob er und Anne sich wieder vertragen hatten. Julia hätte sich gerne noch von Anne verabschiedet, aber es sollte wohl nicht sein.

Alle waren traurig, dass Julia und Christa an diesem Tag abreisten. Schließlich standen sie vor dem Geländewagen. Dumisani hatte darauf bestanden, sie zur nächsten Busstation zu fahren. Julia und Christa hatten Tränen in den Augen, als sie sich von den anderen verabschiedeten.

„Vergesst uns nicht", riefen alle, als Julia und Christa in den Wagen stiegen. Dann setzte sich der Geländewagen in Bewegung. Und Julia und Christa winkten – auch noch, als die anderen schon längst nicht mehr zu sehen waren.

An der kleinen Busstation stiegen sie aus, und Dumisani war nicht davon abzubringen, mit ihnen gemeinsam zu warten, bis der nächste Bus kam. Julia und Christa hatten sich nach einigem Hin und Her für den Minibus entschieden, weil er überallhin fuhr und am wenigsten kostete. Die beiden mussten ein bisschen sparen, denn sie wussten immer noch nicht, wie lange sie in diesem Land bleiben würden.

Von Dumisani fiel Julia der Abschied am schwersten, denn sie hatte das Gefühl, dass es sehr viel gab, was sie miteinander verband. „Danke für alles", sagte sie leise, bevor sie und Christa in den Bus stiegen.

Dumisani verstaute ihr Gepäck in der Sitzreihe hinter dem Fahrersitz. Er hatte ihnen geraten, sich gleich in die erste Reihe hinter den Fahrer zu setzen, weil die Minibusse, mit denen meist die Eingeborenen fuhren, oft überfüllt waren – so hatten sie zumindest genügend Platz für ihre Reisetaschen. Und tatsächlich war der Bus innerhalb kürzester Zeit bis auf den letzten Platz besetzt.

Julia reichte dem Fahrer die Münzen für die Fahrt. Die anderen Fahrgäste gaben ihr Geld von hinten nach vorne weiter und bekamen ihr Wechselgeld auf dem umgekehrten Weg wieder zurück.

Schließlich fuhren sie los, und Julia und Christa winkten Dumisani zu, der draußen stand. Julia sah, dass er lächelte, doch sein Blick zeigte deutlich, dass auch ihm dieser Abschied sehr schwerfiel.

„Ich glaube, dass wir hier richtige Freunde gefunden haben", sagte Christa, die Julias traurigen Gesichtsausdruck bemerkt hatte. „Wer weiß, vielleicht sehen wir sie eines Tages wieder."

Julia nickte nur. Die paar Tage auf Alex' Lodge würden für sie unvergesslich bleiben.

Sie fuhren auf der Hauptstraße am Indischen Ozean entlang, der tiefblau in der Sonne schimmerte. Hohe Palmen säumten die Straße, und der Wind, der vom Meer herüberwehte, trieb kleine weiße Wolken über den Himmel. Es war stickig in dem Bus, der keine Klimaanlage hatte. In halsbrecherischem Tempo raste der Fahrer die gewundene Küstenstraße entlang. Fast bereuten Julia und Christa schon, nicht mit einem der sehr viel bequemeren Greyhound-Busse gefahren zu sein, doch auf der anderen Seite wollten sie schließlich auch die Menschen dieses Landes kennenlernen.

Eine ältere rundliche Frau in einem bunten Kleid, die vorne in der anderen Sitzreihe saß, lächelte Julia und Christa freundlich an. *„Ukhuluma isiZulu?"*, fragte sie.

Julia lächelte ebenfalls, kramte schnell in ihrer Reisetasche und zog ihren Reiseführer heraus, den sie in den letzten Tagen nicht mehr gebraucht hatte. Doch jetzt waren sie und ihre Mutter wieder ganz auf sich allein gestellt. Sie blätterte in dem Buch. „Sie hat uns gefragt, ob wir Zulu sprechen", erklärte Julia schließlich ihrer Mutter und bedeutete der Frau dann mit den Händen, dass sie nur ein paar Worte auf Zulu kennen würden.

Die Frau lächelte wieder, griff in ihren großen Korb, den sie auf ihren Knien hielt, nahm eine große duftende Ananas heraus und gab sie Julia.

„*Ngiyabonga*", bedankte sich Julia.

In Amanzimtoti stieg die Frau schließlich aus, und Julia und Christa verabschiedeten sich freundlich von ihr: „*Hamba kahle.*"

„Der Name dieses Ortes geht übrigens auf den Zulukönig Shaka zurück", erzählte Julia, nachdem sie wieder losgefahren waren und sie in ihrem Reiseführer nachgeschaut hatte. „Denn nachdem er das Wasser des Flusses Umbogintwini getrunken hatte, soll er gesagt haben: *Kanti amanza mtoti.* Das Wasser ist süß."

Christa runzelte fragend die Stirn. „Und wer ist dieser Zulukönig Shaka? Ich vermute, er lebt nicht mehr, oder?"

Julia nickte. „Er hat vor rund zweihundert Jahren gelebt und war der Häuptling der Zulu. Er hat es geschafft, dass der Stamm von einem kleinen Clan zu einem mächtigen Volk wurde", erklärte Julia. „Er ist eine der bekanntesten Figuren aus der afrikanischen Geschichte, und noch heute feiern die Zulu jedes Jahr im September den König-Shaka-Tag."

Inzwischen hatte der Fahrer sein halsbrecherisches Tempo ein wenig gedrosselt, weil er bei dem dichten Verkehr nicht so schnell fahren konnte. Julia und Christa atmeten erleichtert auf. Mehr als einmal war ihnen vor Angst eine Gänsehaut über den Rücken gelaufen, wenn der Bus haarscharf an einer steil abfallenden Stelle vorbeigefahren war. Neugierig blickten sie nun aus dem Fenster. Ein Badeort reihte sich an den nächsten, mit wunderschönen Stränden und tiefblauem Meer. Auf der anderen Seite erstreckten sich weithin riesige Zuckerrohr- und Bananenplantagen.

Als sie an Umkomaas vorbeigefahren waren, erzählte Julia, dass es in der Nähe eine Farm gab, auf der Krokodile gezüchtet wurden. „Vielleicht können wir hier auf dem Rückweg mal aussteigen", schlug sie vor. Falls es einen Rückweg gibt, fügte sie in Gedanken hinzu.

Christa schüttelte sich. „Auf Krokodile bin ich eigentlich nicht besonders erpicht."

„Vielleicht sind dir ja dann die Stachelschweine lieber, die da hinten im Reservat leben", entgegnete Julia lächelnd und deutete auf die sanfte Hügellandschaft, die sich im Hintergrund erhob.

Auch Christa lächelte. „Weißt du, was mir jetzt am liebsten wäre? Mit dir bei Alex am Swimmingpool liegen." Sie wischte sich mit einem Taschentuch den Schweiß von der Stirn. Julia blickte ihre Mutter besorgt an.

Obwohl der kleine Bus nur zwölf Sitzplätze hatte, saßen inzwischen mindestens achtzehn Leute zusammengequetscht auf den Sitzen. Denn der Guard, der an der Schiebetür saß, hatte während der Fahrt durch die kleinen Orte immer wieder ihr Fahrtziel durch das geöffnete Fenster gerufen, um weitere Fahrgäste anzulocken. Ab und zu sprang er sogar aus dem Wagen, wenn er glaubte, einen möglichen Fahrgast entdeckt zu haben, und lud ihn persönlich ein, mitzufahren.

„Wenn wir in Port Shepstone sind, steigen wir in einen Greyhound um", schlug Julia vor, die gemerkt hatte, dass die Fahrt in diesem winzigen stickigen Bus für ihre Mutter auf Dauer zu anstrengend wurde. Und weil sie an diesem Tag noch ein ganzes Stück vor sich hatten, sollte Christa es so angenehm wie möglich haben. Ihr selbst gefiel die Fahrt – abgesehen von dem manchmal allzu waghalsigen Fahrstil des Mannes, der hinter dem Steuer saß. Auf diese Weise kam sie endlich ein bisschen mit den Eingeborenen in Kontakt, auch wenn sie sich nicht mit ihnen unterhalten konnte. Aber sie mochte die ausgelassene und fröhliche Stimmung in dem Bus, und sie nahm sich vor, so bald wie möglich mehr von der Sprache dieser Menschen zu lernen.

Sie fuhren weiter an der Küste entlang, die auf diesem Abschnitt als Sunshine Coast bezeichnet wurde und an der viele Südafrikaner während der Ferien ihren Urlaub verbrachten. Julia konnte dies nur zu gut verstehen, denn der wunderschöne Strand mit den hohen Palmen und den Meerschwimmbecken lockte sicher viele Menschen an. Auch Sporttaucher kamen hier auf ihre Kosten, denn die

Unterwasserwelt von Südafrika bot eine einmalige bunt schillernde Vielfalt. Und im Sommer konnten sie an dieser Küste die riesigen Sardinenschwärme beobachten, die zum Laichen hierherkamen. Auch für Wasserskifahrer und Surfer war diese Küste der ideale Platz, um sich richtig auszutoben. Auf der anderen Seite erstreckten sich immergrüne tropische Wälder, die zu langen Spaziergängen einluden. Und über alldem leuchtete der unendliche blaue Himmel.

Bei Mtwalume wechselte die Sunshine Coast dann zur Hibiscus Coast, und Julia und Christa bewunderten die bunte Farbenpracht der Blüten, die in Weiß, Rot und Rosa leuchteten. Als der kleine Bus schließlich auf Port Shepstone zufuhr, sagte Julia zu dem Fahrer: „Thank you, driver" – das Stichwort für ihn, dass sie aussteigen wollten. Dumisani hatte ihr dies noch gesagt, als er sie zur Busstation gebracht hatte. Sie nahmen ihr Gepäck, verabschiedeten sich und stiegen aus.

Christa atmete erleichtert auf. Endlich war sie der stickigen Luft entkommen. Obwohl es schon später Vormittag war und die Sonne hoch am Himmel stand, war es hier nicht so schwülheiß wie in Durban.

Julia bat ihre Mutter, auf die Reisetaschen aufzupassen, und ging zu einem kleinen Häuschen, um zu fragen, wann der nächste Überlandbus nach East London fahren würde. Denn diese Stadt, die weiter unten am Indischen Ozean lag, hatten sie sich als nächstes Reiseziel vorgenommen.

„In einer Stunde geht es weiter", sagte Julia, als sie zu

ihrer Mutter zurückkam.

Sie gingen zu einer Holzbank, die in der Nähe stand, und setzten sich. Julia zog zwei Wasserflaschen aus ihrer Reisetasche und gab eine ihrer Mutter. Nachdem sie getrunken hatten, zog sie die Ananas heraus, die die Frau im Bus ihnen geschenkt hatte.

„Wir hätten ein Taschenmesser mitnehmen sollen", meinte Christa und deutete auf die Frucht. „Dann könnten wir sie jetzt wenigstens schälen."

Plötzlich stand ein dunkelhäutiger Junge in kurzen Hosen vor ihnen. Er hatte einen Holzkarren dabei, auf dem große gelbe Melonen lagen. Er nahm eine heraus und hielt sie Julia und Christa mit strahlendem Gesicht hin.

Julia schüttelte lächelnd den Kopf. Was sollten sie mit einer großen Melone machen, wenn sie noch nicht einmal ein Messer hatten? Sie zeigte auf die Ananas und versuchte, dem Jungen mit Handzeichen klarzumachen, welches Problem sie hatten.

Schließlich grinste der Junge, griff in seine Hosentasche, zog ein Taschenmesser heraus und reichte es Julia. Zufrieden lehnte er sich an seinen Holzkarren und sah zu, wie sie die Ananas schälte.

„Jetzt müssen wir ihm aber auch eine Melone abkaufen", sagte Christa. „Sonst ist er noch beleidigt."

Julia nickte und deutete auf die Früchte in dem Holzkarren. „*Yimalini?*", fragte sie. „Wie viel kosten die?"

Der Junge erwiderte etwas auf Zulu, doch als er sah, dass Julia ihn nicht verstanden hatte, hob er zwei Finger.

Julia kramte in ihrem Umhängebeutel, nahm zwei Rand, was etwa zwanzig Cent entsprach, heraus und gab sie dem Jungen.

Er nahm das Geld, ließ es in seiner Hosentasche verschwinden und bedeutete Julia, ihm das Taschenmesser zurückzugeben.

„Und die Melone?", fragte Christa entgeistert, die glaubte, dass der Junge im nächsten Augenblick verschwinden würde. Stattdessen setzte er sich vor ihnen auf den Boden, nahm eine leuchtend gelbe Melone aus dem Holzkarren, schälte sie und schnitt sie in Scheiben, die er Julia und Christa reichte.

Lachend aßen sie die Melone und danach die Ananas, während der Junge sie neugierig beobachtete. Als sie fertig waren, deutete er mit der Hand über seine Schulter und sagte etwas auf Zulu.

„Ich glaube, er will uns was zeigen", sagte Julia.

Christa runzelte die Stirn. „Wir können doch nicht einfach mitgehen", erwiderte sie. „Der Bus kommt bald. Außerdem hat Alex extra noch mal gesagt, dass wir vorsichtig sein sollen."

Bevor Julia antworten konnte, lachte der Junge hell auf und zeigte wieder über seine Schulter. „Banana-Express", sagte er.

Julia lächelte und blickte ihre Mutter an. „Er will uns nur den Bananen-Express zeigen." Sie sah auf ihre Armbanduhr. „Wir haben noch mehr als eine halbe Stunde Zeit, Mama. Komm, lass uns mitgehen. Wir dürfen ja nicht hinter allem eine Gefahr vermuten."

Christa nickte. „Du hast ja recht." Sie lächelte verschmitzt. „Nur wer was riskiert, kann auch gewinnen."

Der Junge hatte ihre Reisetaschen bereits auf seinen Holzkarren geladen, mitten auf die Melonen. Als Julia ihm freundlich zunickte, ging er los, und sie folgten ihm.

Wenig später standen sie an einer kleinen Bahnstation. Eine knallrote alte Dampflok stand dort, und ein paar Männer luden gerade Bananen aus den Waggons, die sich hinter der Lok befanden.

Mit großen Augen schauten Julia und Christa zu. „Ich habe gelesen, dass der Banana-Express ab und zu auch Touristen mitnimmt", erzählte Julia. „Er schlängelt sich durch die Berge hoch an riesigen Zuckerrohr- und Bananenplantagen vorbei. Es muss eine abenteuerliche Fahrt sein."

Auch Christa war begeistert. „Ich würde ja zu gerne mal mitfahren, mit diesem alten Dampfzug", sagte sie.

„Das machen wir vielleicht noch", entgegnete Julia. „Aber jetzt müssen wir zurück, sonst fährt der Bus ohne uns."

Der Junge brachte sie zurück zur Busstation, und Julia und Christa bedankten sich bei ihm. Wenig später kam der große Überlandbus, und sie ließen sich zufrieden in die bequemen Sitze fallen. Es war angenehm kühl.

„Ab und zu ein bisschen Luxus kann ja auch nicht schaden", seufzte Christa und streckte die Beine aus. „Dann sparen wir eben woanders."

Julia merkte bald, wie komfortabel die Fahrt mit dem Greyhound war. Außer ihr und Christa saßen nur noch ein paar junge Rucksack-Touristen in dem großen Bus. Als sie am Nachmittag Coffee Bay erreichten, erklärte Julia ihrer Mutter, dass der Ortsname auf eine etwas seltsame Erklärung zurückzuführen sei. Ein Schiff sollte der Erzählung nach vor vielen Jahren hier auf Grund gelaufen sein und eine Ladung Kaffeebohnen verloren haben. „Die Bohnen wurden an Land gespült, und bald wuchsen hier Kaffeesträucher", sagte Julia. „Sie sind allerdings ziemlich schnell wieder eingegangen", fügte sie schmunzelnd hinzu.

„Schade", murmelte Christa schläfrig. „Einen Kaffee könnte ich jetzt nämlich gut gebrauchen." Ein paar Minuten später war sie eingeschlafen.

Julia hingegen war hellwach und blickte neugierig aus dem Fenster, um sich nichts von dieser wunderschönen Küstenlandschaft mit den schroffen Felsen entgehen zu lassen. Als die Sonne schließlich glutrot im Meer unterging und sich eine indigoblaue Dämmerung über das Land legte, die bald zu einem tiefen Schwarz wechselte, schloss auch Julia die Augen. Im Halbschlaf dachte sie noch einmal über die letzten Tage nach. Sie und ihre Mutter hatten so viel Neues entdeckt und richtige Freunde gefunden. In keinem Land, in dem Julia bisher mit ihrer Mutter gewesen war, hatte sie so etwas erlebt. Vielleicht ist es ja doch kein Zufall, dass wir hierhergekommen sind, dachte sie. Vielleicht hat dieses Land ja eine ganz besondere Bedeutung für uns – für mich.

Kurz vor East London wurden Julia und Christa ein wenig unsanft aus dem Schlaf gerissen. Der Busfahrer hatte abrupt bremsen müssen. Als Julia aus dem Fenster schaute, sah sie, dass ein paar Jugendliche lärmend über die Straße zogen. Erst als der Busfahrer laut hupte, räumten sie den Weg, und sie konnten weiterfahren. Wenig später hielten sie vor dem Hotel, in dem sie übernachten wollten. Julia hatte vor drei Tagen von Durban aus hier angerufen und ein Doppelzimmer reservieren lassen, damit sie nicht spätabends noch nach einem Zimmer suchen mussten. Auch Alex hatte ihnen dazu geraten, da es im Dunkeln sehr gefährlich sein konnte.

„Das sieht doch sehr nett aus", sagte Christa, als sie vor dem weiß gestrichenen Haus mit den kleinen Balkonen standen.

Als sie jedoch mit dem Mann an der Rezeption sprachen, erlebten sie eine böse Überraschung. Denn er wusste nichts von einer Reservierung.

„Das gibt's doch nicht!", stieß Julia entgeistert hervor und erklärte dem Mann auf Englisch, dass sie vor drei Tagen hier ein Zimmer reserviert hätte.

Der Mann bedauerte, aber er könne leider nichts machen. Alle Zimmer seien belegt. Dann schrieb er ihnen ein paar Namen von anderen Hotels auf, kreuzte sie auf einem Stadtplan an und reichte Julia die beiden Zettel.

„Wir finden bestimmt was", tröstete Julia ihre Mutter, als sie wieder draußen auf der dunklen Straße standen.

Christa blickte sie zweifelnd an. „Wir kennen uns doch überhaupt nicht aus in dieser Stadt", entgegnete sie, und Angst schwang in ihrer Stimme mit. „Außerdem ist es schon spät. Und wenn wir jetzt kein Zimmer mehr finden …"

Julia drückte ihre Mutter einen Augenblick an sich. „Wir haben immer alles zusammen geschafft, das weißt du doch. Und mit dem Stadtplan, den der Mann uns gegeben hat, werden wir uns schon zurechtfinden." Sie warf einen Blick auf den Plan, und sie gingen los. Schließlich kamen sie an einem Park vorbei, der mit seinen hohen Bäumen in der Dunkelheit gespenstisch wirkte. Die Straße war menschenleer, und nur das leise Plätschern des nahen Buffalo Rivers war zu hören.

„Das muss der Queen's Park sein", murmelte Julia, nachdem sie stehen geblieben war und kurz den Stadtplan studiert hatte.

Christa sah sie ängstlich an. „Lass uns weitergehen", wisperte sie und blickte sich um. „Wenn uns hier was passiert, kann uns niemand helfen."

Julia lächelte aufmunternd. „Wir sind gleich da." Sie deutete auf den Plan. „Hier die Straße links rein hat der Mann ein kleines Hotel angekreuzt." Sie wollte gerade weitergehen, als ihre Mutter unterdrückt aufschrie und auf einen Schatten auf der anderen Straßenseite deutete. Voller Panik umklammerte sie Julias Arm.

Auch Julia zuckte erschrocken zusammen. Doch als der Schatten sich näherte, sah sie, dass es nur ein Hund war, der allein durch die Straßen streunte. Erleichtert atmete sie auf. „Komm, Mama, der tut uns bestimmt nichts", sagte sie mit fester Stimme und zog ihre Mutter, die sich immer noch an sie klammerte, mit sich.

Als sie dann vor dem Hotel standen, waren die Türen verschlossen.

Und auch bei den anderen Hotels, die der Mann angestrichen hatte, hatten sie kein Glück. Alle waren belegt – es war Hauptsaison.

„Und was jetzt?", fragte Christa. Sie war den Tränen nahe.

Julia war ebenfalls nicht mehr ganz so zuversichtlich wie noch zu Anfang. Doch sie wollte nicht aufgeben, zumal sie wusste, dass sie nicht im Freien übernachten konnten. Sie deutete auf eine kleine Bar auf der gegenüberliegenden Straßenseite. „Komm, wir trinken was, und dann frag ich dort mal, ob es noch eine Möglichkeit gibt, ein Zimmer zu finden."

Zigarettenqualm schlug ihnen entgegen, als sie die Tür zu der Bar öffneten. Ein paar Männer saßen an der Theke vor ihren Drinks. Es roch nach abgestandenem Bier. Als Julia und Christa eintraten, sahen ein paar der Männer sich neugierig nach ihnen um. Doch sie achteten nicht weiter auf die Blicke, sondern setzten sich an einen der Tische, die gegenüber der Theke standen.

„Ich glaube kaum, dass wir hier Glück haben", murmelte Christa resigniert.

„Wart's doch erst mal ab", entgegnete Julia, obwohl

auch sie ihre Zweifel hatte. Denn der Wirt, der hinter der Theke stand und ihnen einen missmutigen Blick zugeworfen hatte, wirkte nicht gerade, als ob er sich darum riss, ihnen helfen zu dürfen. Mit seinem leicht aufgedunsenen, fast kalkweißen Gesicht, das umrahmt war von wirren rötlichen Haaren, sah er so aus, als ob er selbst schon einiges getrunken hatte. Aber vielleicht täuschte das auch. Allerdings machte er keinerlei Anstalten, an ihren Tisch zu kommen.

Julia wartete noch einen Moment, dann stand sie auf, ging zur Theke, sah den griesgrämigen Wirt freundlich an und bestellte auf Englisch zwei Kaffee. Ihn noch zu fragen, ob er vielleicht ein Zimmer wüsste, dazu kam sie gar nicht mehr, da der Mann sich bereits abgewandt hatte und sich an der Kaffeemaschine zu schaffen machte. Sie wollte eben zurück an ihren Tisch gehen, als sie merkte, dass einer der Männer, die an der Theke saßen, sie angrinste. Er hatte lange dunkle Haare, und sein abgetragenes Hemd spannte über dem feisten Bauch.

„Die junge Lady ist aus Deutschland, wie?", sagte er mit etwas schwerer Zunge auf Deutsch. „Das erkennt man sofort an Ihrem Englisch."

Da Julia nicht unfreundlich sein wollte, lächelte sie den Mann verhalten an. Erst jetzt wurde ihr bewusst, dass sich nur Weiße in dieser Bar befanden. Ob die Eingeborenen hier keinen Zutritt haben, fragte sich Julia. Sie wusste ja, dass es trotz der Aufhebung des Apartheid-Regimes noch viel zu viel Diskriminierung in diesem Land gab, die immer wieder zu Auseinandersetzungen und gewaltsamen Übergriffen führte.

Inzwischen hatte der Wirt zwei Kaffee vor Julia auf die Theke gestellt und kassierte gleich ab. Wortlos verschwand er durch eine hölzerne Schwingtür nach hinten. Julia nahm die beiden Tassen und ging zu ihrer Mutter zurück.

„Den Wirt kann man wohl vergessen", stellte Christa, die alles beobachtet hatte, betrübt fest.

Julia nickte und nahm einen Schluck von ihrem Kaffee. „Aber irgendwo muss es doch noch ein Zimmer geben", sagte sie und merkte im gleichen Augenblick, dass sie ein wenig zu laut gesprochen hatte. Als sie von ihrer Tasse aufschaute, stand plötzlich der Mann vor ihrem Tisch, der sie an der Theke angesprochen hatte. Er hielt sein Bierglas in der Hand und deutete mit dem Kopf auf einen freien Stuhl. „Kann ich mich setzen?" Bevor Julia etwas erwidern konnte, hatte er schon Platz genommen.

„Ich hab mitgekriegt, dass Sie ein Zimmer suchen", begann er. „Ich wüsste da was für sie." Er grinste und nahm einen Schluck von seinem Bier.

Julia warf ihrer Mutter einen verstohlenen Blick zu. Die schien diesem Mann genauso wenig zu trauen wie sie selbst. Auf der anderen Seite hatten sie keine Wahl, wollten sie nicht irgendwo draußen auf der Straße schlafen. „Und was ist das für ein Zimmer?", fragte sie.

„Ist ein kleines Stück zu gehen von hier", entgegnete er. „Aber ich kann Sie hinbringen. Wollte sowieso gleich los."

Julia deutete auf den Stadtplan, der vor ihr auf dem Tisch lag. „Sagen Sie uns einfach, wohin wir müssen, dann brauchen Sie nicht extra mitzugehen." Bei dem Gedanken, diesem Mann draußen in der Dunkelheit ausgeliefert zu sein, wurde ihr schlecht. Wer weiß, wohin er uns führt, dachte sie.

Der Mann winkte ab. „Ist schon okay", sagte er. „Ich wohne sowieso ganz in der Nähe." Er setzte ein schiefes Grinsen auf. „Keine Angst, Ladies, ich tu Ihnen schon nichts."

Wieder warf Julia einen Blick zu ihrer Mutter. Und als die zögernd nickte, sagte sie: „Also gut."

Wenig später folgten sie dem Mann durch die dunklen Straßen. Er ging voraus, während Julia und Christa ein wenig Abstand zu ihm hielten. Denn sollten sie merken, dass er sie in eine Falle locken wollte, hatten sie so die Hoffnung, ihm noch entwischen zu können. Doch der Mann achtete nicht weiter auf sie, sondern ging unbeirrt voran.

Die Gegend, in die er sie führte, wirkte nicht besonders einladend. Im fahlen Licht der Straßenlaterne sah Julia, dass die Häuser einen heruntergekommenen Eindruck machten. Schließlich blieb der Mann vor einem zweistöckigen Haus stehen, an dem bereits der Putz abbröckelte. „Da wären wir", sagte er, öffnete die Tür und trat in den Hausflur. Als er merkte, dass Julia und Christa ihm nicht folgten, drehte er sich um. „Na, was ist jetzt, Ladies? Wollen Sie ein Zimmer oder nicht?"

Christa warf Julia einen Blick zu, der keinen Zweifel daran ließ, dass sie Angst hatte.

Auch Julia war alles andere als wohl bei der Sache. Draußen auf der Straße würden sie im Notfall noch weglaufen können, doch waren sie einmal in diesem Haus, dürfte es schwierig werden. Sie nickte ihrer Mutter zu. „Warte du hier draußen", sagte sie. „Ich bin gleich wieder zurück." Sollte der Mann ihr etwas Böses wollen, hätte Christa so vielleicht die Möglichkeit, Hilfe zu holen. Bevor ihre Mutter einen Einwand erheben konnte, war Julia im Haus verschwunden. Sie folgte dem Mann durch den spärlich beleuchteten Flur, in dem es nach Essen roch. Am Ende des Flurs war eine kleine Rezeption, die jedoch nicht besetzt war. Der Mann knallte mit der Faust auf eine Klingel. Kurz darauf erschien eine Frau, die auffallende Ähnlichkeit mit ihm hatte. „Ich bring dir Gäste, Lucy", sagte der Mann und deutete mit dem Kopf auf Julia. „Draußen steht noch eine Lady. Aber die traut mir wohl überhaupt nicht über den Weg."

Lucy grinste. „Das würde ich auch nicht, wenn ich dich nicht kennen würde." Lächelnd wandte sie sich an Julia. „Ein Doppelzimmer?", fragte sie freundlich.

Julia nickte. Sollten sie hier tatsächlich Glück haben?

Lucy nahm einen Schlüssel von dem Brett an der Wand und legte ihn auf den Tresen. „Ist zwar nicht unbedingt ein Fünfsternehotel", meinte sie, „aber Hauptsache, Sie haben ein Dach über dem Kopf."

Julia bedankte sich. „Dann sag ich mal schnell meiner

Mutter Bescheid ..."

„Das kann mein Bruder machen", entgegnete Lucy und nickte dem Mann zu. Der verschwand sofort nach draußen und kam kurz darauf mit Christa zurück.

Julia sah, wie erleichtert ihre Mutter war, genau wie sie selbst. Ganz offensichtlich hatten sie dem Mann mit ihrem Misstrauen Unrecht getan, denn er hatte ihnen tatsächlich nur helfen wollen. Julia lächelte ihn freundlich an. „Danke, dass Sie uns hierher gebracht haben."

Der Mann winkte ab. „Konnte Sie schließlich nicht auf der Straße schlafen lassen." Damit verschwand er.

Als Julia und Christa dann in ihrem Zimmer waren, ließen sie sich müde auf das breite Bett fallen.

„Es ist zwar lange nicht so schön wie bei Alex", murmelte Christa, „aber ich bin froh, dass wir überhaupt was haben."

Das Zimmer war mit einfachen Holzmöbeln eingerichtet. Dazu gehörte ein winzig kleines Badezimmer und ein Balkon, der zur Straße zeigte. Julia hatte die Balkontür geöffnet, als sie hereingekommen waren, weil es in dem Zimmer ziemlich stickig war.

Julia und Christa wollten soeben ihre Nachthemden aus den Reisetaschen nehmen, als sie einen lauten Schrei hörten. Erschrocken fuhren sie zusammen.

Christa griff nach Julias Arm und sah sie mit Panik in den Augen an. „War das bei uns im Haus?", fragte sie mit zitternder Stimme.

Julia zwang sich, ruhig zu bleiben, obwohl sie merkte,

dass die Angst sie fest im Griff hatte. Doch sie wusste, dass ihre Mutter in solchen Augenblicken unfähig war, auch nur einen klaren Gedanken zu fassen. Und wenn sie selbst ihre Aufregung zeigte, würde ihre Mutter überhaupt nicht mehr zu beruhigen sein. „Ich glaube, es kam aus dem Nachbarhaus", sagte sie und drückte ihre Mutter an sich. „Uns passiert schon nichts", tröstete sie.

Trotzdem ging sie zur Tür, um noch einmal nachzusehen, ob sie tatsächlich abgeschlossen war.

Dann ging sie zum Balkon und blickte vorsichtig hinaus auf die dunkle Straße. In diesem Moment sah sie, wie zwei jüngere Männer aus dem Haus stürmten und in der Dunkelheit der Nacht verschwanden. Irgendetwas musste in dem Nebenhaus passiert sein. Sie drehte sich wieder zu ihrer Mutter um, ohne ihr etwas von dem, was sie gesehen hatte, zu erzählen, denn es würde sie nur noch mehr in Panik versetzen. „Bleib hier oben im Zimmer", sagte sie. „Ich gehe runter zu Lucy. Wir müssen die Polizei rufen."

Ohne noch weiter auf ihre Mutter zu achten, die sie zurückhalten wollte, verließ Julia das Zimmer. Als sie unten zur Rezeption kam, legte Lucy gerade den Telefonhörer auf die Gabel und sah Julia fragend an.

„Brauchen Sie sonst noch irgendwas?", fragte sie freundlich.

Julia schüttelte den Kopf. „Wir haben einen Schrei gehört", erklärte sie. „Und dann habe ich gesehen, wie zwei jüngere Männer aus dem Haus nebenan kamen und weggerannt sind. Wir müssen die Polizei …"

„Schon erledigt", unterbrach Lucy und sah Julia mit ruhigem Blick an. „Keine Sorge, sie sind gleich da."

Julia wunderte sich, wie gelassen Lucy wirkte. Ob es sie tatsächlich kaltließ, was da im Nebenhaus geschehen war? Vermutlich war dort jemand überfallen, vielleicht sogar verletzt worden.

Lucy sah sie mit ernster Miene an. „Ich weiß, was Sie denken", sagte sie. „Als ich vor sechs Jahren mit meinem Bruder aus Deutschland in dieses Land kam, bin ich auch jedes Mal zu Tode erschrocken, wenn etwas passiert war. Und jedes Mal habe ich mir geschworen, nach Deutschland zurückzugehen. Trotzdem bin ich geblieben." Sie zuckte mit den Schultern. „Irgendwie gewöhnt man sich daran." Sie legte kurz ihre Hand auf Julias Arm. „Gehen Sie schlafen. Mit der Polizei im Nebenhaus wird diese Nacht bestimmt nichts mehr passieren."

Als Julia später im Bett lag und endlich die regelmäßigen Atemzüge ihrer Mutter hörte, seufzte sie erleichtert auf. Sie hatte Mühe gehabt, ihre Mutter zu beruhigen. Jetzt dachte sie wieder an Lucys Worte. *Irgendwie gewöhnt man sich daran*, hatte sie gesagt. Doch Julia wusste, dass sie sich nie daran gewöhnen würde, sich nie daran gewöhnen *wollte*. Und das nicht nur deshalb, weil sie die Gefahr fürchtete, sondern weil viele der Straftaten auf die Kluft zwischen Arm und Reich zurückzuführen waren. Sollten sie tatsächlich in Südafrika bleiben, müsste sie dieser Tatsache jeden Tag ins Auge sehen. Irgendwas muss man doch tun können, dachte sie. Irgendetwas, um diesen Menschen zu helfen, den Kindern, die in zerlumpten Kleidern an der Straße standen und bettelten. Es dauerte lange, bis Julia endlich in einen unruhigen Schlaf fiel.

9. KAPITEL

Am nächsten Tag erkundeten Julia und Christa East London. Im hellen Tageslicht sah das Viertel, in dem sie wohnten, nicht mehr so heruntergekommen und Angst einflößend aus. Gegen die prachtvollen Häuser in den anderen Vierteln konnte es jedoch nicht ankommen. Großzügig angelegte Villen mit riesigen Gärten, gepflegte Parks und Grünanlagen mit üppig wachsenden tropischen Pflanzen und historische Gebäude, wie die eindrucksvolle City Hall, die in Weiß und Zinnoberrot erstrahlte und mit ihren Bogengängen, Zinnen und dem alten Glockenturm einen imposanten Anblick bot, beherrschen das Stadtbild.

Schließlich schlenderten sie auch durch den Queen's Park, der ihnen in der Nacht noch so furchterregend erschienen war. Julia musste lächeln, als sie an dem kleinen Zoo vorbeikamen und sie die Kinder sah, die mit leuchtenden Augen auf ihren Ponys an ihnen vorbeiritten. Unwillkürlich musste sie an Dumisanis Worte denken. „Manchmal hilft es, die Dinge aus einem anderen Blickwinkel zu betrachten", hatte er gesagt. „Dann verlieren sie ihren Schrecken." Ja, für Julia hatte diese Stadt, nun, da sie sie ein bisschen besser kannte, tatsächlich ihren Schrecken verloren. Doch könnte ihre Mutter das genauso sehen? Würde sie überhaupt jemals in der Lage sein, in diesem Land zu leben? Julia konnte sich noch zu gut an die panische Angst ihrer Mutter erinnern, nachdem sie den Schrei gehört hatten. Hätte Julia sie nicht festgehalten, wäre sie kopflos aus dem Zimmer gerannt, ohne zu wissen, wohin. Auch wenn sie in Südafrika sicher nicht in ständiger Gefahr leben würden, wusste Julia doch, dass sie vorsichtig sein mussten. Ob ihre Mutter mit diesem Wissen allerdings hier würde leben können, bezweifelte Julia inzwischen. Traurig seufzte sie auf. In Südafrika zu leben, würde vermutlich immer nur ein Traum bleiben, ein wunderschöner Traum.

„Was ist denn?", fragte Christa, die Julias bedrückte Miene bemerkt hatte.

Julia setzte schnell ein Lächeln auf. „Ach nichts", wiegelte sie ab. Sie wollte im Augenblick nicht mit ihrer Mutter über dieses Thema sprechen. Zum einen, weil sie den Tag unbeschwert genießen wollte, zum anderen, weil sie befürchtete, dass Christa nach den Erlebnissen der vergangenen Nacht endgültig Nein zu Südafrika sagen könnte. „Komm, lass uns eine Hafenrundfahrt machen", schlug sie vor. „Und danach gehen wir an den Strand und lassen es uns richtig gut gehen." Das wird Mama bestimmt auf andere Gedanken bringen, dachte sie – und wenn sie erst einmal wieder sieht, wie viel Schönes dieses Land zu bieten hat, kann ich mit ihr ganz vernünftig über meine Idee reden.

Bei der Hafenrundfahrt erfuhren sie dann, dass der Stadtbezirk Buffalo City hieß. Der Name war auf den breiten Fluss von East London zurückzuführen, den die Eingeborenen *Konka,* Büffel, genannt hatten. „Die Küste von East London hält übrigens einen traurigen Rekord", erklärte der Guard auf Englisch. „Zweiundachtzig Schiffe sind hier auf Grund gelaufen, das letzte vor etwa dreißig Jahren."

Christa seufzte. „Siehst du, diese Stadt bringt kein Glück", sagte sie und sah Julia bittend an. „Lass uns weg von hier, ja? Seit gestern hab ich nur noch Angst. Ich halte das einfach nicht aus."

Julia zog ihre Mutter in die Arme. Sie konnte nur hoffen, dass sie sich bald wieder beruhigte und ihre Lebensfreude wiederfand – und auch die Abenteuerlust, die sie sonst vor nichts zurückschrecken ließ. Denn in ihrer jetzigen Verfassung würden sie die Reise vielleicht sogar abbrechen müssen. Und dieser Gedanke stimmte Julia sehr traurig.

„Bis jetzt sind wir doch auch gut zurechtgekommen", warf Julia ein.

„Ja, sicher", entgegnete Christa. „Aber da waren die anderen dabei. Alex und Max und ..."

„Und du meinst, dass wir beide allein nicht klarkommen?", unterbrach Julia plötzlich verärgert, weil ihre Mutter ihr offenbar genauso wenig zutraute wie sich selbst. „Und wie wär's, wenn wir uns beweisen, was in uns steckt? Wenn wir uns nicht unterkriegen lassen, sondern uns behaupten?"

Christa blickte sie mit großen Augen an. So hatte Julia noch nie mit ihr gesprochen. „Na ja, das ist ja gut und schön", entgegnete sie. „Doch wie soll ich mich bitte schön behaupten, wenn mir jemand ein Messer unter die Nase hält?"

Gegen ihren Willen musste Julia lachen. „Mama, bist du schon jemals in deinem Leben mit einem Messer bedroht worden?"

Christa schüttelte den Kopf. „Nein", gab sie kleinlaut zu, „aber hier in Südafrika ..."

„Ist alles ein bisschen anders", warf Julia ein. „Ich weiß. Das heißt jedoch noch lange nicht, dass wir deswegen weglaufen müssen."

Christa schien froh, dass das Boot in diesem Augenblick wieder im Hafen anlegte und sie gebeten wurden auszusteigen. Denn sie wollte offensichtlich nicht weiter über dieses Thema sprechen.

Am Nachmittag gingen sie an den Strand, und endlich schien Christa sich ein bisschen beruhigt zu haben. Ausgelassen sprang sie mit Julia in die hohen Wellen und ließ sich lachend an den Strand spülen. Dann lagen sie unter dem großen Sonnenschirm aus Bast, den sie sich ausgeliehen hatten.

„So gefällt mir das Leben", seufzte Christa und räkelte sich genüsslich.

Julia nickte nur. Wenn es nach ihrer Mutter ginge, so durfte es im Leben gar keine Probleme geben. Aber das gehört nun mal dazu, dachte Julia, und wir könnten zumindest versuchen, einen kleinen Teil dazu beizutragen, dass es ein paar Probleme weniger gibt – und das vielleicht sogar hier in diesem Land, in dem es so viele Menschen gibt, die dringend Hilfe brauchen.

Abends aßen sie in einem einfachen kleinen Restaurant, das unweit ihres Hotels lag. Denn Christa hatte sich geweigert, im Dunkeln mit dem Bus in die Innenstadt zu fahren, wie Julia es vorgeschlagen hatte.

„Hier schmeckt es doch genauso gut", sagte Christa, als sie den ersten Bissen von ihrem Bobotie, einem Auflauf aus Lammhackfleisch, Curry, verschiedenen Früchten und Eiermilch, gegessen hatte.

Julia nickte. Der Auflauf schmeckte tatsächlich köstlich. Trotzdem hätte sie sich das bunte Treiben in den abendlichen Straßen von East London zu gerne angeschaut. Doch ihre Mutter hatte sich strikt geweigert. „Ich will lebend wieder nach Hause kommen", hatte sie gesagt.

„Nach Hause?", fragte Julia. „Du meinst, ins Hotel?"

Christa schwieg einen Moment. Dann schüttelte sie langsam den Kopf. „Nein, ich meine unser richtiges Zuhause. In Deutschland."

Julia zuckte zusammen. Ihre Mutter wollte also wirklich wieder zurück. Julia spürte, dass ein Gefühl der Trauer in ihr aufstieg, als müsste sie bald von etwas Abschied nehmen, das ihr sehr wichtig geworden war.

Schweigend beendeten sie ihr Mahl. Es schien, als gäbe es nichts mehr zu sagen. Julias Traum war mit einem Schlag zerplatzt und hatte eine schmerzliche Leere in ihr zurückgelassen.

Als sie später in ihr kleines Hotel kamen, stand Lucys Bruder an der Rezeption und unterhielt sich mit seiner Schwester.

„Na, wie gefällt's Ihnen in East London?", fragte er, nachdem Julia und Christa eingetreten waren. Ohne eine Antwort abzuwarten, fuhr er fort: „Die beiden Jungs, die gestern nebenan eingebrochen haben, sind übrigens geschnappt worden. Ich kenne die zwei. Sie sind aus der Nachbarschaft." Er zuckte mit den Schultern. „Viel ist in unserer Gegend ja nicht zu holen, aber sie nehmen eben alles, was sie kriegen können."

„Weil sie nichts haben", warf Lucy ein. „Da ist *wenig* immer noch mehr als *gar nichts.*" Sie gab Julia den Zimmerschlüssel und sah sie einen Moment lang an. „Wahrscheinlich wird das immer so sein. Die einen haben zu viel und die anderen zu wenig."

„Und trotzdem sollten wir uns nicht so einfach damit abfinden", entgegnete Julia nachdenklich, ohne jedoch zu wissen, was sie gegen diese Ungerechtigkeit unternehmen könnte. Aber sie nahm sich vor, diesen Gedanken weiter zu verfolgen. Vielleicht könnte sie irgendwann ein paar Menschen helfen, damit es ihnen wieder besser ging und auch sie endlich wieder glücklich leben konnten.

Am nächsten Tag fuhren sie mit dem Bus zum Mpongo Game Reserve. Der kleine Wildpark lag ein Stück außerhalb der Stadt. Julia freute sich sehr auf den Besuch in diesem Reservat, weil es dort neben vielen verschiedenen Vögeln und kleineren Wildtieren Giraffen und Löwen gab.

Auch Christa schien an diesem Tag wieder gelassener. Dass die beiden Jungen, die zwei Nächte zuvor im Haus nebenan eingebrochen hatten, bereits gefasst worden waren, hatte sie offensichtlich etwas beruhigt.

Im Reservat schlossen sie sich einer kleinen Gruppe an und fuhren, angeführt von einem Safariguide, mit einem Geländewagen los. Julia merkte, dass ihre Mutter zunehmend auftaute und sich bald angeregt mit einem der anderen Teilnehmer dieser Tour unterhielt, ohne allzu viel von dem, was sich ihr draußen bot, mitzubekommen. Julia konnte sich ein Lächeln nicht verkneifen. Wenn ihre Mutter in angenehmer Gesellschaft war, konzentrierte sie sich nur noch darauf, und alles um sie herum war mit einem Mal nicht mehr so wichtig.

Als jedoch die erste Giraffe zu sehen war, blickte auch Christa neugierig aus dem Fenster und vergaß völlig, dass der Mann neben ihr, mit dem sie sich unterhalten hatte, ihre gerade eine Frage gestellt hatte.

Die Giraffe stand unter einer hohen Akazie und zupfte mit ihrem Maul Blätter ab.

„Akazienblätter fressen sie besonders gern", erklärte der Safariguide und erzählte, dass eine Giraffe jeden Tag bis zu dreißig Kilo Nahrung zu sich nehmen würde. „Und bis sie genügend gefressen hat, vergehen zwischen sechzehn und zwanzig Stunden. Wenn man bedenkt, dass ein ausgewachsener Giraffenbulle bis zu neunhundert Kilo wiegt und fünfeinhalb Meter groß ist, kann man sich leicht vorstellen, warum diese Tiere so viel fressen müssen."

„Gibt es denn hier im Reservat noch mehr Giraffen?", fragte Christa.

Der Safariguide nickte. „Ja, noch einige. Giraffen sind allerdings Einzelgänger. Manchmal leben sie aber auch in losen Rudeln zusammen."

Fasziniert beobachtete Julia das wunderschöne Tier mit dem herrlich gefleckten goldbraunen Fell. Plötzlich schien seine Aufmerksamkeit auf etwas anderes gelenkt worden zu sein. Die Giraffe verharrte einen Moment reglos, dann lief sie mit weit ausholenden Schritten davon und war so schnell verschwunden, als hätte die Grassavanne sie verschluckt.

Der Safariguide lachte, als er Julias erstaunte Miene sah. „Giraffen sind sehr schnell", erklärte er. „Auf kürzere Distanzen sind sie sogar schneller als ein Rennpferd."

„Und dabei laufen sie auch noch sehr elegant", schwärmte Julia.

„Nicht umsonst heißt Giraffe ja auch ‚die Liebliche'", erwiderte der Safariguide. „Das Wort stammt übrigens aus dem Arabischen."

Julia saugte all diese Informationen gierig in sich auf. Auch wenn ihre Mutter nicht in Südafrika bleiben wollte, könnte sie selbst vielleicht in ein paar Jahren zurückkehren und sich doch noch ihren Traum erfüllen, hier zu leben und als Safariguide zu arbeiten. Und dann könnte sie all das, was sie jetzt erfuhr, sicher sehr gut gebrauchen.

Endlich sah Julia auch die Löwen, auf die sie sich so sehr gefreut hatte. Es war ein Rudel von etwa zehn Tieren. Julia wusste, dass Löwen, im Gegensatz zu den anderen Großkatzen, die eher Einzelgänger waren, meist im Rudel lebten. Ein bis drei ausgewachsene Männchen gehörten dazu, Weibchen und ihre Jungen. Wie groß ein Rudel war, hing allerdings auch von der Größe des Reviers und der Anzahl der Beutetiere ab. Fasziniert beobachtete sie den majestätisch aussehenden Löwen mit seinem goldgelben Fell und der langen dunklen Mähne.

„Es gibt auch Löwen mit helleren und kürzeren Mähnen", sagte der Safariguide. „Eine lange dunkle Mähne ist ein Zeichen von guter Verfassung und Kampfeskraft. Die Weibchen bevorzugen dementsprechend auch diese Männchen."

Mit leuchtenden Augen sah Julia den beiden Jungtieren zu, die ausgelassen herumtobten. Ein Junges näherte sich mit ausgelassenen Sprüngen dem Löwen, der auf dem Bauch lag und den Kleinen mit trägem Blick beobachtete. Das andere Junge war zu einem der Weibchen gerannt und kletterte mit unbeholfenen Bewegungen über deren Rücken.

Julia war so gebannt, dass sie fast vergessen hätte, ein paar Fotos zu machen. Hastig nahm sie ihre Kamera aus dem Rucksack.

„Sie müssen sich nicht beeilen", sagte der Safariguide. „Die Löwen laufen ganz sicher nicht so schnell weg wie die Giraffe eben. Sie sind satt und faul, und sie sind froh, dass sie ihre Ruhe haben."

Während Julia ein paar Fotos machte, erzählte der Guide, dass Löwen meist in der Dunkelheit oder in den frühen Morgenstunden auf Jagd gingen. „Allerdings jagen meistens nur die Weibchen", fügte er hinzu. „Die Männchen sind nur in Ausnahmefällen dabei, wenn zum Beispiel sehr große Beutetiere wie Büffel angegriffen werden." Er lächelte verschmitzt. „Als Ausgleich dürfen die Männchen dann als Erste fressen, vor den Weibchen und den Jungen, die zum Schluss drankommen."

Noch ganz erfüllt von diesem Erlebnis kehrten Julia und Christa am Abend in ihr Hotel zurück. Christa ließ sich müde auf das Bett fallen. „Schade, dass wir morgen schon wieder weiterfahren", erklärte sie. „Irgendwie gefällt's mir hier jetzt doch."

Julia warf ihrer Mutter einen verstohlenen Blick zu. Sie schien sich tatsächlich sehr wohlzufühlen. Und dazu hatte sicher nicht nur ihre Tour durch das kleine Wildreservat beigetragen, sondern auch Lucy, die sie mit einem Abendessen überrascht hatte, als sie gekommen waren. Christa hatte sie gebeten, sich zu ihnen zu setzen. Sie und Lucy hatten sich angeregt unterhalten und einige Gemeinsamkeiten entdeckt. Auch Lucy hatte früher als Stewardess gearbeitet und war danach erst einmal kreuz und quer durch die Welt gereist, bevor sie nach Südafrika gekommen war. „Ich liebe einfach das Abenteuer", hatte sie gesagt und hatte damit bei Christa offene Türen eingerannt.

„Vielleicht sollten wir doch noch ein bisschen länger in Südafrika bleiben", sagte Christa jetzt. „Ich meine, es gibt hier so viel Interessantes zu sehen. Und so nette Menschen wie in diesem Land habe ich schon lange nicht mehr getroffen."

Julia nickte nur. Sie wollte sich nicht der Hoffnung hingeben, dass ihre Mutter sich tatsächlich umentschieden hatte – weil Christa ihre Meinung schnell wieder ändern konnte, wenn ihre Stimmung umschlug oder etwas Unvorhergesehenes passierte. Zudem war Julia sich noch immer nicht sicher, ob sie tatsächlich für immer in Südafrika bleiben würde, auch wenn ihr Herz inzwischen schon eine Entscheidung getroffen hatte.

Am nächsten Tag brachen sie früh am Morgen auf und fuhren mit dem Bus durch Amatola, das Hinterland von East London. Julia erzählte ihrer Mutter, dass in diesem Gebiet früher die Xhosa gelebt hätten, ein südafrikanisches Volk, das vor der Kolonialisierung hier ihr Vieh gezüchtet hatte. „Vor mehr als zweihundert Jahren kam es dann zu blutigen Auseinandersetzungen zwischen den Xhosa und den Buren, da beide das Weideland für ihr Vieh forderten. Die Xhosa wurden schließlich aus ihren ursprünglichen Lebensgebieten verdrängt. Ihnen und auch den anderen Eingeborenen wurde in der Folge nur ein kleiner Teil dieses Landes zugesprochen, während die weißen Siedler den größten Teil für sich beanspruchten."

Christa sah sie entsetzt an. „Aber das ist doch eine himmelschreiende Ungerechtigkeit", sagte sie aufgebracht. „Man kann diesen Menschen doch nicht einfach ihr Land nehmen."

„Und doch ist es passiert", entgegnete Julia.

In King William's Town stiegen sie dann aus und schlenderten über den kleinen Marktplatz, auf dem die Händler ihre Stände aufgebaut hatten und die verschiedensten Dinge lauthals anpriesen – handgewebte bunte Teppiche, kunstvoll bemalte Tonkrüge oder Holzschnitzereien.

An einem Stand mit Perlenschmuck blieb Christa stehen. „Sind die nicht wunderschön?", sagte sie begeistert und deutete auf die bunten Perlenketten. „Was meinst du, ob ich uns beiden eine kaufen soll?"

Julia lachte. „Warum denn nicht? So teuer werden sie bestimmt nicht sein." Sie handelte mit dem Verkäufer den Preis aus, während Christa zwei Ketten aussuchte.

„Die steht dir wirklich gut", bemerkte Julia, nachdem sie beide ihre Ketten umgelegt hatten.

Christa lächelte verschmitzt. „Jetzt passe ich doch wenigstens richtig hierher." Als Julia sie mit großen Augen ansah, zuckte Christa mit den Schultern. „Warum denn nicht? Das neulich Abend musst du nicht so ernst nehmen. Manchmal reagiere ich vielleicht ein bisschen übertrieben."

Julia hätte fast gelacht. Ein *bisschen* ist sicher ziemlich untertrieben, dachte sie, verkniff sich jedoch die Bemerkung. Denn sie war mehr als froh, dass im Augenblick alles so entspannt war.

Gegen Mittag kamen sie dann in Grahamstown an, einer größeren Stadt mit sehr schönen, reizvollen viktorianischen Häusern. Grahamstown war wegen seiner vielen Kirchen auch als „Stadt der Heiligen" bekannt. Früher die Hauptstadt des Settler Country, des Siedlerlandes, wo Anfang des 19. Jahrhunderts weiße Siedler und Xhosa aufeinanderstießen, hatte Grahamstown sich mit seiner bekannten Universität inzwischen zu einem bedeutenden kulturellen Zentrum des Landes entwickelt. Die ärmlichen Townships der Xhosa auf der anderen Seite des Flusses standen dazu in krassem Gegensatz und zeugten einmal mehr davon, dass auch hier die weißen Siedler die vielen blutigen Auseinandersetzungen für sich entschieden hatten.

Julia wusste um all diese Dinge, doch sie wollte ihrer Mutter nichts davon erzählen, um sie nicht erneut in Aufregung zu versetzen. Stattdessen schlenderten sie durch das gepflegte Stadtzentrum mit den hübschen Cafés, wo viele junge Leute draußen unter den großen hellen Sonnenschirmen saßen und sich angeregt unterhielten. Als sie dann an einem Reisebüro vorbeikamen, fiel Julias Blick auf ein Plakat, auf dem ein Nashorn mit seinem Jungen abgebildet war. „Thomas Baines Nature Reserve" stand in großen Buchstaben darüber.

„Was meinst du, soll ich mal fragen, ob wir heute noch eine Tour durch das Reservat machen können?", fragte Julia und sah ihre Mutter an.

Christa schüttelte lachend den Kopf. „Du kannst wohl

gar nicht genug bekommen von den Tieren." Sie zuckte mit den Schultern. „Na schön, von mir aus. Dann frag aber gleich nach einem Zimmer für uns. Denn heute kommen wir bestimmt nicht mehr bis nach Port Elizabeth." Diese Stadt am Indischen Ozean sollte ihr nächstes Ziel sein. Lucy hat für sie dort ein Zimmer reserviert.

Eine Viertelstunde später kam Julia aus dem Reisebüro und strahlte. „Ich hab ein schönes Zimmer für uns, ganz in der Nähe. Und der Bus zum Reservat fährt hier in zehn Minuten los."

„Wie du das wieder alles geschafft hast", meinte Christa anerkennend.

Julia winkte lässig ab. „Du weißt doch, wenn ich mir mal was in den Kopf gesetzt habe ..."

Sie warteten draußen vor dem Reisebüro. Ungeduldig blickte Julia wieder und wieder auf ihre Armbanduhr. Als der Bus nach einer halben Stunde noch immer nicht da war, meinte sie: „Ich frag mal nach, was da los ist. Vielleicht habe ich mich ja in der Zeit geirrt." Doch als sie wenig später mit der Angestellten im Reisebüro sprach, erfuhr sie, dass es einen Unfall mit dem Bus gegeben hatte. Der Busfahrer hatte einem entgegenkommenden Fahrzeug ausweichen müssen.

„Es ist doch hoffentlich nichts Schlimmes passiert?", fragte Julia entsetzt. Sie merkte, dass die Angestellte mehr wusste, es jedoch offensichtlich nicht sagen wollte. Stattdessen erklärte sie nur mit Bedauern in der Stimme: „Tut mir sehr leid, aber die Tour für heute Nachmittag muss leider ausfallen."

„Können Sie dann bitte auch das Zimmer für mich und meine Mutter wieder abbestellen?", bat Julia, weil sie jetzt keinen Grund mehr hatten, länger in Grahamstown zu bleiben.

Die Angestellte nickte und bedauerte noch einmal, dass die Tour ins Reservat nicht stattfinden konnte.

„Was ist denn?", fragte Christa, als Julia aus dem Reisebüro kam.

Julia schwieg einen Moment. Sie wollte ihrer Mutter nicht sagen, dass es einen Unfall gegeben hatte, um sie nicht zu beunruhigen. „Ich muss die Frau im Büro wohl falsch verstanden haben", entgegnete sie ausweichend. „Die nächste Tour findet erst morgen statt."

Mitfühlend legte Christa ihr die Hand auf den Arm. „Schade. Du hattest dich schon so darauf gefreut, nicht wahr?"

Als sie im Bus nach Port Elizabeth saßen, merkte Julia, dass ihre Mutter sie ab und zu von der Seite anblickte, ohne jedoch etwas zu sagen. „Was hast du, Mama?", fragte sie schließlich, weil sie natürlich gemerkt hatte, dass Christa etwas auf dem Herzen hatte.

„Na ja ... ich hab mir nur überlegt ...", begann Christa stockend. „Ich meine, wenn ich nicht wäre, würde dir die Entscheidung bestimmt nicht schwerfallen."

Fragend sah Julia ihre Mutter an. „Welche Entscheidung meinst du?"

Christa starrte auf ihre Hände. „Hierzubleiben, in Südafrika", entgegnete sie leise. „Ich merke doch, wie sehr das alles dich fasziniert – die Tiere, das Land … ich glaube, ich habe dich noch nie so begeistert gesehen." Sie hielt einen Augenblick inne. „Vielleicht gehörst du ja tatsächlich hierher", fügte sie hinzu.

Julia schluckte. „Ja, vielleicht. Aber ich kann und will das nicht allein entscheiden." Sie sah ihre Mutter an. „Es stimmt. All das, was ich hier gesehen habe, fasziniert mich. Und wenn ich daran denke, dass wir schon bald alles wieder hinter uns lassen müssen …" Sie stockte. „Ich will, dass du auch glücklich bist, Mama, nicht nur ich. Dass wir beide zusammen glücklich sind, an welchem Ort der Welt auch immer das sein mag."

Christa blickte versonnen aus dem Fenster. „Ja, genau das möchte ich auch. Und solange wir beide zusammenhalten, schaffen wir das auch."

Julia dachte noch eine ganze Zeit über das nach, was ihre Mutter gesagt hatte. Hatte Christa sie wegen der abgesagten Tour, auf die Julia sich so gefreut hatte, nur trösten wollen? Oder hatte sie gespürt, wie sehr ihr, Julia, dieses Land inzwischen ans Herz gewachsen war? Julia wusste es nicht. Es gab Zeiten, da war ihre Mutter so mit sich selbst beschäftigt, dass sie kaum etwas davon mitbekam, was in ihrer Tochter vorging. Und dann wieder schien sie ganz genau zu spüren, was Julia bewegte, ohne dass diese ein Wort gesagt hatte.

„Wir beide finden schon den richtigen Weg", sagte Christa plötzlich in ihr Schweigen hinein.

Julia lächelte sie liebevoll an. In diesem Moment hatte sie das Gefühl, dass ihre Mutter sie verstanden hatte.

Am frühen Abend kamen sie in Port Elizabeth an, einer Großstadt am Indischen Ozean. Ein kühler Wind wehte vom Meer herüber, der die drückende Schwüle des Tages vertrieben hatte.

„Hoffentlich erleben wir nicht wieder eine böse Überraschung mit unserem Zimmer", sagte Christa, als sie aus dem Bus stiegen.

„Ganz sicher nicht", entgegnete Julia. „Lucy hat das Zimmer ja für uns reserviert. Und der Besitzer der Pension ist ein Freund von ihr, hat sie gesagt." Sie nahm den Faltplan von Port Elizabeth, den Lucy ihr mitgegeben hatte, aus ihrer Reisetasche und suchte die Straße, in der die Pension lag. Dann gingen sie los. Es dämmerte schon, doch in den Straßen waren so viele Menschen unterwegs, dass Christa diesmal keine Angst hatte.

Die Pension war ein hübsches, weiß und rot gestrichenes Haus mit Vorgarten, das in einer ruhigen Seitenstraße abseits des Verkehrslärms lag. Auch das Zimmer mit den hellen Rattanmöbeln gefiel ihnen. Sie packten ihre Sachen aus und gingen kurz darauf in das Restaurant, das ganz in der Nähe der Pension lag. Sie hatten den ganzen Tag kaum etwas gegessen. Voller Vorfreude bestellten sie indisches Curry aus Lammfleisch. Als schließlich aufgetragen wurde, musste Christa lachen. „Ich glaube, wenn wir das alles gegessen haben, brauchen wir drei Tage nichts mehr." Zu dem Curry waren verschiedene Chutneys in kleinen Schüsseln serviert worden, Tomatensalat, frisches Brot, Karottensalat mit Rosinen und Joghurt mit kleinen Gurkenstückchen.

„Morgen sehen wir uns den Nationalpark an", schlug Christa vor, nachdem sie einen Schluck von dem kühlen Ananas-Lassi getrunken hatte. „Da siehst du dann ganz bestimmt Nashörner."

Julia brach sich ein Stück von dem köstlich duftenden frischen Brot ab. „Ja, und wenn wir Glück haben, sehen wir auch die anderen der Big Five – Leoparden, Büffel, Löwen und natürlich Elefanten."

Christa klatschte ausgelassen in die Hände. „Weißt du was? Ich freue mich mindestens genauso auf die Tour morgen wie du. Irgendwie hast du mich mit deiner Begeisterung für die Tiere richtig angesteckt."

Nach dem Frühstück am nächsten Morgen fuhren sie mit dem Bus zum Greater Addo Elephant National Park, der etwa siebzig Kilometer von Port Elizabeth entfernt zwischen der Zuurbergen und dem Tal des Sundays River lag. Der Park umfasste ein riesiges Gebiet, das in den nächsten Jahren noch erweitert werden sollte, um all den bedrohten Tieren einen geschützten und freien Lebensraum bieten zu können.

Julia und Christa schlossen sich einer kleinen Touristengruppe aus Deutschland an. Der Safariguide, der ihnen zugeteilt worden war, war diesmal eine Frau von etwa dreißig Jahren mit kurzen roten Haaren und einem offenen, sympathischen Lächeln. Sie stellte sich als Jennifer vor und bat die Teilnehmer, sich an ihre Anweisungen zu halten. „Zum Schutz der Tiere und natürlich auch zu Ihrem eigenen Schutz", sagte sie lächelnd, bevor sie den dunkelhäutigen Fahrer bat loszufahren.

Die Fahrt ging durch eine sanfte Hügellandschaft, die von frischem grünen Gras und dornigen Büschen bewachsen war. Dazwischen leuchtete immer wieder goldrote Erde auf. Jennifer erklärte, dass dieser Nationalpark eine einzigartige Stellung im Kampf um den Erhalt der Elefanten einnehmen würde. „Noch zu Anfang des 19. Jahrhunderts durchstreiften riesige Elefantenherden das östliche Kapland, in dem wir uns hier befinden", erzählte sie. „Als dann jedoch immer mehr Farmer dieses Gebiet besiedelten, entstanden die ersten Probleme. Denn das Buschland, das zuvor der Lebensraum der Elefanten gewesen war, schrumpfte mehr und mehr, und die Tiere konnten schließlich nur noch auf das Farmland ausweichen, wo sie die Ernte verwüsteten. Auf Beschluss der Regierung wurden schließlich fast alle Elefanten ausgerottet, und nur dem Protest der Öffentlichkeit war es zu verdanken, dass noch ein paar überlebten."

„Und wie viele Elefanten gibt es heute hier im Park?", fragte Julia.

„Etwa vierhundert", entgegnete Jennifer. „Leider haben viele Elefanten durch die gnadenlose Jagd nach dem Elfenbein ihr Leben lassen müssen", fügte sie hinzu, während sie einen schmalen Weg entlangfuhren, der gesäumt war von saftig grünen Palmen und hellen Sumpfpflanzen.

Plötzlich hob Jennifer die Hand. Der Fahrer blieb sofort stehen. Nicht weit von ihnen entfernt, bei einer Gruppe von Speckbäumen, stand eine Elefantenherde mit mehreren Kühen und ein paar kleinen Kälbern, die übermütig zwischen den stämmigen Beinen der Kühe herumtollten. Die Leitkuh stand reglos da, als würde sie die fremden Besucher beobachten, um herauszufinden, was sie vorhatten. Erst nach einer Weile ging sie zusammen mit den anderen zu einem nahe gelegenen Wasserloch, um zu trinken.

Fasziniert beobachtete Julia, wie die gewaltigen Elefanten mit ihrem langen Rüssel das Wasser aufsaugten.

„Der Rüssel dient übrigens nicht nur dazu, Wasser und Nahrung aufzunehmen", erklärte Jennifer, „sondern kann neben der Aufnahme von Gerüchen und dem Tasten auch als Werkzeug benutzt werden. Und im Notfall auch als Waffe."

Langsam fuhren sie weiter, vorbei an einer Herde Löwen, die im Gras lagen. Die Tiere beachteten sie jedoch nicht, da sie viel zu sehr damit beschäftigt waren, ihre Beute zu fressen. Und die Kudus, die in hohen eleganten Sprüngen über die Grassteppe setzten, hatten im Augenblick ebenfalls nicht zu befürchten, von den Raubtieren angegriffen zu werden.

Am Sundays River entdeckten sie schließlich ein paar Krokodile, die träge im warmen Ufersand lagen und sich genüsslich sonnten.

„Das ist ein richtiges Paradies für die Tiere hier", sagte Julia ehrfürchtig, als sie langsam weiter durch das Grasland fuhren.

Jennifer nickte. „Hier können sie alle leben, ohne sich vor ihren größten Feinden fürchten zu müssen. Den Menschen."

„Aber die Tiere töten sich doch gegenseitig auch", warf ein älterer Mann ein.

„Ja, natürlich", entgegnete Jennifer. „Doch ganz sicher nicht aus Habgier oder skrupelloser Gedankenlosigkeit, nur weil sie ihren Spaß bei der Jagd haben wollen. Sie töten, damit sie selbst überleben können. Und das ist der kleine, aber entscheidende Unterschied."

Julia spürte, wie viel Jennifer an den Tieren lag. Für sie war das nicht nur ein Job, um Geld zu verdienen. Ganz offensichtlich liebte Jennifer die Tiere, genau wie Julia.

Gegen Mittag hielten sie an einem Restaurant, um eine Kleinigkeit zu essen und zu trinken. Julia hätte sich zu gern ein bisschen mit Jennifer unterhalten, doch der ältere Herr hatte sie völlig in Beschlag genommen und stritt mit ihr immer noch darüber, ob der Mensch tatsächlich der größte Feind der Wildtiere war.

Christa war inzwischen aufgestanden, nachdem sie ihr Sandwich gegessen hatte, und kam kurz darauf mit einer Ansichtskarte zurück, die sie aus einem kleinen Ständer, der neben der Kasse stand, ausgesucht hatte. „Die schicken wir Alex und den anderen", schlug sie vor. „Damit sie wissen, dass es uns gut geht." Bevor sie wieder in den

Geländewagen stiegen, warfen sie die Ansichtskarte in den kleinen Postkasten, der draußen am Restaurant hing.

Am Nachmittag sah Julia, nachdem sie ein Stück gefahren waren, endlich auch Nashörner. Die gewaltigen Tiere wälzten sich bei einem Wasserloch im Schlamm und schienen von den Besuchern, die in sicherer Entfernung neugierig aus den Fenstern des Wagens blickten, überhaupt keine Notiz zu nehmen.

„Kühlen die Nashörner sich in dem Schlamm ab?", fragte Christa neugierig.

Jennifer nickte. „Das auch, ja. Aber sie brauchen den Schlamm vor allem, um sich vor Insekten zu schützen. Außerdem verschließt der Schlamm kleinere Wunden, die sie sich zugezogen haben."

Julia deutete auf ein Nashorn, das abseits des Wasserlochs stand. Ein paar kleine Vögel saßen auf seinem Rücken und pickten mit ihren Schnäbeln in die dicke graue Haut des Nashorns. „Das sind Madenhacker, nicht wahr?"

„Ganz genau", bestätigte Jennifer. „Die kleinen Vögel hacken die Maden aus der Haut. Die Nashörner lassen sie gewähren, weil die Vögel sie dafür warnen, wenn eine Gefahr droht, indem sie laut schreien und davonfliegen."

„Wenn es dann nicht schon zu spät ist", warf Christa nachdenklich ein. „So schwerfällig und träge wie die Nashörner aussehen, können sie doch wohl kaum schnell genug fliehen."

Jennifer schüttelte lächelnd den Kopf. „Das täuscht.

Nashörner können sehr schnell laufen. Bis zu fünfzig Kilometer in der Stunde. Sie können sogar Berge erklimmen, auch wenn man es ihnen nie zutrauen würde."

Für Julia ging dieser ereignisreiche Tag viel zu schnell zu Ende. Sie hatten neben vielen anderen kleineren Tieren noch eine große Büffelherde gesehen und schließlich sogar einen Leoparden mit wunderschön goldbraun geflecktem Fell entdeckt. Er saß in dem hohen Steppengras. Unvermittelt machte er einen riesigen Satz zu einem Baum, der in der Nähe stand, krallte sich an dem Stamm fest und war wenig später in dem dichten Blätterwerk verschwunden. Julia wusste, dass Leoparden oft in den Bäumen versteckt lagen und auf Beute lauerten, die sie dann mit einem gezielten Angriff überraschten.

Als sie wieder vor dem Büro draußen am Park hielten, bedankten Julia und Christa sich bei Jennifer für die wunderschöne Tour. Dann stiegen sie in den Bus, der die Gruppe zurück nach Port Elizabeth bringen würde.

„Jennifer ist wirklich mit ganzem Herzen dabei", sagte Julia versonnen.

Christa schwieg einen Moment. „Genau wie du", entgegnete sie schließlich. „Du würdest es genauso gut machen wie sie. Das weiß ich." Sie legte ihre Hand auf Julias Arm. „Wer weiß, was das Leben noch für Überraschungen bereithält. Für dich und für mich."

Julia und Christa blieben noch ein paar Tage in Port Elizabeth, das ihnen sehr gut gefiel. Sie fuhren mit einem

Boot zur Insel Santa Cruz und bestaunten die große Pinguinkolonie. Im Nelson Mandela Metropolitan Art Museum, das im St. George's Park lag, bewunderten sie die Werke südafrikanischer Künstler. Und schließlich konnte Christa sich auch noch ihren kleinen Traum erfüllen, endlich einmal mit einem alten Dampfzug zu fahren, dem Apple Express, mit dem früher Obst von den Anbaugebieten westlich der Stadt zum Hafen transportiert worden war. Christa klatschte begeistert in die Hände, als die kleine grüne Dampflok losfuhr. Auf der Van-Stadens-Brücke, mit siebenundsiebzig Metern die höchste Schmalspurbrücke der Welt, hielt der kleine Dampfzug an, weil Wasser nachgetankt werden musste. Wagemutig stiegen Julia und Christa aus und schauten hinunter in die Schlucht, die weit unter ihnen lag.

Am letzten Abend in Port Elizabeth saßen sie auf ihrer kleinen Terrasse, die an ihr Zimmer grenzte. Üppig wachsende Bougainvilleen mit leuchtend rosa Blüten rankten sich an der Hauswand empor. Julia schaute zu den riesigen Wolkentürmen, die von der untergehenden Sonne in ein leuchtend rotgoldenes Licht getaucht wurden. Sie musste an die Worte ihrer Mutter denken. „Wer weiß, was das Leben noch für Überraschungen bereithält", hatte sie gesagt. Diese Worte versprachen alles – und auch wieder nichts. Trotzdem wollte Julia an ihrem Traum festhalten, denn sie wusste, dass dieses Land sie nie mehr loslassen würde.

10. KAPITEL

Früh am nächsten Morgen nahmen Julia und Christa den Bus, der sie nach Beaufort West bringen würde, einer Stadt, die im Zentrum der Großen Karoo lag. Die schnurgerade Straße führte an der Zuurbergen vorbei, die in der hellen Morgensonne orangefarben aufleuchteten. Mittags machte die Gruppe, mit der Julia und Christa in dem Bus reisten, eine kurze Pause in Graaf-Reinet, einer der schönsten Städte des Landes, die inmitten der wilden Schönheit der Karoo lag, am Fuß der majestätischen Sneeuberg-Kette.

Dann fuhren sie weiter, durch eine unendlich weite Steppenlandschaft. Nur hin und wieder sahen sie in der Ferne riesige Farmen, auf denen Strauße oder Schafe gezüchtet wurden. Gegen Abend kamen sie in Beaufort West an, der Hauptstadt der Großen Karoo.

Julia und Christa waren sich schnell einig, dass sie nur eine Nacht bleiben würden, als sie merkten, dass die Hauptverbindungsstraße zwischen Kapstadt und Johannesburg mitten durch die Stadt führte. Riesige Trucks fuhren durch die Straßen und verpesteten die Luft mit ihrem Gestank. Und das kleine Hotel, in dem Julia und Christa ein Zimmer gefunden hatten, lag unweit der Hauptstraße. Auch wenn sie wussten, dass sie in dieser Nacht kaum Ruhe finden würden, wollten sie sich die gute Laune nicht verderben lassen.

„Morgen fahren wir gleich weiter und suchen uns irgendwo eine nette Lodge", sagte Julia, als sie mit ihrer Mutter in einem kleinen Restaurant beim Essen saß.

Christa nickte. „So eine wie die von Alex. Das wäre wunderschön."

Julia nahm einen Bissen von ihrem scharfen Gemüseauflauf. „Ich denke auch immer wieder an die Zeit bei Alex", sagte sie, nachdem sie den Bissen hinuntergeschluckt hatte. „Wie es den anderen wohl gehen mag? Den Zwillingen, Sabine und Laura ..."

„Denen geht's wunderbar", hörten sie in diesem Moment eine Stimme.

Erschrocken drehten Julia und Christa sich um. „Stephan?", riefen sie gleichzeitig und sahen ihn entgeistert an.

Stephan grinste schief. „Ihr scheint euch ja gar nicht zu freuen, mich zu sehen", meinte er augenzwinkernd.

Christa sprang als Erste auf und umarmte ihn. „Und ob wir uns freuen", rief sie und drückte ihm überschwänglich einen Kuss auf die Wange.

Auch Julia umarmte ihn, wenn auch verhaltener, weil sie vermutete, dass Anne jeden Augenblick erscheinen würde. Und sie wollte deren Eifersucht nicht erneut schüren.

Stephan setzte sich zu ihnen an den Tisch, bestellte sich ein Bier und erzählte, dass er auf dem Weg zu seinem Bruder sei, der in der Kleinen Karoo lebte und dort Merinoschafe züchtete. „Ich wusste, dass wir uns wiedertreffen würden", sagte er lächelnd. „Irgendwie habe ich es geahnt."

Julia merkte, dass auch er sich über dieses Wiedersehen aufrichtig freute. Trotzdem entging ihr nicht, dass ein trauriger Zug seine Mundwinkel umspielte, wenn er sich unbeobachtet glaubte. Und auch ihrer Mutter schien dies nicht entgangen zu sein, denn entgegen ihrer sonst manchmal sehr direkten Art hielt sie sich diesmal zurück und fragte nicht, ob Anne mitgekommen sei.

Als ob er ihre mitfühlenden Blicke gespürt hätte, lachte Stephan plötzlich auf und erzählte unvermittelt von den anderen. „Dumisani hat immer wieder von euch gesprochen, und Alex übrigens auch", sagte er. „Ich glaube, die beiden vermissen euch sehr. Wir alle haben euch vermisst. Max und Reinhard sind vor ein paar Tagen ebenfalls weitergefahren. Und Katrin und Andrea haben beide einen Job als Safariguide gefunden."

„Und Sabine und Laura?", fragte Julia neugierig.

Stephans Augen leuchteten jetzt in ehrlicher Freude auf. „Die beiden werden wohl noch ein bisschen länger auf der Lodge bleiben, bei Alex. Vielleicht sogar für immer."

„Das ist ja wunderbar", sagte Julia begeistert. „Sabine und Alex werden bestimmt glücklich miteinander."

Nachdenklich starrte Stephan in sein Bierglas. „Ja, das wünsche ich den beiden, von ganzem Herzen. Sie haben es verdient."

„Jeder hat es verdient, glücklich zu werden", warf Julia ein.

Stephan sah von seinem Bier auf. „Vielleicht", entgegnete er mit ernstem Gesicht. „Aber nicht jeder schafft es, sein Glück auch festzuhalten."

Julia hatte den Schmerz gespürt, der in seinen Worten lag. Sie zögerte einen Moment, weil sie sich nicht sicher war, ob er über das, was ihn bedrückte, sprechen wollte. Doch dann entschied sie sich, Stephan zu fragen, denn vielleicht wäre er ja froh darüber, wenn er all das loswerden konnte, was ihn belastete. „Du sprichst von Anne, nicht wahr?", sagte sie leise.

Stephan nickte langsam. „Ich weiß auch nicht, warum das alles so kommen musste", sagte er. „Ich liebe sie doch … aber anscheinend reicht das nicht aus …" Er stockte und fuhr mit der Hand über die Tischplatte. Niedergeschlagen sah er Julia und Christa an. „Entschuldigt bitte, ich will euch nicht mit meinen Problemen belasten …"

„Was redest du denn da?", unterbrach Christa. „Wir sind doch Freunde, oder etwa nicht? Und Freunde sind dazu da, dass man ihnen sein Herz ausschütten kann."

Stephan lächelte kurz und wurde wieder ernst. „Wir … wir haben uns gestritten, Anne und ich, nachdem ihr beide abgereist seid", begann er stockend. „Anne hat mir vorgeworfen, dass ich mich nicht genug um sie kümmern würde. Und sie hat bezweifelt, dass ich sie überhaupt liebe." Er schluckte. „Dabei ist mir noch nie im Leben eine Frau so wichtig gewesen wie Anne. Ich würde alles tun, um sie wieder zurückzugewinnen."

„Ist Anne denn nicht mit dir hierhergekommen?",

fragte Julia, obwohl sie die Antwort eigentlich schon kannte.

Stephan schüttelte den Kopf. „Sie ist ... nach unserem Streit hat sie die Koffer gepackt." Er hielt kurz inne. „Anne ist nach Deutschland zurückgeflogen", fügte er mit rauer Stimme hinzu. „Und ihren Verlobungsring ... sie hat den Ring auf dem Nachttisch liegen lassen." Müde hob er die Schultern. „Das war's dann wohl."

Julia spürte, wie verzweifelt er war, obwohl er dies zu überspielen versuchte. Ganz offensichtlich glaubte er, Anne verloren zu haben. „Aber du willst dich doch nicht einfach so damit abfinden, oder?", fragte sie.

Stephan sah sie traurig an. „Was soll ich denn noch machen? Ich habe alles versucht, Anne zurückzuhalten. Doch sie wollte nicht. Sie hat gesagt, dass sie nichts mehr mit mir zu tun haben will. Nie mehr."

Gedankenversunken schwiegen sie eine Weile. Julia überlegte, ob Stephan wohl wusste, dass sie mit Anne gesprochen hatte, doch sie vermutete, dass Anne ihm nichts davon gesagt hatte. Vielleicht wusste Stephan ja noch nicht einmal, warum Anne so reagiert hatte. „Erinnerst du dich an den Abend, als Anne plötzlich verschwunden ist?", begann sie.

Stephan nickte nachdenklich. „Sie hatte starke Kopfschmerzen."

„Das waren keine Kopfschmerzen, Stephan", sagte Julia. „Anne war eifersüchtig ... auf mich ..."

„Aber das ist doch lächerlich", unterbrach Stephan heftig. „Sie hatte doch überhaupt keinen Grund dazu."

„Natürlich nicht", entgegnete Julia. „Doch Anne hat das etwas anders gesehen. Sie hat geglaubt, dass du mir mehr Aufmerksamkeit schenkst als ihr. Wobei es dabei gar nicht mal unbedingt um mich ging", fügte sie hinzu. „Anne ist, glaube ich, überhaupt eifersüchtig, wenn du dich mit anderen Frauen unterhältst oder vielleicht sogar mit ihnen flirtest."

„Warum denn nur?", überlegte Stephan und dachte einen Moment lang nach. „Natürlich habe ich das auch gemerkt, aber ich hab sie dann damit aufgezogen, weil ich dachte, sie spürt auf die Weise, wie wenig mir die anderen Frauen bedeuten."

„Ich glaube, es wäre besser, wenn du Annes Eifersucht ernst nimmst", gab Julia zu bedenken. „Sonst fühlt sie sich möglicherweise noch mehr gekränkt." Sie sah Stephan eindringlich an. „Du solltest mit ihr darüber sprechen und klären, warum sie so reagiert. Vielleicht hat sie ja nie erleben dürfen, dass jemand sie aufrichtig liebt. Und deshalb zweifelt sie an deiner Liebe, selbst wenn sie gar keinen Grund dazu hat."

Stephan schüttelte den Kopf. „Ich hab alles falsch gemacht. Und jetzt habe ich wohl die Quittung dafür bekommen."

Christa, die eine Zeit lang schweigend zugehört hatte, hob abwehrend die Hand. „So darfst du nicht denken", erklärte sie entschieden. „Im Moment ist nur wichtig, dass du das Richtige tust."

Julia warf ihrer Mutter einen verstohlenen Blick zu. Sie war erstaunt über deren Worte – denn eigentlich neigte Christa selbst immer dazu, sich an allem die Schuld zu geben, um dann viel zu schnell zu resignieren. Vielleicht hatte sie an Stephans Haltung erkannt, dass man sich mit einer solchen Einstellung nur selbst schade.

„Und was ist das Richtige?", fragte Stephan ein wenig ratlos. „Ich habe doch schon alles versucht …"

„Lass Anne ein bisschen Zeit", schlug Julia vor. „Und dann geh zu ihr und zeige ihr, dass du sie ernst nimmst, auch mit ihrer Eifersucht. So wird sie merken, wie viel dir an ihr liegt." Aufmunternd sah sie Stephan an. „Anne liebt dich, das darfst du nie vergessen."

Zweifelnd runzelte Stephan die Stirn. „Meinst du wirklich? Dann wäre ja doch noch nicht alles zu spät."

Julia lächelte. „Es ist ganz bestimmt nicht zu spät für dich und Anne. Ihr beide gehört zusammen, das weißt du. Und Anne weiß es auch."

Sie saßen noch eine ganze Weile zusammen und unterhielten sich. Stephan wirkte inzwischen viel entspannter. Offensichtlich hatte er erkannt, dass er die Hoffnung zu schnell aufgegeben hatte. „Und was habt ihr beide vor?", fragte er schließlich. „Wollt ihr hier in der Stadt bleiben?"

Christa schüttelte lachend den Kopf. „Ganz bestimmt nicht. Wir haben ein Zimmer direkt an der Hauptstraße. Morgen fahren wir weiter, durch die Große Karoo. Wir haben uns schon nach einem Mietwagen erkundigt. Und du? Was hast du vor?"

Stephan zögerte einen Augenblick mit seiner Antwort. „Da will ich auch hin", entgegnete er. „Meint ihr ... also wenn wir zusammen ... nur ein, zwei Tage, bis ich zu meinem Bruder fahre." Er hielt kurz inne. „Nicht, dass ich euch auf die Nerven gehen will, aber es würde mich auf andere Gedanken bringen, wenn ich nicht allein bin."

Julia warf ihrer Mutter einen kurzen Blick zu und merkte, dass sie über Stephans Bitte genauso dachte wie sie selbst. „Wir würden uns freuen, wenn du mitkommst", sagte sie.

Ein Lächeln breitete sich auf Stephans Gesicht aus. Er schien erleichtert zu sein. „Ich bin froh, dass ich euch getroffen habe", sagte er aufatmend. „Ihr habt mich daran erinnert, dass das Leben weitergeht."

Stephan brachte sie noch zu ihrem kleinen Hotel. „Dann bis morgen", sagte er. „Und danke, für alles."

Als Julia und Christa am nächsten Morgen das Frühstückszimmer ihres kleinen Hotels betraten, war Stephan schon da. „Na, wie habt ihr geschlafen?", fragte er aufgeräumt. „Bei all den Trucks, die ‚mitten durch euer Zimmer' gefahren sind?"

Julia lachte. „So schlimm war es auch wieder nicht. Aber wir sind trotzdem froh, wenn wir wieder ein bisschen Ruhe haben."

„Davon könnt ihr in der Karoo mehr als genug bekommen", entgegnete Stephan.

Nach dem Frühstück fuhren sie schließlich los. Stephan hatte sich in Durban einen großen Jeep gemietet, in dem er auch geschlafen hatte, wie er erzählte.

„Ist das nicht zu gefährlich?", fragte Christa, nachdem sie vorne auf dem Beifahrersitz Platz genommen hatte, während Julia es sich auf der Rückbank bequem machte.

Stephan winkte ab. „Ach was, wenn man sich ein bisschen auskennt, ist das alles halb so wild in Südafrika. Natürlich muss man vorsichtig sein, aber man sollte sich auch nicht einschüchtern lassen. Sonst überlässt man der Angst die Herrschaft und kann all das, was dieses Land zu bieten hat, gar nicht mehr genießen."

Julia sah, dass ihre Mutter nickte. Dabei hatte sie noch vor wenigen Tagen die Reise fast abbrechen wollen – weil sie plötzlich vor allem und jedem Angst gehabt hatte.

„Du hast völlig recht, Stephan", erwiderte Christa. „Man darf sich nicht einschüchtern lassen. Sonst kommt man nie zu etwas im Leben."

Mama ist doch immer wieder für eine Überraschung gut, dachte Julia und musste lächeln. Vielleicht hatten ihre Mutter und sie ja nicht nur Stephan geholfen, sondern auch umgekehrt.

Kaum hatten sie die Stadt hinter sich gelassen, öffnete sich ihnen die unendliche Weite des Karoo National Parks. An dem großen Haupttor bekamen sie ihr Ticket, und Stephan wurde darauf hingewiesen, sich an das Tempolimit im Park zu halten.

Langsam fuhren sie über die schmale geteerte Straße.

Das sonnengetrocknete Savannengras, das sich zu beiden Seiten der Straßen erstreckte, leuchtete wie ein gelber Teppich in dem hellen Licht. Vereinzelt wuchsen Aloen und Akazien, und im Hintergrund erhoben sich die Nuweveldberge.

Eine Herde Oryxantilopen kreuzte plötzlich ihren Weg, und Stephan blieb sofort stehen. Das hellbraune Fell der Tiere mit dem schwarzen Streifen auf dem Rücken und der typischen schwarzen Gesichtsmaske schimmerte in der Sonne.

„Mit ihren langen spitzen Hörnern können die Oryxantilopen sogar den Löwen gefährlich werden", sagte Stephan.

„Aber sie sind keine Fleischfresser", meinte Julia und schaute den Tieren begeistert zu, wie sie über die sonnenverbrannte Erde liefen und bald hinter den dornigen Büschen verschwunden waren.

„Stimmt", entgegnete Stephan. „Sie fressen Gras, Wurzeln und Früchte. Allerdings äsen sie vorwiegend nachts, weil die Pflanzen dann mehr Wasser enthalten."

Immer wieder wurde die flache Steppenlandschaft von sanften Hügeln oder bizarren Felsformationen, die in einem fast unwirklichen Blau schimmerten, durchbrochen.

Julia spürte kaum etwas von der drückenden Hitze, die die Luft flirren ließ, da sie sich nicht sattsehen konnte an all den Tieren, die in dieser Halbwüste lebten. Auf einem zerklüfteten Felsgestein hatten sie ein paar große Pantherschildkröten entdeckt, die mit dem gelb-schwarzen Muster ihres Panzers an einen Leoparden oder Panther erinnerten. Ein Stück weiter tauchte eine große Herde Streifengnus auf, die langsam dahintrabte. Plötzlich kam Bewegung in die Herde, und die Tiere stoben davon.

„Vielleicht ein Leopard", vermutete Julia und hielt Ausschau nach dem gefährlichen Raubtier. Doch es waren zwei Löwenweibchen, die sich mit einem Mal aus dem hohen vertrockneten Gras lösten und mit kraftvollen Sprüngen der Herde nachsetzten und eines der Tiere, das zurückgeblieben war, einzukreisen versuchten.

Am Nachmittag zogen Wolken am Himmel auf, aber die Hitze hing noch immer wie eine riesige Dunstglocke über dem Land.

„Ich glaube, es wird Regen geben", sagte Stephan.

„Vielleicht sollten wir uns lieber nach einer Möglichkeit umschauen, wo wir übernachten könnten", überlegte Christa.

„Alles schon erledigt", entgegnete Stephan verschmitzt lächelnd und zuckte mit den Schultern. „Wenn ihr schon so nett seid und einen liebeskranken Kerl wie mich mitnehmt, um ihn wieder aufzuheitern, kann ich ja wenigstens auch einen kleinen Beitrag zur Reise leisten."

Eine halbe Stunde später hielten sie vor einer Reihe weißer Bungalows im kapholländischen Stil, die inmitten der grünen Grassteppe lagen. Ein Stück entfernt ragte eine hohe Bergkette auf.

„Das ist ja wunderschön hier!", schwärmte Julia, als sie ausgestiegen waren und ihre Reisetaschen hinten aus dem

Jeep genommen hatten. Auch Christa war begeistert.

Stephan nahm eine Kühlbox aus dem Wagen. „Damit wir nicht verhungern", erklärte er.

Der Bungalow war gemütlich eingerichtet und bot zwei Schlafzimmer, eine Küche, einen Wohnraum und ein kleines Badezimmer. Auf der Terrasse draußen stand ein Grill. Stephan packte die Sachen, die er in Beaufort West gekauft hatte, aus der Kühltasche – Fleisch, Salat, Kartoffeln, Brot und Wein – und legte sie auf den Küchentisch.

Christa lachte. „Du hast ja wirklich an alles gedacht."

Stephan kramte in seinem Rucksack herum. „Nur nicht an Streichhölzer", sagte er und grinste schief. „Wie soll ich denn jetzt den Grill auf der Terrasse anmachen?"

„Kein Problem", erwiderte Christa. „Ich frag mal unsere Nachbarn." Sie hatte gesehen, dass ein anderer der kleinen Bungalows ebenfalls besetzt war. Und tatsächlich kam sie zehn Minuten später mit einer Schachtel Streichhölzer wieder zurück. Sie strahlte über das ganze Gesicht. „Da drüben wohnen drei sehr nette Amerikaner aus Baltimore", erzählte sie. „Die wollten mich gleich zum Essen einladen."

Stephan sah sie mit gespieltem Entsetzen an. „Du willst Julia und mich doch nicht allein lassen in dieser Wildnis. Wer soll sich denn dann mutig all den Löwen und Nashörnern entgegenstellen, die hier an die Tür klopfen?"

Lachend bereiteten Julia und Christa zusammen den Salat vor, während Stephan draußen auf der Terrasse das Feuer im Grill entzündete. „Ich weiß auch nicht, woran das liegt", sagte Christa. „Aber so viele nette Männer wie hier in Südafrika habe ich schon lange nicht mehr kennengelernt."

Julia gab ihr einen Kuss auf die Wange. „Vielleicht ist es die Luft", entgegnete sie augenzwinkernd. „Doch vielleicht liegt es auch daran, dass sie deinem Charme einfach nicht widerstehen können."

„Meinst du wirklich?" Christa runzelte die Stirn. „Jedenfalls habe ich mich lange nicht mehr so wohlgefühlt. Irgendwie hab ich den Eindruck, als ob ich ein ganz neuer Mensch wäre." Ihre Augen leuchteten. „Wahrscheinlich bringt uns dieses Land einfach Glück."

Schließlich saßen sie draußen auf der Terrasse und ließen sich das Essen schmecken. Stephan erhob sein Weinglas. „Auf die Zukunft", sagte er und stieß mit Julia und Christa an.

„Und auf unser Glück", fügte Julia hinzu. „Wie auch immer es aussehen mag." Sie wollte gerade trinken, als sie plötzlich innehielt. „Dreht euch bitte mal ganz vorsichtig um", sagte sie leise zu Christa und Stephan, die gegenüber von ihr am Tisch saßen.

„Zebras", stieß Christa atemlos hervor.

Nicht weit von ihrem Bungalow entfernt stand eine Herde Zebras, die friedlich graste und überhaupt nicht mitzubekommen schien, dass sie neugierig beobachtet wurde.

„Die Tiere sind wunderschön", flüsterte Julia.

Stephan nickte. „Zebras sind schon immer meine Lieblingstiere gewesen. Sie haben einen unglaublichen Zusammenhalt in der Gruppe. Selbst wenn ein Tier sich mal für eine kurze Zeit von seiner Herde absondert, weil es irgendwo eine Wasserstelle entdeckt hat, finden sie immer wieder zusammen. Sie erkennen sich am Geruch und der Stimme. Und auch an der Fellzeichnung."

„Aber sieht die nicht bei allen Zebras gleich aus?", fragte Christa erstaunt.

Stephan schüttelte den Kopf. „Das scheint nur so. Jedes Zebra hat seine ganz eigene Zeichnung. Übrigens vermutet man, dass die schwarz-weißen Streifen der Tarnung dienen. Denn durch die Streifen löst sich der Umriss des Körpers optisch auf, sodass die Zebras von Raubtieren nur schwer zu erkennen sind."

Als ob die Zebras Stephans Worte gehört hätten, hoben sie mit einem Mal die Köpfe, verharrten einen Moment reglos und trabten dann in Richtung der hohen Berge davon, die bereits im Schatten lagen.

Nach dem Essen öffnete Stephan noch eine Flasche Wein und erzählte von seinem älteren Bruder, der vor fünfzehn Jahren nach Südafrika gekommen war und sich zunächst mit Gelegenheitsjobs durchgeschlagen hatte. „Schließlich hat er eine heruntergekommene Farm gekauft, sie wieder aufgebaut und angefangen, Schafe zu züchten."

Julia hörte gespannt zu, während Stephan von all den Schwierigkeiten berichtete, die sein Bruder zu Anfang gehabt hatte. Immerhin hatte er sich mit der Schafzucht kaum ausgekannt. Und doch hat er es geschafft, dachte sie und schaute zum Himmel hoch, an dem das gewaltige Sonnenfeuer langsam erlosch. Die Dämmerung legte sich wie ein zarter Schleier über das Land und lockte bald die Tiere aus dem Busch, die sich tagsüber vor der glühenden Hitze versteckt hatten. Oryxantilopen und Springböcke lösten sich aus den Schatten der Akazien und zogen äsend über die Grassteppe. Fledermäuse flatterten durch die Luft. Julia seufzte leise auf. Würde sie je in einem anderen Land so glücklich sein können wie hier in Südafrika?

Als Julia am nächsten Morgen aufwachte, schimmerte das Gras noch feucht vom Regen, der in der Nacht gefallen war. Sie ließ den Blick über die endlose Weite schweifen – und war schier atemlos vor Staunen. Dort, wo am Tag zuvor noch verdorrte Steppe gewesen war, breitete sich ein leuchtend bunter Blumenteppich aus.

„Die Karoo ist wieder zum Leben erwacht", sagte Stephan, der zu ihr getreten war.

Julia wäre am liebsten noch dageblieben, um dieses einmalige Schauspiel, das sich in der meist trockenen Karoo nur selten bot, noch länger genießen zu können. Doch sie hatten sich vorgenommen, weiter Richtung Westen zu fahren, in die Kleine Karoo.

Stephan schlug vor, die Nebenstraßen zu nehmen, weil auf der Hauptstraße Richtung Kapstadt zu viel Verkehr sei. „Dann sehen wir auch mehr von der wunderschönen Landschaft", fügte er hinzu. Julia und Christa stimmten zu.

Gegen Mittag hatten sie die Stadt Prince Albert erreicht, die inmitten großer Pfirsichplantagen lag. Stephan war stehen geblieben und deutete auf einen hohen Gebirgszug. „Das sind die Swartberge", sagte er. „Die müssen wir überqueren, wenn wir in die Kleine Karoo wollen. Ich hoffe, ihr seid schwindelfrei."

Julia nickte lachend. „Wir haben schon eine halsbrecherische Fahrt mit dem Minibus überstanden. Da werden wir das auch noch schaffen."

„Vorausgesetzt der Jeep macht mit", fügte Christa hinzu.

Stephan zuckte mit den Schultern. „Er muss, ob er will oder nicht. Und so alt ist er ja nun auch wieder nicht."

Zunächst war die Straße noch asphaltiert, ging jedoch – je höher sie kamen – allmählich in eine unwegsame Schotterstraße über. Die Straße wurde immer enger und schlängelte sich mit unübersichtlichen Kurven den Berg hinauf.

Julia und Christa mussten ein paarmal die Luft anhalten, als ihnen ein Fahrzeug entgegenkam und Stephan bis an den Rand ausweichen musste, an dem es steil abwärtsging. Doch als sie schließlich oben waren, bot sich ihnen ein atemberaubender Anblick über eine endlose Halbwüste, die tief unten in der Ferne lag. Senkrecht aufragende zerklüftete Felsen, die gewaltige Schluchten bildeten, lagen auf der anderen Seite. Sie blieben noch bis zum frühen Nachmittag, denn es fiel ihnen schwer, sich von diesem fesselnden Anblick zu trennen. Stephan hatte Brot und Käse ausgepackt, dazu tranken sie Wasser. Schließlich fuhren sie die Passstraße auf der anderen Seite wieder hinunter, nach Oudtshoorn, einer wunderschönen Stadt mit imposanten Villen, die inmitten von Tabak-, Obst- und Gemüseplantagen lag und umgeben war von den hohen Swartbergen und den Outeniqua-Bergen.

„Die Stadt gilt als Weltzentrum der Straußenzucht", erzählte Stephan, während er langsam durch die Innenstadt fuhr, deren Häuser noch immer von dem ehemaligen Reichtum zeugten. „Schon vor mehr als hundert Jahren wurden hier Strauße gezüchtet, und die sogenannten Federbarone haben mit den Straußenfedern, die in der Zeit sehr gefragt waren, ein Vermögen gemacht." Er sah Julia und Christa fragend an. „Wenn ihr wollt, können wir mal kurz bei einer Straußenfarm vorbeifahren."

Als die beiden Frauen begeistert nickten, lenkte er den Jeep aus der Stadt.

Wenig später hielt er in der Nähe eines weißen Farmhauses, das sich im Schatten von hohen Trauerweiden duckte. Eine riesige Herde von Straußen stand mit hochgereckten Hälsen da und starrte sie neugierig an.

Ein Mann, der am Zaun stand, grüßte sie freundlich, als sie ausstiegen. „Wollen Sie sich ein bisschen umsehen?", fragte er auf Englisch.

Stephan nickte. „Sehr gerne."

Der Farmer öffnete das Gatter und nickte Christa, die ein wenig skeptisch zu den großen Vögeln schaute, aufmunternd zu. „Die Strauße tun nichts, außer wenn sie sich bedroht fühlen."

Julia musste ihren Kopf in den Nacken legen, um zu den Vögeln aufblicken zu können.

In einem kleineren Gehege waren die Küken untergebracht. „Bei den Straußen kümmert sich übrigens der Vater um die Aufzucht", erklärte der Farmer.

Christa lachte. „Und das geht gut?", meinte sie zweifelnd.

Der Farmer nickte. „Und ob. Der Straußen-Papa ist sehr fürsorglich und beschützt die Kleinen. Füttern muss er sie zwar nicht, da sie schon knapp drei Tage nach dem Schlüpfen selbst Samenkörner und Insekten aufpicken. Aber er muss sie zu den Futterplätzen führen und sie vor Feinden beschützen."

Nachdem sie sich alles angesehen hatten, lud der Farmer sie noch auf einen eisgekühlten Limettensaft ein, bevor sie schließlich weiterfuhren.

„Eigentlich wollten wir ja heute noch bis Matjiesfontein kommen", sagte Stephan, nachdem er sich in den Verkehr eingefädelt hatte.

Christa winkte ab. „Es gibt eben viel zu viel Interessantes hier zu sehen. Und wenn wir heute nicht mehr so weit kommen, übernachten wir eben irgendwo. Wir finden schon was."

Julia wunderte sich einmal mehr über die neu gewonnene Sorglosigkeit ihrer Mutter. Vielleicht lag das ja auch daran, dass Stephan sie nun begleitete. Julia konnte es nur recht sein, denn so konnte sie wenigstens die Reise entspannt genießen.

Die Straße führte wieder durch sonnenverbranntes Steppenland. Ab und zu musste Stephan anhalten, wenn eine Herde Kudus oder Springböcke die Straße überquerten. Hin und wieder trafen sie auch auf Eingeborene, die mit großen Körben auf dem Kopf wohl auf dem Weg in ihr Dorf waren.

„Früher haben die Buschmänner, die San, hier in der Karoo gelebt", erzählte Stephan. „Sie haben diesem Gebiet auch den Namen gegeben: *kurú* – das bedeutet trocken oder rau. Schließlich kamen dann europäische Farmer und haben die San von ihrem Weideland vertrieben."

Allmählich senkte sich die Dunkelheit über die Kleine Karoo, und Stephan richtete seine ganze Aufmerksamkeit auf die Straße, um die Tiere, die unvermittelt auftauchen konnten, rechtzeitig erkennen zu können. Immer wieder musste er auch großen Schlaglöchern ausweichen, die in der Dunkelheit nur schwer auszumachen waren.

Plötzlich stotterte der Motor, hustete ein letztes Mal, und der Jeep blieb stehen.

„Was ist denn jetzt passiert?", fragte Christa.

Stephan zuckte mit den Schultern. „Ist bestimmt nur eine Kleinigkeit." Er öffnete das Handschuhfach und nahm eine große Taschenlampe heraus. „Ich sehe mal nach. Und ihr bleibt bitte so lange im Wagen."

Nachdem er ausgestiegen war, drehte Christa sich zu Julia um. „Hoffentlich ist es nichts Größeres", murmelte sie. „Hier in der Wildnis ist doch weit und breit niemand, der uns helfen kann."

Julia sah sie aufmunternd an. „Keine Sorge, Stephan wird das schon hinbekommen."

Doch als Stephan schließlich versuchte, den Wagen wieder anzulassen, röchelte der Motor nur einmal kurz und erstarb dann wieder. „Ich fürchte, wir kommen heute nicht mehr weiter", meinte er entschuldigend.

„Ist denn da gar nichts zu machen?", fragte Julia, der nicht entgangen war, dass ihre Mutter Stephan mit ängstlichem Blick ansah.

„Ich hab in dem Wagen nicht das richtige Werkzeug gefunden", entgegnete Stephan. „Aber macht euch keine Gedanken. Es kommt bestimmt bald ein Wagen vorbei, der uns abschleppen kann."

„Hoffentlich", sagte Christa. „In dieser einsamen Gegend möchte ich nämlich nicht die ganze Nacht stecken bleiben." Sie schreckte plötzlich zusammen, als ein dunkler Schatten über die Straße huschte.

Julia legte ihr beruhigend die Hand auf die Schulter. „Keine Angst, das war nur eine Antilope", sagte sie.

„Ich hab doch keine Angst", erwiderte Christa. „Schließlich sind wir ja zu dritt. Da kann uns nichts passieren."

Julia vermutete, dass ihre Mutter sich vor Stephan stärker geben wollte, als sie eigentlich war. Denn ihrer Stimme hatte sie angemerkt, dass ihre Unbekümmertheit nur gespielt war. Julia konnte nur hoffen, dass tatsächlich bald jemand vorbeikommen würde, denn sie wollte gar nicht daran denken, was passieren würde, wenn sie die ganze

Nacht im Auto verbringen müssten. Ihre Mutter würde ihre aufgesetzte Tapferkeit sicher nicht lange aufrechterhalten können. Außerdem war es stickig heiß in dem Jeep, der keine Klimaanlage hatte, und auch durch das Fenster, das Stephan halb heruntergelassen hatte, drang nur warme Luft. Die letzte Flasche Wasser hatten sie oben auf dem Swartberg-Pass ausgetrunken.

Verstohlen blickte Julia auf ihre Armbanduhr. Es war erst acht Uhr, doch draußen herrschte bereits stockfinstere Nacht. Inzwischen bezweifelte sie, dass auf dieser Straße noch ein Auto vorbeikommen würde, denn schon tagsüber hatten sie auf der Fahrt durch die Kleine Karoo kaum einen Wagen gesehen. Und wer sollte im Dunkeln durch diese einsame Steppe fahren?

Nur mit halbem Ohr hörte Julia zu, wie Stephan Christa von Matjiesfontein erzählte – vermutlich, um sie auf andere Gedanken zu bringen. Doch Julia wusste, dass ihre Mutter Angst hatte. Versonnen starrte Julia aus dem Fenster und hielt Ausschau nach den rettenden Scheinwerfern. Und dann sah sie plötzlich, wie sich etwas dem Jeep näherte. Aber es war kein Wagen, der langsam auf sie zukam. Angestrengt starrte sie in die Dunkelheit, die nur schwach von dem Abblendlicht des Jeeps erhellt wurde. Und jetzt erkannte sie, was es war. Es waren Menschen, drei hochgewachsene dunkle Gestalten, die immer näher kamen.

Auch Christa hatte sie mittlerweile gesehen, schrie unterdrückt auf und klammerte sich dabei in Panik fest an Stephans Arm.

„Ganz ruhig", murmelte Stephan, kurbelte schnell das Fenster hoch und verriegelte die Türen.

Jetzt konnte Julia erkennen, dass es drei dunkelhäutige Männer waren. Ein paar Meter vor dem Jeep blieben sie stehen und sprachen miteinander.

Starr vor Schreck saß Christa vorne neben Stephan, unfähig sich zu rühren.

Julia merkte, dass sie innerlich zitterte. Sie wusste, dass es im Dunkeln häufig zu Überfällen kam, die manchmal sogar tödlich endeten. Aber sie wollte nicht glauben, dass ihnen auch so etwas passieren könnte. Es *durfte* einfach nicht sein. Doch genau das hatten die anderen Menschen sich wahrscheinlich auch gedacht – und manche hatten doch ihr Leben lassen müssen.

Als die drei Männer auf den Wagen zukamen, spürte Julia Panik in sich aufsteigen. Sie hörte, dass ihre Mutter hörbar die Luft einsog, sah, dass Stephan mit beiden Händen die Taschenlampe umklammerte, bereit, damit zuzuschlagen. Doch sie war unfähig, sich zu rühren, gelähmt von namenloser Angst, die sie ganz erfüllte …

11. KAPITEL

Julia sah, dass einer der Männer bei Stephan an die Windschutzscheibe klopfte. Das Geräusch dröhnte in ihren Ohren. Sie merkte nicht, dass sie von hinten die Arme um ihre Mutter geschlungen hatte, die heftig zitterte. Wieder klopfte der Mann an die Scheibe.

Und plötzlich bemerkte sie, dass er lächelte. Es war kein Lächeln, das sie verhöhnte, weil sie so dumm gewesen waren, in der Dunkelheit im Wagen sitzen zu bleiben. Es war ein freundliches Lächeln, das fast ein wenig schüchtern wirkte.

„Ich glaube, er will uns helfen", sagte Julia leise. Sie sah, dass die beiden anderen Männer immer noch ein kleines Stück entfernt vom Auto standen, ohne dass sie Anstalten machten, näher zu kommen.

Stephan nickte und ließ langsam die Taschenlampe sinken. „Ich hoffe es", murmelte er und kurbelte sein Fenster einen kleinen Spalt herunter, um mit dem Mann reden zu können. Zunächst versuchte er es auf Englisch, doch der Mann hob die Hände und schüttelte den Kopf.

„Ukhuluma isiZulu?", fragte er.

Stephan sprach mit dem Mann auf Zulu. Schließlich wandte er sich wieder an Julia und Christa. „Er sagt, dass er mit seinen Brüdern auf dem Weg in ihr Dorf ist. Und er bittet uns mitzukommen, weil es nachts hier draußen viel zu gefährlich ist."

„Und wer sagt uns, dass das keine Falle ist?", wisperte Christa.

„Wir haben wohl keine andere Wahl", entgegnete Stephan.

Julia sah den Mann wieder an. Er wirkte jetzt nicht mehr so furchterregend wie zu Anfang, sondern wie ein Mensch, der tatsächlich nichts anderes wollte, als ihnen zu helfen. Hätte sie genauso viel Angst gehabt, wenn er weiß gewesen wäre?

„Stephan hat recht", sagte sie. „Wir müssen es riskieren." Sie versuchte, ihrer Stimme Festigkeit zu verleihen. „Vielleicht will der Mann uns ja wirklich helfen. Und wir können nicht die ganze Nacht hierbleiben."

Stephan stieg als Erster aus, um zu sehen, wie die Männer reagieren würden. Der Mann, der an die Scheibe geklopft hatte, war sofort ein Stück zurückgetreten, während die anderen beiden immer noch im Hintergrund standen.

Als Julia sah, dass sie keine Anstalten machten, Stephan anzugreifen, öffnete auch sie die Tür und stieg aus. Dann öffnete sie die Beifahrertür, während Stephan seinen Rucksack aus dem Jeep holte, ihn über den Rücken hängte und anschließend die beiden Reisetaschen herausnahm.

Langsam stieg auch Christa aus und sah Julia mit flackerndem Blick an. Sie wollte etwas sagen, doch sie brachte kein Wort über die Lippen.

Julia zog sie kurz an sich und ging danach zu Stephan, der inzwischen den Wagen abgeschlossen hatte. Sie nahm ihm eine der Reisetaschen ab. „Lass uns losgehen", sagte sie entschlossen.

Julia und Stephan nahmen Christa in die Mitte. Einer der Männer ging voraus, die anderen beiden gingen mit ein wenig Abstand hinter ihnen her.

„Wenn wir das hier lebend überstehen, will ich sofort nach Hause", sagte Christa mit kaum hörbarer Stimme. „Diese Angst ... ich ertrage das nicht noch einmal."

Julia konnte ihre Mutter in diesem Augenblick sogar verstehen. Auch sie selbst hatte entsetzliche Angst gehabt, als die drei Männer plötzlich aus der Dunkelheit aufgetaucht waren. Und trotzdem würde sie kein Land der Welt gegen Südafrika eintauschen wollen. Aber sie wusste auch, dass sie mitgehen würde, sollte ihre Mutter nach Deutschland zurückkehren wollen. Sie *konnte* sie nicht alleinlassen.

Julia blickte hinauf zum Himmel, an dem Millionen Sterne wie Diamanten funkelten. Und plötzlich fiel ihr wieder die Geschichte ein, die Dumisani ihr erzählt hatte. Die Geschichte von dem Jungen, der sich viel zu viel Verantwortung aufgebürdet und sein eigenes Leben darüber vergessen hatte. Sie hatte sich in jener Nacht vorgenommen, endlich auch ihre eigenen Wünsche und Träume ernst zu nehmen. Jetzt wurde ihr bewusst, wie schwer es war, dazu zu stehen.

In diesem Augenblick spürte sie, dass einer der Männer, die hinter ihnen gingen, neben ihr war und auf das hohe Steppengras deutete. Jetzt erst merkte sie, dass sie von dem staubigen Weg abgekommen war. Der Mann sagte etwas auf Zulu, das Julia jedoch nicht verstand.

„Er bittet dich, auf den Weg zurückzugehen", übersetzte Stephan. „Wegen der Schlangen."

Mit einem Satz war Julia wieder auf dem Weg und lächelte den Mann verhalten an. *„Ngiyabonga,* danke", sagte sie leise.

Der Mann nickte nur kurz, gesellte sich wieder zu dem anderen, und sie gingen weiter.

Julia schluckte. Plötzlich war ihr klar geworden, dass sie diesen Männern Unrecht getan hatte. Hätten sie es tatsächlich darauf angelegt, ihnen etwas anzutun, hätte dieser Mann sich ganz sicher nicht so besorgt gezeigt. „Sie werden uns nichts tun", sagte Julia mit fester Stimme und blickte ihre Mutter an. „Alles wird wieder gut."

Christa sah sie mit Panik im Blick an, ohne etwas zu sagen, und heftete ihre Augen auf den Weg, der nur von dem schwachen Strahl der Taschenlampe in Stephans Hand erhellt wurde.

Julia spürte, dass Tränen in ihr aufstiegen. Der Blick ihrer Mutter hatte ihr nur zu deutlich gezeigt, dass Christa bei ihrem Entschluss bleiben würde. Sie wollte zurück nach Deutschland.

Julia wusste nicht, wie lange sie schon unterwegs waren, als sie plötzlich einen Feuerschein sah. Und dann tauchten die ersten Hütten auf und ein paar einfache kleine Steinhäuser, die am Rand des Dorfes standen. „Wir sind da", sagte sie und atmete erleichtert auf. Jetzt würde vielleicht auch ihre Mutter endlich merken, dass sie keine Angst mehr haben musste.

Die Männer führten sie zu dem großen Feuer, bei dem die Dorfbewohner sich versammelt hatten, und sprachen mit einem älteren Mann. Der hörte ihnen mit ernstem Gesicht zu, nickte und gab einer Frau, die mit den anderen zusammen am Feuer saß, ein Zeichen. Sie stand sofort auf, ging zu Julia und Christa und sagte etwas auf Zulu, wobei sie freundlich lächelte.

„Sie will euch eure Hütte zeigen", erklärte Stephan. Als Christa ihn zweifelnd ansah, fügte er eindringlich hinzu: „Geht mit ihr, sonst glaubt sie, ihr wolltet ihre Gastfreundschaft zurückweisen."

Julia und Christa folgten ihr zu einer Rundhütte, die mit Grasmatten abgedeckt war. Die Frau schlug die Kuhhaut zurück, die den niedrigen Eingang abdeckte. Julia schlüpfte in die Hütte und stellte die Reisetaschen ab. Die Hütte war mit Schilfmatten ausgelegt, und auf einem kleinen Holzschemel stand eine Art Petroleumlampe. Oben wölbte sich ein mit Schilfgras gedecktes Runddach.

Christa war ihr gefolgt und sah sich in der einfachen Hütte um. „Hier können wir doch nicht schlafen", sagte sie leise, obwohl die Frau draußen ihre Sprache nicht verstehen konnte.

Julia sah ihre Mutter mit ernstem Gesicht an. „Wir können froh sein, dass die Zulu uns so freundlich aufnehmen. Oder hättest du lieber im Auto geschlafen?"

Christa schüttelte den Kopf. „Mir ist das alles nur so unheimlich", entgegnete sie kleinlaut. Natürlich hatte sie gemerkt, dass Julia ein wenig verärgert war.

Julia zuckte mit den Schultern. „Du wirst dich schon daran gewöhnen." Sie wollte im Augenblick nicht weiter mit ihrer Mutter diskutieren, die anscheinend immer noch nicht verstanden hatte, dass sie in Sicherheit waren.

In diesem Moment steckte Stephan seinen Kopf zum Eingang herein. Ihm hatte man eine andere Hütte zugewiesen, in der auch einer der drei Brüder schlief. „Richtig gemütlich habt ihr es hier", bemerkte er verschmitzt lächelnd.

Bevor ihre Mutter etwas erwidern konnte, sagte Julia: „Ja, das finden wir auch. Und wir sind froh, dass wir so freundlich aufgenommen worden sind."

„Siyanda bittet euch übrigens, zum Essen zu kommen", erklärte Stephan. „Das ist die Frau, die euch die Hütte gezeigt hat."

Kurz darauf gingen Julia und Christa mit Stephan zum Feuer. Siyanda bedeutete ihnen mit einem Lächeln, bei ihr Platz zu nehmen, und sie setzten sich auf die Holzklötze, die um die Feuerstelle herum standen. Julia merkte, dass sie mit verhaltener Neugier gemustert wurden. Sie lächelte, um den Zulu zu zeigen, dass sie ihre Gastfreundschaft schätzte.

Das Essen bestand aus einem einfachen Maisbrei und Gemüse, aber Julia fand es köstlich. Einmal mehr bedauerte sie, dass sie nur ein paar Worte der Sprache dieser Menschen kannte, denn sie hätte sich zu gerne mit Siyanda unterhalten. Sie war kaum älter als sie selbst, hatte ein sehr hübsches Gesicht und erinnerte Julia mit ihrem offenen Lächeln ein wenig an Dumisani. Ein Baby von etwa einem Jahr lag in ihren Armen und schlief.

Stephan unterhielt sich mit einem der Männer, die sie hierher geführt hatten. „Lungile will sich den Jeep morgen mal ansehen", erklärte er an Julia und Christa gewandt. „Und notfalls müssen wir ihn zu einer Werkstatt abschleppen, wenn gar nichts zu machen ist."

„Können wir denn so lange hierbleiben?", fragte Julia.

Stephan nickte. „Lungile sagt, wir können so lange bleiben, wie wir wollen."

Christa räusperte sich, warf kurz einen Blick zu Julia und meinte dann zu Stephan: „Kannst du ihm bitte sagen, dass wir ihm sehr dankbar sind? Dass wir allen danken, weil sie uns so freundlich aufgenommen haben?"

Stephan lächelte und übermittelte Lungile Christas Worte.

Christa zuckte mit den Schultern und sah Julia an. „Beim nächsten Mal werde ich gleich auf dich hören."

Julia winkte ab. „Ist schon gut." Sie war mehr als froh, dass ihre Mutter ihre Bedenken endlich überwunden hatte.

Als sie später in ihrer Hütte lagen, sagte Christa unvermittelt: „Es ist schon seltsam. Die Menschen hier sind uns ohne Vorurteile begegnet, obwohl wir doch Fremde für sie sind. Und trotzdem haben sie uns fast so aufgenommen, als ob wir Freunde wären." Sie schwieg einen Moment lang. „Ich bin froh, dass wir hier sind. Und dass Lungile und seine Brüder uns mitgenommen haben."

Julia lag noch eine Zeit lang wach, nachdem ihre Mutter schon eingeschlafen war, und lauschte dem Wind, der draußen durch die Bäume strich. Es raschelte und wisperte im Busch, die Zikaden sangen und aus der Ferne hörte sie das Brüllen eines Löwen – all die Geräusche, die ihr inzwischen so vertraut waren.

Vielleicht wird das alles bald nur noch eine Erinnerung sein, dachte sie voller Wehmut. Aber es würde eine Erinnerung sein, die sie immer mit einem tiefen Gefühl des Glücks erfüllen würde.

Julia wurde am nächsten Morgen von lautem Kinderlachen geweckt. Sie rieb sich die Augen und sah zu ihrer Mutter, die anscheinend auch gerade aufgewacht war.

„Na, wie hast du geschlafen?", fragte sie.

„Wunderbar", entgegnete Christa lächelnd, setzte sich auf und streckte sich. Sie schlug die Kuhhaut zurück, die vor dem Eingang hing. Helles Sonnenlicht fiel in die Hütte.

Plötzlich spähten zwei dunkle Augen um die Ecke, die einem kleinen Jungen gehörten, der neugierig zu ihnen hineinschaute. Als er sah, dass Julia und Christa wach waren, rannte er davon.

„Der Kleine wird doch wohl keine Angst vor uns haben?", sagte Christa lachend und stand auf. „Komm, zieh dich an, Julia. Es ist wunderschön draußen." Sie tauschte ihr Nachthemd gegen eine leichte Jeans und eine helle Bluse und schlüpfte in ihre festen Schuhe. „Ich schau mich schon mal ein bisschen um", erklärte sie. „Gestern Abend im Dunkeln konnten wir ja nicht mehr so viel sehen."

Julia schüttelte lächelnd den Kopf, als ihre Mutter verschwunden war. Sie ist wieder ganz in ihrem Element – jetzt, da sie gemerkt hat, dass ihr keiner etwas Böses will, dachte sie. Schnell zog sie sich an und trat hinaus ins Freie. Sie sah, dass ihre Mutter bei Siyanda stand, die ihr gerade das Baby in die Arme legte. Der kleine Junge stand neben ihr und schaute neugierig zu ihr hoch. Christa strahlte über das ganze Gesicht, während sie das Baby in den Armen wiegte.

„Deiner Mutter scheint es hier ja inzwischen sehr gut zu gefallen", bemerkte Stephan, der zu Julia getreten war. Er zwinkerte ihr zu. „Wer weiß, vielleicht überlegt sie es sich ja doch noch anders und will am Ende gar nicht mehr weg von hier."

„Ja, vielleicht", entgegnete Julia nachdenklich.

Stephan schüttelte lachend den Kopf. „Nichts da, *vielleicht*. Hast du mir nicht vor ein paar Tagen gesagt, ich soll die Hoffnung nicht aufgeben? Und genau das sage ich dir jetzt auch."

Nach dem Frühstück, das Siyanda ihnen gebracht hatte, machte Stephan sich mit Lungile und einem seiner Brüder sofort auf den Weg, um den Jeep wieder fahrtüchtig zu machen.

Julia und Christa sahen sich derweil ein bisschen in dem Dorf um, das umgeben war von Maisfeldern. Siyandas Mann war gerade dabei, mit einem Holzpflug, vor den ein Ochse gespannt war, ein neues Feld zu bestellen. Siyandas kleiner Sohn Nikosi, der am Morgen neugierig in ihre Hütte geschaut hatte, begleitete sie und plauderte ununterbrochen, ohne zu merken, dass Julia und Christa kein Wort von dem verstanden, was er sagte. Doch da sie immer wieder lächelnd nickten, redete er weiter, zeigte ihnen einen großen Termitenhügel außerhalb des Dorfes unter ein paar hohen Akazien und führte sie schließlich zu den Kühen, die auf einem Stück Grasland weideten. Inzwischen hatten sich auch ein paar andere Kinder aus dem Dorf zu ihnen gesellt und jagten lachend den Kühen hinterher, die den Kleinen immer wieder auswichen.

„Wie zufrieden die Kinder doch sind", sagte Julia gerührt.

Christa nickte. „Obwohl sie nicht viel haben." Sie runzelte die Stirn. „Ich hab mich schon die ganze Zeit gefragt, von was die Menschen hier eigentlich leben. Sie haben die Felder und ein paar Tiere, aber reicht das denn für alle?"

„Ich glaube kaum", entgegnete Julia, die sich die gleiche Frage gestellt hatte. Auch sie hatte gesehen, dass die Menschen hier gerade das Nötigste zum Leben hatten. Und trotzdem hatten sie sie eingeladen und mit ihnen ihr Mahl geteilt. „Wir können uns ja noch ein bisschen umsehen", schlug Julia vor. „Vielleicht finden wir es dann heraus." Sie winkten den Kindern zu und gingen zurück ins Dorf. Aus der Kochhütte stieg Rauch auf, und als sie neugierig hineinschauten, sahen sie, dass eine ältere Frau Fladenbrot machte. Auch sie trug, wie die anderen Frauen hier, ein farbenfrohes Kleid mit ausgefallenem Muster, und um den Kopf hatte sie ein buntes Tuch geschlungen.

„Das sind wunderschöne Kleider, die die Frauen tragen", schwärmte Christa. „So etwas muss man wirklich lange suchen."

Als sie an einem kleinen Steinhaus unweit der Kochhütte vorbeikamen, hörten sie zwei Frauen singen. Neugierig öffneten sie die kleine Holztür und waren erstaunt, als sie das Haus betraten. Eine kleine Werkstatt war darin untergebracht, Stoffbahnen hingen über einem Holzständer, und Siyanda saß vor einem Bottich und rührte Farbe um. Hinter ihr auf einem Holzregal stand eine Reihe Tonkrüge. Eine ältere Frau, die Siyanda sehr ähnlich sah und wohl ihre Mutter war, saß an einem schlichten Holztisch und zerkleinerte Kräuter in einem Mörser aus Ton. Die beiden Frauen lächelten und bedeuteten Julia und Christa einzutreten.

Erstaunt sahen sie zu, wie Siyanda Farben mischte, während sie aus den Tonkrügen ab und zu Pulver beimischte. Die beiden Frauen zeigten Julia und Christa, wie die Stoffe eingefärbt wurden und die verschiedenen bunten Muster entstanden.

Julia und Christa waren begeistert. Was die beiden Frauen in ihrer bescheidenen Werkstatt vollbrachten, waren Kunstwerke von unglaublicher Schönheit – Stoffe mit wunderschönen Farbmustern, die später von ihnen zu Kleidern verarbeitet wurden.

Siyanda erklärte ihnen mit Händen und Füßen – und unter ausgelassenem Gelächter –, dass sie die Kleider in der nächstgrößeren Stadt auf dem Markt verkaufen würden.

Julia und Christa sahen den Frauen noch eine Weile fasziniert zu. Sie arbeiteten mit einer solchen Geschicklichkeit, wie Julia sie bisher noch nie gesehen hatte. Unwillkürlich musste sie an ihre eigenen Entwürfe denken, die sie während der ersten Semester ihres Grafikdesign-Studiums angefertigt hatte. Doch die Muster, die die beiden Frauen erschufen, waren schöner als alles, was sie bisher gesehen hatte.

Als sie die kleine Werkstatt wieder verließen – sie wollten die Frauen nicht länger bei der Arbeit stören –, sah Julia ihre Mutter nachdenklich an. „Ich würde den beiden so gerne helfen. Du hast ja selbst gesehen, dass sie und ihre Familien nicht viel zum Leben haben. Aber wenn man es schaffen könnte, diese wunderschönen Kleider auch woanders zu verkaufen, könnten wir damit vielleicht helfen, dass es ihnen ein bisschen besser geht."

Christa nickte. „Genau das Gleiche habe ich mir auch eben gedacht. In Deutschland würden sie ein Vielfaches von dem bekommen, was sie hier auf dem Markt damit verdienen."

In diesem Moment hörten sie ein lautes Hupen. Als sie

sich erschrocken umdrehten, sahen sie, dass Stephan langsam mit seinem Jeep ins Dorf fuhr. Die Kinder, die vorher noch bei den Kühen gewesen waren, liefen dem Wagen aufgeregt hinterher.

„Na, was sagt ihr?", sagte Stephan, nachdem er hinter Lungile und seinem Bruder aus dem Jeep gestiegen war. „Die beiden haben die alte Kiste wieder flottgemacht. Aber fragt mich bitte nicht, wie sie das geschafft haben." Er klopfte den beiden Männern, die stolz lächelten, auf die Schultern, bevor sie sich auf den Weg zum Feld machten, um dort zu arbeiten. Skeptisch sah er Julia und Christa an, die nicht den Anschein machten, als würden sie sich freuen. „Was ist denn mit euch beiden los?", wollte er wissen. „Ihr seht ja fast so aus, als wäret ihr traurig darüber, dass der Wagen wieder fährt."

„Ja … ich meine, nein", stammelte Christa. „Es ist nur so …" Sie verstummte.

„Wir waren gerade bei Siyanda in ihrer Werkstatt", erklärte Julia, „und haben die wunderschönen Stoffe bewundert, die sie dort herstellen. Wir haben überlegt, ob man den Menschen nicht irgendwie helfen kann."

Stephan sah sie nachdenklich an. „Ich verstehe sehr gut, was ihr meint", erwiderte er. „Aber so etwas muss man sehr vorsichtig angehen. Die Menschen sind sehr stolz, und sie wollen es aus eigener Kraft schaffen, ohne dass sie das Gefühl haben müssen, von anderen bevormundet zu werden …"

„Das haben wir ja auch gar nicht vor", unterbrach Julia. „Wir wollen nur, dass sie das bekommen, was ihnen zusteht, damit sie endlich aus dieser bedrückenden Armut herauskommen."

Stephan nickte. „Ich weiß, dass ihr das wollt, und es ist genau das, was diese Menschen brauchen. Vielleicht könnt ihr tatsächlich etwas auf die Beine stellen, solltet ihr in Südafrika bleiben." Er deutete mit dem Kopf zu den Kindern, die inzwischen vor einer Hütte mit ein paar Autos spielten. „Die kleinen Spielzeugautos haben die Kinder übrigens auch selbst gemacht, hat Lungile mir erzählt. Aus alten Blechdosen, die sie anmalen."

Julia und Christa sahen zu den Kleinen, die mit ihren Autos wilde Verfolgungsjagden im Sand veranstalteten. Julia gefielen die hübschen, bunt bemalten Autos sehr. Am liebsten wäre sie noch in diesem Dorf geblieben, um mehr über all das zu erfahren, was die Menschen hier machten. Aber sie wusste auch, dass Stephan recht hatte. Sie und ihre Mutter mussten sich zunächst erst einmal genau überlegen, wie sie Siyanda und den anderen helfen könnten, ohne ihren Stolz zu verletzen.

In diesem Moment kam Siyanda mit der älteren Frau aus der kleinen Werkstatt. Erstaunt sah sie zu dem Jeep und sprach dann mit Stephan.

„Siyanda geht es genauso wie euch", erklärte Stephan lächelnd. „Sie hat auch gehofft, dass ihr länger bleiben würdet."

Die beiden Frauen bestanden darauf, dass Julia, Christa und Stephan noch zum Essen blieben, einer Mahlzeit aus getrocknetem Fleisch und Getreidebrei, die wundervoll schmeckte. Julia merkte, dass die ältere Frau, die tatsächlich Siyandas Mutter war, sie während des Essens immer wieder neugierig ansah und schließlich kurz mit Stephan sprach.

„Anele ist die Sangoma, die Wahrsagerin hier im Dorf", erklärte er Julia. „Sie hat gesagt, dass sie etwas ganz Besonderes in deinen Augen gesehen hat. Und wenn du willst, kann sie dir vorhersagen."

Julia war einen Moment lang hin und her gerissen. Natürlich wollte sie zu gerne wissen, ob sich ihr Wunsch, in Südafrika zu leben, erfüllen würde. Doch was wäre, wenn die Sangoma sah, dass sie keine Zukunft in diesem Land haben würde? Könnte sie die restliche Zeit, die ihr verblieb, dann überhaupt noch genießen? Schließlich siegte ihre Neugier, und sie nickte der älteren Frau freundlich zu.

Wenig später saßen sie in Aneles Hütte auf dem Boden. Vor ihr lagen kleine Tierknochen. Die Sangoma sah Julia eine Weile mit starrem Blick an, bevor sie ihre Augen auf die kleinen Tierknochen richtete, während ihre Hände darüberschwebten.

Julia schaute voller Spannung zu. Was würde die Sangoma ihr sagen? Sie sah, dass die Wahrsagerin langsam die Hände senkte, bis ihre Finger die kleinen Knochen berührten. Dann hörte sie, wie sie leise, aber mit eindringlicher Stimme zu sprechen begann.

„Julia, du hast einen ganz besonderen Weg vor dir",

übersetzte Stephan, der mit Christa im Hintergrund saß. „Dieser Weg wird dich auf einen hohen Berg führen und dir das Wunder des Lebens offenbaren. Aber dieser Weg wird dich auch durch ein Tal führen, in dem das Leben spendende Wasser versiegt ist. Doch vergiss niemals die Kraft, die in dir lebt und die dich aus diesem Tal wieder hinausführen kann."

Schweigend saß Julia in der Hütte. Das, was die Sangoma ihr vermittelt hatte, berührte sie zutiefst. Denn es war ihr offensichtlich vorherbestimmt, dass sie um ihr Lebensglück kämpfen musste. Und es lag vor allem auch in ihrer Macht, ob sie diesen Kampf verlieren oder gewinnen würde.

Mit einem Lächeln bedankte sie sich bei der Sangoma, bevor Stephan und sie die Hütte wieder verließen. Als sie sich schließlich verabschiedeten, waren auch die Männer vom Feld gekommen, um ihnen ihre guten Wünsche mit auf den Weg zu geben.

„*Salani kahle*, auf Wiedersehen", sagte Julia zu Siyanda, Anele, Lungile und all den anderen, bevor sie zu ihrer Mutter und Stephan in den Jeep stieg. Sie sah, dass die Kinder mit großen Augen dastanden und winkten, als sie langsam davonfuhren. Auch Julia winkte und lächelte, obwohl sie spürte, dass sie traurig war. Sie hätte nicht gedacht, dass ihr dieser Abschied so schwerfallen würde. In der kurzen Zeit, die sie in diesem Dorf verbracht hatten, hatte sie gemerkt, dass es etwas sehr Wichtiges gab, das sie mit diesen Menschen verband – die Freude am Leben und der ungebrochene Wille, diesem Leben einen Sinn zu geben.

Sie fuhren den Weg zurück, den sie am Tag zuvor gekommen waren. „Gestern waren wir noch voller Angst, als wir auf diesem Weg ins Dorf gegangen sind, weil wir nicht wussten, was uns erwartet", sagte Julia leise. „Und heute fahren wir den gleichen Weg und wissen, dass wir reich beschenkt worden sind."

Am Abend kamen sie in Matjiesfontein an, einem kleinen Städtchen, das früher einmal ein Kurort gewesen war. Das prachtvolle Lord Milner Hotel zeugte noch von all den berühmten Gästen, die vor mehr als hundert Jahren hier gewohnt und sich in dem trockenen, sonnigen Klima erholt hatten.

„Da den Gästen Komfort geboten werden musste, war Matjiesfontein der erste Ort des Landes, der Elektrizität und fließendes Wasser erhielt", erzählte Stephan, während er durch die kleine Stadt fuhr.

Als sie die Stadt hinter sich gelassen hatten, erstreckte sich weites Grasland vor ihnen, und in der Ferne erhoben sich die Witteberge. Sie kamen an riesigen Schaffarmen vorbei, bis sie schließlich durch ein mächtiges Tor fuhren und vor einer prachtvollen weißen Farm im kapholländischen Stil anhielten.

„Meinst du wirklich, dass es deinem Bruder recht ist, wenn wir mitkommen?", fragte Christa.

„Aber natürlich", entgegnete Stephan und hielt vor dem Haus. „Er freut sich immer über Besuch. Vor allem aus Deutschland. Er war schon so lange nicht mehr da."

Kaum waren sie ausgestiegen, trat ein großer breitschultriger Mann von etwa fünfzig Jahren aus dem Haus und ging mit ausgebreiteten Armen auf Stephan zu. Die Brüder umarmten sich herzlich. Anschließend trat der Mann zu Julia und Christa und streckte freundlich lächelnd die Hand aus.

„Herzlich willkommen", sagte er und stellte sich als Ronald vor. „Und ihr seid Christa und Julia, nicht wahr?", meinte er. „Stephan hat mir schon am Telefon von euch erzählt. Ihr habt den armen Kerl offensichtlich wieder auf die Beine geholt."

Stephan zuckte mit den Schultern. „Ich hab Ronald angerufen, abends, nachdem wir uns in Beaufort West beim Essen getroffen haben", erklärte er. Dann sah er sich um. „Wo sind denn deine Frau und die Kinder?", fragte er seinen Bruder mit verschmitztem Grinsen. „Hast du die etwa im Keller eingeschlossen?"

Ronald lachte. „Wenn überhaupt, würden sie eher mich im Keller einsperren. Nein, sie sind ein paar Tage in Kapstadt, Verwandte besuchen."

Julia und Christa folgten den beiden Männern ins Haus. Sie waren beeindruckt von der schlichten Eleganz der dunklen Holzmöbel. Überall standen frische grüne Pflanzen, die sich von den hohen weißen Wänden abhoben. Ronald zeigte ihnen das Gästezimmer, in dem sie übernachten würden.

„Fühlt euch wie zu Hause", sagte er.

Eine halbe Stunde später saßen sie draußen auf der Terrasse, die eingerahmt war von blutrot blühenden Hibiskusstauden. Eine Angestellte hatte einen köstlich duftenden Lammbraten, Gemüse und Kartoffeln aufgetragen. Ronald schenkte Wein ein, der, wie er erklärte, aus der Umgebung von Stellenbosch bei Kapstadt kam, einer Region, die für ihren hervorragenden Wein bekannt war.

„Ihr wollt also auch in Südafrika bleiben", stellte Ronald fest, nachdem Christa ihm voller Begeisterung von ihrem Besuch in dem Zulu-Dorf erzählt hatte.

Julia warf einen verstohlenen Blick zu ihrer Mutter. Noch am vergangenen Abend hatte sie gesagt, dass sie nach Deutschland zurückwollte, und sie hatte keinen Zweifel daran gelassen, dass sie sich nicht mehr umstimmen lassen würde.

Christa zuckte mit den Schultern. „Wir wissen es noch nicht", entgegnete sie. „Es ist nicht so einfach, wenn man keinen Job hat. Aber ich muss zugeben, dass es mir sehr schwerfallen würde, von hier wegzugehen", fügte sie hinzu und lächelte Julia an.

Verwundert sah Julia ihre Mutter an. Sollte Julias Wunsch doch noch in Erfüllung gehen? Sie hatte gespürt, dass das, was ihre Mutter gesagt hatte, aufrichtig gemeint war. Trotzdem wagte sie es nicht, sich der Hoffnung hinzugeben, dass sie vielleicht doch in Südafrika bleiben würden – für immer.

12. KAPITEL

Nach dem Frühstück am nächsten Morgen fuhren Julia und Christa zusammen mit Stephan und Ronald über die Farm, ein Gelände von ungeahnten Ausmaßen. Staunend betrachteten sie die riesige Schafherde, die auf dem weiten Grasland weidete. Ronald erzählte ihnen, dass auf dem kargen Boden der Kleinen Karoo kaum etwas gedieh, weil es in diesem Landstrich einfach zu selten regnete. „Für die Schafzucht ist der Boden allerdings ideal", sagte er. „Und die Merinoschafe geben ungefähr viermal so viel Wolle wie andere Schafe."

„Es ist schon bewundernswert, was du aus eigener Kraft geschafft hast", bemerkte Christa, als sie zurück zum Farmhaus fuhren.

Ronald zuckte lässig mit den Schultern. „Ich hatte eben ein Ziel vor Augen, das mich, trotz aller Schwierigkeiten, immer weitergetrieben hat. Man schafft eine ganze Menge, wenn man es wirklich will."

Während Stephan und Ronald sich später um ein paar Zäune kümmerten, die repariert werden mussten, saßen Julia und Christa auf der Terrasse. Julia betrachtete nachdenklich das weite sonnendurchflutete Land, das sich vor ihnen erstreckte. Ronalds Worte hatten ihr wieder einmal bewusst gemacht, dass sie ihr Leben selbst in die Hand nehmen musste. Und sie wollte endlich Klarheit haben, was ihre Mutter tatsächlich über Julias Wunsch dachte, in Südafrika zu leben. „Gestern hast du gesagt, dass es dir sehr schwerfallen würde, von hier wegzugehen", begann sie, ohne ihre Mutter anzusehen.

Christa zögerte eine ganze Weile mit ihrer Antwort. „Ja, es wird mir sehr schwerfallen", sagte sie schließlich. „Weil ich mich noch nie so wohlgefühlt habe in einem Land. Und ich habe sehr viel gelernt, über die Menschen und auch über mich selbst." Sie stockte und sah Julia fast entschuldigend an. „Ich weiß, dass du am liebsten hierbleiben würdest, und das kann ich sehr gut verstehen. Aber wie soll das gehen, ohne Job und ohne Wohnung? Unser Geld reicht vielleicht gerade noch für ein paar Wochen, wenn wir sehr sparsam sind. Danach würden wir auf der Straße stehen. Und was das in diesem Land bedeutet, weißt du ja selbst."

Julia schluckte. Sie hatte gehofft, dass ihre Mutter ihre Meinung doch noch geändert hätte, aber offensichtlich wollte sie bei ihrem Entschluss, nach Deutschland zurückzugehen, bleiben. Julia spürte, wie enttäuscht und traurig sie war. „Du hast ja recht", sagte sie leise, „ohne Job und ohne ein Dach über dem Kopf können wir hier nicht bleiben." Sie räusperte sich. „Aber was wäre, wenn ich eine Arbeit finden würde? Könntest du dir dann vorstellen …"

„Wie willst du denn so schnell etwas finden?", unterbrach Christa sie. „Wir haben doch gesehen, wie viele Menschen in diesem Land ohne Arbeit sind." Sie schüttelte den Kopf. „Vielleicht können wir in ein paar Jahren wieder einmal hierherkommen."

Am Nachmittag fuhren sie mit Stephan und Ronald nach Ladysmith, einer größeren Stadt, die inmitten der Savanne lag. Während Ronald seine Einkäufe erledigte, schlenderten Julia und Christa mit Stephan durch die belebten Straßen und setzten sich draußen vor einem kleinen Café unter einen Sonnenschirm, um auf Ronald zu warten.

„Du siehst traurig aus", bemerkte Stephan an Julia gewandt, nachdem sie Kaffee bestellt hatten. „Ist irgendwas nicht in Ordnung?"

Julia schluckte. Sie wollte Stephan nichts von dem Gespräch mit ihrer Mutter erzählen, denn sie fürchtete, Christa würde sich vielleicht bloßgestellt oder bedrängt fühlen. Stephan würde mit Sicherheit versuchen, Christa dazu zu überreden, doch in Südafrika zu bleiben. Und Julia wollte nicht, dass sie sich gezwungen fühlte, Ja zu sagen. Ihre Mutter sollte sich aus freien Stücken entscheiden und nicht zu etwas überredet werden, das sie nicht wollte.

Julia setzte ein Lächeln auf, in der Hoffnung, weitere Fragen von Stephan damit abwenden zu können. „Ich hab nur an Siyanda und die anderen aus dem Zulu-Dorf gedacht", sagte sie ausweichend. „Ich denke immer wieder darüber nach, wie man ihnen helfen könnte." Und das war noch nicht einmal gelogen – denn sie hatte tatsächlich überlegt, was sie machen könnte.

„Es gibt Möglichkeiten", entgegnete Stephan. „Aber um wirklich etwas tun zu können, musst du hier sein, bei ihnen im Dorf, um mit ihnen zusammen etwas aufbauen zu können."

Julia war froh, dass Ronald in diesem Augenblick auftauchte und sie so vor weiteren Fragen von Stephan bewahrte. Und auch die Miene ihrer Mutter verriet, dass sie froh war, dass Stephan dieses Thema nicht weiter würde verfolgen können.

Während der Fahrt zurück zur Farm saßen Julia und Christa schweigend hinten im Wagen, während Stephan und sein Bruder sich über dessen Arbeit auf der Farm unterhielten. Ronald erzählte, dass zwei seiner Arbeiter erkrankt seien. „Jetzt muss ich sehen, dass ich so schnell wie möglich zwei neue Männer bekomme", sagte er.

„Aber das wird doch sicher nicht schwer sein", schaltete Christa sich ein. „Es gibt genügend Menschen, die Arbeit suchen."

Ronald nickte. „Natürlich. Doch sie müssen sich auch auskennen." Er bog in den Weg ein, der zu seiner Farm führte. „Erst letzte Woche habe ich von einem Freund gehört, dass er eine Stelle für einen Safariguide zu vergeben, aber immer noch niemanden gefunden hat. Und er braucht auf Dauer jemanden."

Julia glaubte, ihren Ohren nicht zu trauen. Sie merkte, dass sie vor lauter Anspannung die Luft angehalten hatte. Das kann doch kein Zufall sein, dachte sie. Doch sie schwieg erst einmal zu diesem Thema. Zu unsicher war es, ob sie in Südafrika bleiben würde – und ob sie überhaupt für den Job des Safariguides geeignet war.

Abends beim Essen erzählte Stephan, dass er mit Anne telefoniert hätte. „Sie hat tatsächlich mit mir gesprochen", sagte er mit strahlendem Lächeln und sah Julia und Christa dankbar an. „Wenn ihr nicht gewesen wäret, würden Anne und ich wahrscheinlich für immer getrennte Wege gehen."

„Dann habt ihr euch also ausgesöhnt?", fragte Ronald.

Stephan schüttelte den Kopf. „So schnell geht das auch wieder nicht. Wir müssen uns erst einmal richtig aussprechen. Aber ich glaube, wir kriegen das hin, Anne und ich." Er trank einen Schluck von seinem Wein. „Ich werde morgen Nachmittag zurück nach Deutschland fliegen. Ich will nicht länger warten, sonst überlegt Anne es sich am Ende doch noch anders."

Julia freute sich sehr für Stephan, auch wenn sie traurig war, dass er sie am nächsten Tag verlassen würde. Und das bedeutete natürlich auch, dass sie und ihre Mutter sich eine neue Unterkunft suchen mussten, weil sie Ronalds Gastfreundschaft nicht länger in Anspruch nehmen konnten.

„Ihr dürft natürlich gerne bleiben", sagte Ronald, als hätte er Julias Gedanken erraten.

„Danke für das Angebot", entgegnete Julia schnell, bevor ihre Mutter vielleicht zustimmen würde. „Aber wir wollten sowieso weiter."

Ronald zuckte mit den Schultern. „Wie ihr wollt. Solltet ihr es euch noch anders überlegen, sagt mir einfach Bescheid. Platz genug ist ja im Haus."

Als Julia und Christa später allein in ihrem Zimmer waren, vermieden es beide, noch einmal über ihre Zukunftspläne zu sprechen. Christa hatte entschieden zurückzugehen, und Julia musste sich damit abfinden. Stattdessen unterhielten sie sich über Stephan und Anne. Auch Christa bedauerte, dass er sie morgen verlassen würde. „Hoffentlich finden Anne und er wieder zusammen", sagte sie.

„Ja, hoffentlich", murmelte Julia, die sich schon unter ihrer Bettdecke verkrochen hatte und traurig an die Decke starrte. Schon bald würden auch sie wieder nach Deutschland zurückfliegen. Und Südafrika würde dann nicht mehr als eine Erinnerung sein.

Christa war schon lange eingeschlafen, als Julia noch immer hellwach in der Dunkelheit lag und darüber nachgrübelte, warum sie Ronald nicht nach dem Job als Safariguide gefragt hatte, von dem er auf der Fahrt erzählt hatte. Sie wusste, dass es nicht nur die Angst gewesen war, sie könne für den Job nicht geeignet sein. Sie hatte vor allem auch deswegen nicht gefragt, weil sie ihre Mutter nicht hatte vor vollendete Tatsachen stellen wollen. Julia spürte, dass Tränen in ihr aufstiegen. Die Erfüllung ihres Traums war vielleicht zum Greifen nahe gewesen, und sie hatte nichts anderes getan, als sich den Plänen, den Träumen ihrer Mutter zu beugen. Wieder einmal, dachte sie und merkte plötzlich, dass Wut in ihr aufstieg, die ihre Trauer verdrängte.

Julia schlug die Bettdecke zurück und stand auf. Sie musste nach draußen. Mit einem Mal hatte sie das Gefühl, keine Luft mehr zu bekommen. Vorsichtig tastete sie sich in der Dunkelheit durch das große Haus und trat schließlich ins Freie. Tief sog sie die Nachtluft ein. Sie ging zu dem Gatter, hinter dem sich das riesige Weideland erstreckte.

„Das ist mein Leben", sagte sie lauter als beabsichtigt. „Das ist *mein* Leben. Und du, Julia Schilling, hast verdammt noch mal die Pflicht, etwas daraus zu machen. Oder willst du dein Leben lang immer nur Rücksicht nehmen?"

„Nein, Julia Schilling, das solltest du nicht tun", sagte eine Stimme.

Julia wusste im ersten Augenblick nicht, ob sie selbst es gewesen war, die diese Worte so entschieden von sich gegeben hatte. Doch dann sah sie, dass jemand neben ihr stand.

„Ich wollte dich nicht erschrecken", sagte Ronald. „Aber ich hab dich allein hier draußen stehen sehen und wollte nachsehen, was los ist." Er blickte sie aufmunternd an. „Vielleicht möchtest du darüber reden. Ich weiß, wir kennen uns kaum, aber manchmal ist es leichter, einem Fremden sein Herz auszuschütten."

Julia wusste, dass dies wahrscheinlich ihre letzte Chance war, mit Ronald allein zu sprechen. Ohne noch weiter zu überlegen, erzählte sie ihm alles – von ihrer Liebe zu diesem Land, den Menschen und den Tieren, von ihrem Traum, in Südafrika zu bleiben. Und schließlich erzählte sie ihm von ihrem Wunsch, hier als Safariguide zu arbeiten. Als Ronald sie mit einem seltsam versonnenen

Lächeln anschaute, sah Julia ihn erstaunt an. „Du hast es gewusst, nicht wahr? Du hast gewusst, dass ich mir nichts sehnlicher wünsche, als diesen Job als Safariguide zu bekommen."

„Ich habe gehofft, dass du es mir erzählst", entgegnete Ronald. „Denn ich habe gemerkt, wie wichtig es ist, dass du selbst zu diesem Wunsch stehst." Er sah Julia eindringlich an. „Glaub an dich, dann schaffst du es auch." Damit wandte er sich ab und ging davon.

Julia drehte sich um. Sie wollte sich bei Ronald bedanken. Doch er war verschwunden. Als wäre er vom Erdboden verschluckt worden. Julia war sich jetzt nicht einmal mehr sicher, ob er überhaupt da gewesen war. Vielleicht hatte sie mit sich selbst gesprochen. Aber in diesem Moment war es ihr auch egal. Denn sie wusste endlich, was sie tun musste.

Am nächsten Morgen ging Julia noch vor dem Frühstück zu Ronald, der draußen auf der Weide war, und fragte ihn nach der Adresse seines Freundes, der einen Safariguide suchte.

Ronald griff in seine Hemdtasche und zog einen zusammengefalteten Zettel heraus. „Ich hab dir schon alles aufgeschrieben", sagte er lächelnd und reichte ihr das Papier. „Du kannst meinen Wagen nehmen", fügte er hinzu. „Ich nehme an, dass du allein fahren willst. Die Landkarte von der Gegend habe ich dir schon bereitgelegt, auf dem Beifahrersitz."

„Danke", erwiderte Julia gerührt. „Danke für alles." Dann ging sie zu ihrer Mutter, die gerade auf die Terrasse getreten war. „Ich werde jetzt zu Ronalds Freund fahren, der einen Safariguide braucht", erklärte sie mit entschiedener Stimme. „Ich denke, dass ich gegen Mittag zurück bin."

Christa sah sie entgeistert an. „Du willst ... aber das geht doch nicht." Sie rang nach Luft.

„Doch, Mama, das geht", entgegnete Julia mit ruhiger Stimme. „Und ich werde es tun. Das bin ich mir selbst schuldig."

Christa sah sie mit gequälter Miene an. „Und was soll ich machen? Ich kann doch nicht alleine ..."

„Stephan ist ja noch da", unterbrach Julia. „Er wird bestimmt gerne etwas mit dir unternehmen." Sie lächelte. „Bis später, Mama." Sie ging zu Ronalds Geländewagen, ohne noch weiter auf den Protest ihrer Mutter zu hören. Als sie im Wagen saß und den Motor anließ, atmete sie befreit auf. Endlich hatte sie es geschafft, zu ihren eigenen Wünschen zu stehen. Und sie spürte, dass sie auf dem richtigen Weg war.

Julia genoss die Fahrt sehr – ihre erste, die sie in diesem Land, das ihr inzwischen fast vertrauter schien als ihr Zuhause in Deutschland, ganz allein machte. Die staubige gewundene Straße führte mitten durch die Trockensavanne. Flirrende Hitze hing über dem kargen Land, und Julia richtete ihre ganze Aufmerksamkeit auf die Straße. Ab und zu kreuzten Antilopenherden ihren Weg. An einem kleineren Flusslauf sah sie im Vorbeifahren ein paar Nashörner, die den Geländewagen jedoch nicht weiter beachteten. Als sie an einem kleinen Dorf vorbeikam, fuhr sie im Schritttempo. Ein paar Kinder spielten neben der Straße. Sie winkten Julia zu, während sie langsam vorbeifuhr, und Julia winkte lachend zurück. Ja, dieses Land hatte sie gefangen genommen, mit all seiner Schönheit, die es im Überfluss zu bieten hatte.

Eine Stunde später hielt Julia vor einem flachen Gebäude aus hellem Naturstein, das von hohen Eukalyptusbäumen umgeben war. Mehrere Geländewagen standen davor. Julia stellte den Wagen neben den anderen ab. An der Eingangstür hing ein Messingschild, auf dem die Big Five abgebildet waren. Darunter stand der Name der Organisation: Save Wild Animals – SWA. Julia wusste von Ronald, dass diese Organisation sanfte Safaris durchführte. Und genau das hatte ihr gefallen. Bevor sie die Eingangstür öffnete, atmete sie tief durch. Schließlich straffte sie die Schultern und trat ein. Von einem langen Flur gingen mehrere Zimmer zu beiden Seiten ab, und Julia blickte sich ein wenig ratlos um.

In diesem Moment kam ein Mann aus einem der Zimmer und lächelte sie freundlich an. „Kann ich Ihnen helfen?", fragte er.

„Ich wollte zu Simon Miller", erklärte Julia.

Der Mann deutete mit dem Daumen über seine Schulter. „Der Boss sitzt hinten, die letzte Tür links." Er sah Julia interessiert an. „Was wollen Sie denn von ihm?", erkundigte er sich neugierig.

„Das muss ich ihm schon selbst sagen", entgegnete Julia lächelnd. „Aber trotzdem danke für die Auskunft."

„Gern geschehen." Der Mann grinste. „Vielleicht sieht man sich ja mal wieder."

Julia ging weiter den Flur entlang und klopfte schließlich an die Tür, die der Mann ihr angegeben hatte. Als sie ein brummiges „Ja?" hörte, öffnete sie die Tür und trat ein.

Ein Mann von etwa vierzig Jahren saß hinter einem mächtigen Schreibtisch. Er hatte streichholzkurze blonde Haare und war muskulös gebaut. An den Wänden hingen Landkarten und große Fotos von Elefanten, Löwen und Nashörnern. An der Decke summte ein Ventilator. „Was gibt's denn?", fragte er und warf Julia einen abschätzigen Blick zu.

Julia hatte sofort gemerkt, dass es nicht leicht werden würde, diesen Mann davon zu überzeugen, ihr den Job als Safariguide zu geben. Aber sie musste es trotzdem versuchen, denn jetzt gab es für sie kein Zurück mehr. „Ich habe gehört, dass Sie einen Safariguide suchen", begann Julia mit fester Stimme, ohne Ronalds Namen zu erwähnen – denn sie wollte es allein schaffen, diesen Job zu bekommen.

Simon Miller lehnte sich in seinem Stuhl zurück und musterte sie eindringlich. „Ach ja? Und Sie glauben, dass Sie die Richtige sind?"

Julia nickte. Die herablassende Art dieses Mannes gefiel ihr nicht, doch sie wollte sich davon gar nicht beirren lassen.

„Und was bringt Sie zu dieser Annahme?", fragte Simon mit hochgezogenen Augenbrauen.

Julia spürte, dass er sie nicht ernst nahm. Einen Augenblick lang musste sie an Alex denken. Auch er war ihr zu Anfang mit Herablassung begegnet, hatte jedoch schnell erkennen müssen, dass er sich gründlich in ihr geirrt hatte.

Julia deutete auf einen Stuhl, der vor dem Schreibtisch stand. „Darf ich mich setzen?" Obwohl ihr Gegenüber nicht antwortete, nahm sie Platz. Sie hatte nicht die Absicht, wie eine arme Bittstellerin vor seinem Schreibtisch stehen zu bleiben. „Ich weiß inzwischen sehr viel über die Tiere, das Land und die Menschen hier", erklärte sie. „Und ich bin natürlich bereit, noch mehr zu lernen ..."

„Was heißt *inzwischen*?", unterbrach Simon barsch. „Wie lange sind Sie denn schon in Südafrika?"

Julia hatte mit dieser Frage nicht gerechnet, genauso wenig wie mit diesem Mann, der ihr so ablehnend begegnete. „Seit zwei Wochen", entgegnete sie ein wenig verunsichert.

Simon lachte laut auf und klopfte sich auf die Schenkel. „Und da glauben Sie allen Ernstes, dass Sie diesen Job machen können?" Er schüttelte den Kopf. „Für Ihr Selbstvertrauen müsste man Sie ja fast bewundern!"

Julia schluckte. Ärger stieg in ihr auf über diesen Mann, der ihr offensichtlich noch nicht einmal die Chance geben wollte zu zeigen, was in ihr steckte. „Ich habe ja gesagt, dass ich noch sehr viel lernen muss. Aber ich bin bereit dazu." Sie straffte die Schultern. „Und ich bin sicher, dass Sie es nicht bereuen würden, wenn Sie mich nehmen."

Simon sah sie jetzt mit mehr Interesse an als zu Anfang. „Sie wollen diesen Job tatsächlich, stimmt's?"

„Ja", erwiderte Julia entschieden. „Und ich werde mein Bestes geben."

Simon stand auf, trat ans Fenster und blickte hinaus. Schließlich drehte er sich wieder zu Julia um. „Sie sprechen Englisch, nehme ich an?"

Julia nickte. Erst in diesem Augenblick fiel ihr auf, dass sie sich mit ihm auf Deutsch unterhalten hatte, genauso wie mit dem Mann, der ihr im Flur begegnet war.

Simon setzte sich wieder hinter seinen Schreibtisch. „Sie können als Telefonistin anfangen", schlug er vor. „Und vielleicht sehen wir dann weiter."

Julia schluckte. Telefonistin war nicht gerade das, was sie sich vorgestellt hatte. Doch so könnte sie Simon zumindest zeigen, was sie konnte. Außerdem schien er auch nicht mehr ganz abgeneigt zu sein, ihr eventuell später doch noch den Job als Safariguide zu geben. „Gut, ich nehme Ihr Angebot an", sagte sie. „Wann kann ich denn anfangen?"

„Von mir aus gleich morgen", entgegnete Simon. „Wir beginnen um acht Uhr." Er stand auf und reichte Julia die Hand, nachdem sie sich ebenfalls erhoben hatte. „Und seien Sie pünktlich", fügte er hinzu. „Ich muss mich hundertprozentig auf Sie verlassen können."

Als Julia draußen vor dem Haus stand, atmete sie tief durch.

Ich habe einen Job, dachte sie. Ich habe tatsächlich einen Job! In Südafrika.

Auch wenn es nicht das war, was Julia sich vorgestellt hatte, war sie mehr als glücklich darüber. Es war ein Anfang. Und alles andere würde sich ergeben.

„Sie scheinen ja erfolgreich gewesen zu sein, so glücklich wie Sie aussehen", hörte sie eine Stimme hinter sich. Julia drehte sich um. Der Mann, der sie zu Anfang angesprochen hatte, war zu ihr getreten und lächelte sie freundlich an. Fast hatte sie das Gefühl, als hätte er auf sie gewartet.

„Ja, das kann man sagen", entgegnete sie.

„Dann nehme ich an, dass wir uns jetzt öfter sehen, nicht wahr?", meinte der Mann grinsend. „Ich bin übrigens Jörg Schwarz."

„Angenehm. Julia Schilling." Lächelnd sah sie ihn an.

Er tippte sich kurz an die Schläfe, drehte sich dann um und ging zu einem der Geländewagen. Wenig später war er verschwunden.

Auf der Rückfahrt zu Ronalds Farm bekam Julia kaum etwas von der wilden Schönheit des Landes um sie herum mit. Viel zu viel ging ihr durch den Kopf. Sie musste ihrer Mutter beibringen, dass sie tatsächlich einen Job hatte. Sie mussten so schnell wie möglich ein billiges Zimmer finden, das in der Nähe ihres neuen Arbeitsplatzes lag, weil sie selbst ja kein Auto hatte. Und all das hieß nichts anderes, als dass sie vielleicht für immer in Südafrika bleiben würden.

Als Julia den Geländewagen schließlich vor der Farm abstellte, kam ihre Mutter ihr schon entgegengelaufen. „Und, wie war's?", fragte sie mit ängstlichem Blick. „Hast du den Job als Safariguide?"

Julia schüttelte den Kopf. „Nein", entgegnete sie, „aber …"

„Gott sei Dank", unterbrach Christa sie und atmete erleichtert auf. „Ich meine, natürlich hätte ich mich gefreut für dich, aber wir wollten ja sowieso nicht hierbleiben."

Julia musste sich zusammenreißen. Ihre Mutter dachte offensichtlich wieder nur an sich. Mit festem Blick sah sie sie an. „*Du* willst nicht hierbleiben, *ich* schon. Und ich werde bleiben. Morgen fange ich bei Simon als Telefonistin an."

Christa sah sie entgeistert an. „Als Telefonistin? Heißt das etwa …?" Sie wurde blass. „Du meinst es also wirklich ernst", stieß sie mit gepresster Stimme hervor. „Und was ist mit mir? Wo soll ich denn jetzt hin?"

Obwohl Julia sich eben noch über ihre Mutter geärgert hatte, hatte sie nun fast Mitleid mit ihr. Mit einem Mal wirkte Christa so hilflos. „Kannst du dir denn gar nicht vorstellen, mit mir zusammen hier in Südafrika zu bleiben?", fragte sie mit sanfter Stimme. „Vielleicht findest du ja auch bald einen Job. Und dann könnten wir auch etwas für Siyanda und die anderen tun. Das möchtest du doch gerne, oder nicht?"

Christa schwieg eine ganze Weile, ohne Julia anzuschauen. Ihr Blick war in die Ferne gerichtet. Schließlich sah sie Julia an. „Glaubst du wirklich, dass das die richtige Entscheidung ist?", sagte sie leise. „In Südafrika Urlaub zu machen, das ist eine Sache. Aber hier zu *leben*, das ist etwas ganz anderes."

Julia spürte, dass ihre Mutter nicht mehr ganz so ablehnend war wie zu Anfang. „Lass es uns wenigstens versuchen", schlug sie vor. „Und wenn wir sehen, dass es nicht geht, können wir immer noch nach Deutschland zurückgehen."

Christa nickte langsam. „Also gut, versuchen wir es", sagte sie und lächelte verhalten.

Julia nahm ihre Mutter in die Arme und drückte sie fest an sich. „Danke, Mama", flüsterte sie.

Gemeinsam gingen sie ins Haus, um Stephan und Ronald die Neuigkeiten zu berichten. Die beiden freuten sich sehr.

„Den Job als Safariguide wirst du bestimmt auch bald kriegen", sagte Ronald zuversichtlich.

Und auch Stephan war sich sicher. „Diesen Simon wickelst du doch im Handumdrehen um den kleinen Finger, Julia."

Ronald ließ es sich nicht nehmen, für Julia und Christa in der Nähe von Sutherland ein Zimmer in einem kleinen Hotel zu organisieren.

Schließlich standen sie mit ihren gepackten Reisetaschen draußen und verabschiedeten sich. „Danke für alles", sagte Julia zu Ronald, dann umarmte sie Stephan. „Bitte grüß Anne von mir. Und viel Glück für euch beide."

Ein Mitarbeiter von Ronald fuhr sie zur nächsten Busstation, obwohl Ronald angeboten hatte, sie selbst nach Sutherland zu fahren. Doch Julia hatte freundlich abgelehnt. „Ab jetzt müssen wir allein zurechtkommen", hatte sie gesagt. „Und je eher wir damit anfangen, umso besser."

Als sie schließlich im Bus saßen, hatte Julia das Gefühl, dieses Land plötzlich mit ganz anderen Augen zu sehen.

Das ist jetzt vielleicht dein neues Zuhause, dachte sie. Ein neues Zuhause für sie und ihre Mutter, in dem sie vielleicht endlich glücklich werden könnten.

Am nächsten Morgen war Julia viel zu früh im Büro. Vor lauter Aufregung hatte sie nicht mehr schlafen können.

Simon war auch schon da, zeigte ihr die Telefonanlage und erklärte ihr, was sie zu tun hatte – Termine für die Safaris ausmachen, die die Besitzer der Lodges bei ihnen buchten, die Safariguides einteilen und die Securityleute der Lodges verständigen, die bei den Touren dabei waren, um für die Sicherheit der Gäste zu sorgen.

Dann ließ er sie allein, und wenig später kamen die ersten Anrufe der umliegenden Lodges. Julia merkte, dass ihr der Job tatsächlich Spaß machte.

Später lernte sie dann auch die anderen Mitarbeiter kennen, vier jüngere Männer, die als Safariguides arbeiteten, eine ältere Frau, die die Büroarbeiten für Simon erledigte, und die Fahrer.

Als sie nach ihrem ersten Arbeitstag abends ins Hotel zurückkehrte, ließ Julia sich müde, aber glücklich aufs Bett fallen.

„Und wie war dein Tag?", fragte sie ihre Mutter, nachdem sie ihr erzählt hatte, was sie alles erlebt hatte.

Christa lächelte. „Gar nicht so schlecht", entgegnete sie. „Ich war in der Stadt und habe mich ein bisschen umgesehen. Und auf dem Markt habe ich eine sehr nette Frau kennengelernt, die hier ganz in der Nähe in einem Dorf wohnt. Sie macht wunderschönen Perlenschmuck und hat mich eingeladen, sie mal zu besuchen."

Julia seufzte zufrieden. Alles schien sich zum Guten zu wenden.

Julia arbeitete nun schon seit einer Woche als Telefonistin bei Simon. Sie war voller Begeisterung bei der Sache. In den Mittagspausen unterhielt sie sich mit den Safariguides, die gerade da waren, und ließ sich alles über deren Arbeit erzählen. Am dritten Tag hatte sie sich auch ein Herz genommen und Simon gefragt, ob sie sich all die Bücher ausleihen dürfte, die in ihrem kleinen Büro standen und in denen sehr viel Interessantes über die Tiere und Pflanzen des Landes stand.

„Wann wollen Sie das denn alles lesen?", hatte Simon erstaunt gefragt.

„Abends, im Hotel", hatte Julia geantwortet.

Und tatsächlich hatte sie innerhalb weniger Tage sehr viel neues Wissen angesammelt, auch über den Schutz der Natur und der Tiere, der so wichtig war für dieses Land, um den Lebensraum zu erhalten.

„Du weißt bald mehr als alle anderen", sagte Christa eines Abends und sah Julia voller Bewunderung an.

Julia, die mit den Büchern auf dem Bett saß, zuckte mit den Schultern. „Na ja, vielleicht. Aber den Job als Safariguide habe ich deswegen noch lange nicht."

Christa lächelte sie aufmunternd an. „Warte doch erst mal ab. Schließlich bist du ja erst eine Woche da." Dann zeigte sie Julia ein wunderschönes Armband aus Perlen, das sie von ihrer neuen Freundin, einer Zulu, geschenkt bekommen hatte. Sie deutete auf die verschiedenen Farben. „Die Zulus haben im Laufe der Zeit eine eigene Perlensprache geschaffen", erklärte sie. „Rot steht für Tränen, Rosa für Armut, Gelb für Reichtum und Grün für Eifersucht. Und an den Farben ihrer Kleidung können sie so den Seelenzustand eines Menschen ablesen." Mit leuchtenden Augen sah sie Julia an. „Amina will mir sogar in den nächsten Tagen ein paar typische südafrikanische Gerichte beibringen. Dann kann ich abends mal was kochen für uns."

Julia sah ihre Mutter erstaunt an. „Aber wir haben doch hier gar keine Möglichkeit zum Kochen", meinte sie.

Christa zuckte lässig mit den Schultern. „Wir werden ja wohl nicht für immer in diesem Hotelzimmer bleiben.

Ich dachte, dass wir uns mal nach einer kleinen Wohnung umsehen und ..."

Weiter kam sie nicht, da Julia aufgesprungen war und sie stürmisch umarmte. „Du bist doch die Beste, Mama!", rief sie überschwänglich.

Mittlerweile waren einige Wochen ins Land gegangen. Julia und ihre Mutter lebten in einer einfachen Wohnung in der Nähe der SWA-Station. Der Job als Telefonistin gefiel Julia, und neben ihrer Arbeit hatte sie ein paar Kurse und Seminare belegt, die die Organisation anbot, um Safariguides auszubilden. Sie las viel und fragte den Safariguides der Organisation Löcher in den Bauch – sie sog das Wissen über dieses Land begierig in sich auf. Vielleicht würde Simon irgendwann endlich sehen, dass sie die Richtige für den Job war ... Diese Hoffnung wollte Julia nicht aufgeben.

Eines Tages bat Simon Julia in der Mittagspause in sein Büro. „Sie haben sich in den paar Wochen, die Sie hier sind, erstaunlich schnell eingearbeitet", begann er. „Sie haben sehr gute Arbeit geleistet. Und trotzdem ...", er hielt inne und sah Julia eindringlich an, „trotzdem möchte ich Sie nicht weiter als Telefonistin beschäftigen."

Julia glaubte, ihren Ohren nicht zu trauen. Entsetzt sah sie Simon an. „Ich verstehe nicht ganz", sagte sie tonlos. „Wenn Sie doch mit meiner Arbeit zufrieden sind, warum wollen Sie mich dann nicht ..."

Simon lachte schallend. „Julia, Sie sind doch sonst nicht

auf den Kopf gefallen. Ich will Sie doch nicht vor die Tür setzen. Ganz im Gegenteil." Er grinste verschmitzt. „Ich erinnere mich da an eine sehr engagierte, junge Dame, die vor einigen Wochen hier in meinem Zimmer stand und mich um den Job als Safariguide gebeten hat. Und dieser jungen Dame möchte ich jetzt gerne eine Chance geben. Mir ist nicht entgangen, dass Sie sich in der Zwischenzeit sehr intensiv auf die Tätigkeit als Safariguide vorbereitet haben und sogar unsere Kurse besucht haben. Mit Erfolg. Dieses Engagement möchte ich belohnen."

Julia brauchte ein paar Sekunden, bis sie tatsächlich begriffen hatte. Am liebsten wäre sie aufgesprungen und Simon um den Hals gefallen. Doch sie saß nur stumm da, ohne ein Wort herauszubringen.

Simon sah sie mit lustig zwinkernden Augen an. „Nun, ich nehme an, dass Sie bei Ihrer ersten Tour etwas gesprächiger sein werden als jetzt. Morgen gehen wir zusammen die Einzelheiten durch. Danach werden Sie mit einem der anderen Guides mitfahren. Und übermorgen machen Sie Ihre erste Tour. Falls Sie überhaupt noch wollen", fügte er schelmisch grinsend hinzu.

„Und ob ich will!", rief Julia begeistert, die ihre Sprache wiedergefunden hatte. Endlich würde sich ihr Traum erfüllen.

Simon erklärte Julia am nächsten Morgen noch einmal all das, was sie für die Tour wissen musste. „Wichtig ist, dass Sie den Teilnehmern erklären, dass die Tiere bei unserer

Organisation von der Lodge nicht angefüttert werden, damit man sie leichter vor die Linse bekommt", sagte er. „Wir wollen die Tiere in ihrem natürlichen Lebensraum beobachten." Er deutete auf die Karten, den Kompass und das Fernglas, die auf seinem Schreibtisch lagen. „Das ist Ihre Ausrüstung für morgen. Und mit Schlangenbissen kennen Sie sich ja auch aus."

Julia nickte. Dieses Basiswissen hatte sie in einem der Kurse der SWA-Organisation gelernt. Und ein paar Tage zuvor hatte sie sich darüber noch einmal eingehend bei einem der Safariguides erkundigt.

Simon stand auf. „Dann werden Sie jetzt mal bei einer Tour als Begleitung mitfahren. Und morgen springen Sie dann ins kalte Wasser."

Begierig lauschte Julia an diesem Tag dem Safariguide und auch den Fragen, die die Teilnehmer stellten, damit sie wusste, auf was sie vorbereitet sein musste. Doch sie merkte immer wieder, dass ihre Gedanken abschweiften und sie schon an den nächsten Tag dachte, an dem sie ganz auf sich allein gestellt sein würde. Was würde geschehen, wenn sie keine Tiere zu sehen bekämen? Oder nicht die, die die Teilnehmer sich erhofften? Es wird schon alles gut gehen, dachte sie. Es *muss* gut gehen.

Auch Christa bestärkte sie an diesem Abend noch einmal. „Du schaffst das, da bin ich ganz sicher."

Julia hatte in dieser Nacht kaum geschlafen. Trotzdem war sie hellwach, als sie am nächsten Morgen mit einem der Fahrer losfuhr, um bei einer nahe gelegenen Lodge die Teilnehmer für die Safari abzuholen. Sie wartete draußen vor dem Jeep, bis sie eingestiegen waren.

„Ach, sieh an, das nenne ich einen Zufall", sagte plötzlich jemand hinter ihr.

Julia drehte sich um und sah, dass Jörg Schwarz vor ihr stand, der Mann, den sie am ersten Tag im Flur der Organisation getroffen hatte.

„Schön, dass wir uns so schnell wiedersehen, Julia", sagte er lächelnd. „Ich werde Sie übrigens begleiten."

Julia lächelte ebenfalls. „Dann kann ja nichts mehr schiefgehen, wenn wir einen Sicherheitsmann dabeihaben", sagte sie mit fester Stimme, obwohl sie merkte, dass sie vor Aufregung innerlich zitterte.

Schließlich setzte sie sich vorne neben den Fahrer und begrüßte die Teilnehmer. „Guten Morgen, meine Damen und Herren. Mein Name ist Julia Schilling. Ich bin heute Ihr Guide. Unsere Organisation heißt Save Wild Animals. Ein wichtiges Prinzip unserer Organisation ist, dass wir die Tiere nicht anfüttern oder sie auf andere Weise an die Menschen gewöhnen." Sie lächelte. „Deshalb wissen wir auch nie, welchen Tieren wir begegnen. Denn sie richten sich nicht nach unseren Wünschen. Aber wenn wir Glück haben, sehen wir vielleicht ein paar der Big Five – Elefant, Löwe, Leopard, Nashorn und Büffel."

„Dafür haben wir ja schließlich auch bezahlt", meldete sich ein älterer Mann mit barscher Stimme zu Wort.

Julia schluckte. „Ich weiß", erwiderte sie, immer noch

freundlich lächelnd. „Und ich bin mir sicher, dass Sie alle auf Ihre Kosten kommen."

Der Fahrer lenkte den Wagen langsam über den staubigen Weg, der durch die Savanne führte. Ein leichter Wind strich durch die Dornsträucher und die Köcherbäume, doch trotz der frühen Morgenstunde war es bereits brütend heiß. Eine Herde Impalas tauchte plötzlich wie aus dem Nichts vor dem Jeep auf, und der Fahrer musste scharf bremsen. Die Impalas sprangen davon, blieben jedoch in einiger Entfernung stehen und schienen den Jeep zu beobachten.

„Die Impalas können auf der Flucht bis zu neun Meter hohe Sprünge vollführen", erklärte Julia.

„Aber Sie wissen wohl auch, dass diese Tiere eher eine Deckung aufsuchen, als auf ihre Geschwindigkeit zu vertrauen", warf der ältere Mann von hinten ein.

„Sie haben völlig recht", entgegnete Julia betont freundlich, obwohl sie sich über die Zurechtweisung des Mannes geärgert hatte.

Bleib ruhig, sagte sie sich im Stillen. Dies ist deine erste Tour. Und niemand kann erwarten, dass du gleich alles richtig machst.

Trotzdem wollte sie ihr Bestes geben, um sich selbst und natürlich auch Simon zu beweisen, dass sie tatsächlich die Richtige für diesen Job war. Doch an diesem Tag hatte sie anscheinend kein Glück. Immer wieder ging der ältere Mann dazwischen, wenn sie etwas erklärte. Als sie einen Leoparden im hohen Savannengras entdeckt hatten und Julia gerade erzählte, dass diese Raubtiere vorwiegend nachts auf Beutefang gehen würden, weil ihr Sehvermögen nachts sehr viel stärker ausgeprägt war als am Tag, schaltete er sich wieder ein.

„Wann diese Tiere jagen, hängt ja wohl auch davon ab, welche Beute zur Verfügung steht", sagte der Mann mit triumphierendem Lächeln, während die anderen Teilnehmer ein wenig peinlich berührt schienen, weil er Julia schon wieder zurechtwies.

Julia war daher froh, dass sie endlich doch noch Tiere sahen, die zu den Big Five gehörten – eine große Herde von Büffeln. Sie bat den Fahrer, ein Stück näher an die Herde heranzufahren.

„Der afrikanische Büffel steht in dem Ruf, eines der gefährlichsten Tiere Afrikas zu sein", begann sie.

„Und das ist er ja wohl auch", unterbrach der ältere Herr. „Ich verstehe gar nicht, wie Sie so nah an die Herde heranfahren können!"

Julia konnte sich ein Lächeln nicht verkneifen, denn diesmal irrte der Mann. „Natürlich darf man diese Tiere nicht unterschätzen", entgegnete Julia. „Aber dass die Bullen immer wieder Menschen angegriffen und aufgespießt haben, geht zum großen Teil auf Erzählungen von Großwildjägern zurück, die diese Geschichten in die Welt gesetzt haben. Es bekam ihrer Reputation einfach besser, ein *gefährliches* Tier erlegt zu haben. Tatsächlich haben die Bullen aber nur deshalb angegriffen, weil sie vorher schon verwundet waren."

Der Mann schnaubte verächtlich. „Sie meinen also, dass Sie das besser wüssten als ich?"

„Es geht nicht darum, etwas besser zu wissen", erwiderte Julia mit einem charmanten Lächeln. „Es geht einzig und allein darum, diesen Tieren gerecht zu werden und nicht irgendwelchen Geschichten aufzusitzen, die ihnen vielleicht schaden oder sie sogar ihr Leben kosten könnten."

Mittags machten sie eine kleine Rast, und Julia verteilte die Wasserflaschen, die sie mitgenommen hatte.

„Das haben Sie sehr gut gemacht", bemerkte Jörg Schwarz anerkennend, der mit Julia ein Stück abseits der Gruppe stand.

Julia zuckte mit den Schultern. „Na ja, das werden wir noch sehen. Ich bin mir sicher, dass dieser Mann sich bei Simon über mich beschwert."

Jörg Schwarz winkte ab. „Soll er doch. Simon weiß, was er an Ihnen hat. Und wenn Sie wollen, lege ich ein gutes Wort für Sie ein."

Julia lächelte ihn dankbar an. Sie war froh über diese Ermutigung, denn die ständigen Einwürfe des älteren Mannes hatten sie mehr verunsichert, als sie zugeben wollte.

„Und, wie ist es gelaufen?", fragte Simon, als Julia am späten Nachmittag zurückkam.

Unwillkürlich zuckte Julia zusammen. Sie hatte gehofft, Simon um diese Zeit nicht mehr im Büro anzutreffen, weil sie genau diese Frage befürchtet hatte. Aber sie musste ihm die Wahrheit sagen, sollte der ältere Mann sich tatsächlich bei ihm beschweren. „Na ja, es hätte wesentlich besser laufen können", antwortete sie. „Die Teilnehmer haben nicht die Tiere gesehen, die sie sich erhofft hatten."

Simon sah sie eindringlich an. „Damit müssen Sie zurechtkommen, Julia. Bei unseren Safaris läuft das eben ein bisschen anders. Da müssen sich die Menschen nach den Tieren richten, nicht umgekehrt. Und es gehört auch zu Ihren Aufgaben, das den Leuten klarzumachen."

Bedrückt kehrte Julia an diesem Abend ins Hotel zurück und erzählte ihrer Mutter, was vorgefallen war. „Ich glaube, Simon ist nicht mehr so überzeugt davon, dass ich die Richtige für diesen Job bin", meinte sie frustriert. „Vielleicht hab ich mir doch zu viel vorgenommen ..."

„Ach was", unterbrach Christa. „Er hat dir doch nur noch mal gesagt, was wichtig ist." Beruhigend legte sie Julia die Hand auf den Arm. „Du darfst dich nicht gleich unterkriegen lassen." Sie lächelte schief. „Dafür bin *ich* doch zuständig, nicht du. Du hast bisher immer alles geschafft, was du dir vorgenommen hast. Und diesmal wirst du es auch schaffen."

Und Christa sollte recht behalten. Trotz einiger kleiner Pannen in den nächsten Tagen gewann Julia immer mehr Selbstvertrauen und merkte, dass die Teilnehmer der Safaris sie respektierten und ihr Wissen bewunderten. Als sie schließlich ihre erste Woche als Safariguide hinter sich hatte, nahm Simon sie nachmittags nach einer Tour beiseite. „Sie machen Ihre Sache sehr gut, Julia", sagte er anerkennend.

„Und da Sie, so hoffe ich, auch in Zukunft bei uns als Safariguide arbeiten werden, möchte ich Ihnen anbieten, bei uns im Camp zu wohnen. Es ist bestimmt genauso gemütlich wie in Ihrer Wohnung – aber sicherlich bequemer, zur Arbeit zu kommen", fügte er schmunzelnd hinzu.

Julia konnte ihr Glück kaum fassen. Sie hatte es tatsächlich geschafft. Simon hatte sie endgültig als Safariguide akzeptiert. Und sie und ihre Mutter hatten ein Zuhause, in dem sie sich wohlfühlten. Noch am selben Tag zogen sie in das Zeltcamp, das auf Pfählen errichtet war und mitten in der Savanne lag, umgeben von hohen Akazien und Eukalyptusbäumen. Unweit des Camps lebten ein paar Zulu-Familien in ihren einfachen Steinhäusern.

Abends saß Julia mit ihrer Mutter bei einem Glas Wein auf der kleinen Veranda. Sie ließ ihren Blick über die Savanne schweifen, die in der untergehenden Sonne zu glühen schien und alles in ein beinahe unwirkliches Licht tauchte.

Aber es ist *wirklich*, dachte Julia.

Und in diesem Augenblick wusste sie, dass es nur ein Land auf dieser Welt gab, in dem sie für immer glücklich sein würde – Südafrika.

– ENDE –

Marcela DeWinter
Julia – Wege zum Glück 1
Spiel um Liebe und Glück
Band-Nr. 75006
7,95 € (D)
ISBN: 3-89941-256-7

Marcela DeWinter
Julia – Wege zum Glück 2
Der Lockruf des Falken
Band-Nr. 75007
7,95 € (D)
ISBN: 3-89941-257-5

Marcela DeWinter
Julia – Wege zum Glück 3
Stürmische Zeit
Band-Nr. 75008
7,95 € (D)
ISBN: 3-89941-258-3

Marcela DeWinter
Julia – Wege zum Glück 4
Der weite Himmel Afrikas
Band-Nr. 75009
7,95 € (D)
ISBN: 3-89941-259-1

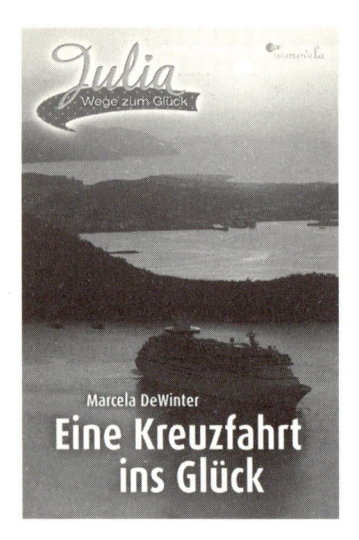

Marcela DeWinter
Julia Wege zum Glück 5
Eine Kreuzfahrt ins Glück

Hochzeitsreise in der Ägäis. Werner Gravenberg genießt die Flitterwochen mit seiner Charlotte. Als die hübsche Braut eine kostbare Brosche, ihr Hochzeitsgeschenk, verliert, ziehen zum ersten Mal Wolken am Horizont des jungen Glücks auf. Die romantische Geschichte von Werner Gravenberg und seiner großen Liebe Charlotte, wie sie nie im TV gezeigt wurde.

Band-Nr. 75010
7,95 € (D)
ISBN: 3-89941-260-5

Caroline Thalheim

Julia – Wege zum Glück
Liebe und Schatten
Hörbuch

Band-Nr. 45013
3 CD's nur 9,95 € (D)
ISBN: 3-89941-274-5

CORA

Liebes-Abo

**Keine Ausgabe verpassen und jetzt das Roman-Magazin „Julia – Wege zum Glück"
im Abo bestellen: 0 18 05/636 365* oder unter www.cora.de**

* € 0,12 aus dem Festnetz der Deutschen Telekom

Für echte Fans!
Das Roman-Magazin zur
ZDF telenovela

Lesen Sie die aufregendsten Momente im Roman-Magazin und erfahren Sie alles über die Darsteller und die Dreharbeiten im farbigen Magazinteil.

CORA
Julia
Wege zum Glück
Große Fotostory
Leb wohl, Afrika
Magazin & Roman

Alle 4 Wochen neu im Zeitschriftenhandel!
Aktuelle Erscheinungstermine auf www.cora.de

© 2005 Grundy UFA TV Produktions GmbH – Licensed by Fremantle Brand Licensing, www.fremantlemedia.com